KB232460

교역 태평광기언해 ③

校譯 太平廣記諺解

김동욱 풀어 옮김

보고사

≪몃남본 태평광기언해(覓南本 太平廣記諺解)≫에 대하여

　≪태평광기언해≫의 저본이 된 ≪태평광기≫는 중국 송나라 태종 태평흥국(太平興國) 2년(서기977년) 칙명에 의해 이방(李昉) 등 12인이 엮은 설화집으로, 모두 500권이다. 송대 이전의 475종의 고서에서 발췌한 자료를 신선(神仙)·여선(女仙)·도술(道術)·방사(方士) 등 92항목으로 나누어 수록하였다.

　오늘날 전하는 이본으로는 명대 담개(談愷) 간행본, 허자창(許自昌) 간행본(서기1566년, 목판 80책), 청대 황성(黃晟) 간행본(서기1568년, 목판 66책) 등이 있다.

　≪고려사≫ 권71. 악지2에 수록된 <한림별곡>의 내용을 보면, ≪태평광기≫는 이미 고려 중기에 이 땅에 전래되어 있었던 것으로 보인다. 그 후 조선조 성종 때 성임(成任, 1421-1484)이 ≪태평광기≫에서 발췌하여 ≪태평광기상절(太平廣記詳節)≫ 50권을 간행하였고, 조선조 선조-경종 시기에는 5권 5책의 필사본 ≪태평광기언해≫가 출현하였다. 이 언해본을 소장자 김일근 교수의 호를 따서 몃남본(覓南本)이라고 한다. 몃남본은 제2권이 결본이었으나 최근 김장환·박재연 교수에 의해 발굴된

연세대 소장 언해본이 제2권으로 추정된다.

또한 낙선재에 소장되어 있다가 장서각으로 옮겨진 전 9권9 책의 언해본이 있는 바, 이는 멱남본보다 후대에 언해된 것으 로 보인다.

멱남본은 권1에 26편, 권3에 21편, 권4에 26편, 권5에 30편 등 103편이 언해되어 있다. 그러나 이 멱남본의 언해양상을 살 펴보면, 단순한 축자역만이 아니라 대중들의 기호에 맞는 작품 들을 다수 선별하여 창작적 언해를 한 점이 주목된다.

멱남본 권3(水)에 언해되어 실려 있는 21편의 자료를 언해 양 상에 따라 분류해 보면 다음과 같다.

1) 축자적으로 언해한 것
    제 6화 <옥농뎐>
    제 7화 <삼낭ᄌ뎐>
    제11화 <경낙ᄉ인뎐>
    제20화 <임욱뎐>

2) 불필요한 부분을 축약 또는 생략하여 언해한 것
    제 4화 <명쥬뎐>
    제 5화 <월지ᄉ쟈뎐>
    제 9화 <곤륜노마륵뎐>
    제10화 <임시뎐>

제12화 <샤시뎐>

제13화 <요곤뎐>

제14화 <니슈지뎐>

제15화 <쟝탐뎐>

제16화 <원싱뎐>

제17화 <최영뎐>

제18화 <최현미뎐>

제19화 <위시년>

제21화 <허한양뎐>

3) 부분적으로 부연하여 언해한 것

제 2화 <하문뎐>

제 4화 <명쥬뎐>

제 8화 <낙챵공쥬뎐>

4) 일부 내용을 변개시켜 언해한 것

제 1화 <휴눌뎐>

제 3화 <녀싱뎐>

이상의 분류를 통해 볼 때, 단순한 축자적인 언해는 21편 가
운데 단 4편에 불과하다. 이러한 언해의 양상은 단순히 외국문
학의 번역이라는 차원을 벗어나 자국적 차원의 서사문학 의식
이 작용한 결과라고 볼 수 있으며, 따라서 ≪태평광기언해≫의

번역양상에 대한 연구는 우리 소설의 형성과 발달과정을 연구하는 데 있어서 불가결한 작업이라고 하겠다.

이러한 작업의 토대가 되는 기초적 작업은 두말할 필요도 없이 ≪태평광기언해≫에 대한 주석적 연구이고, 주석만으로 오늘날의 연구자들에게 전달할 수 없는 내용상의 미묘한 분위기는 현대어로의 국역을 통해 달성할 수 있을 것이다.

≪태평광기언해≫ 멱남본이 발견된 것은 6.25동란 중 제지 원료로 쓰기 위해 수집된 폐지더미에서였다. 그 후 1959년, 이 필사본을 발견했던 김일근 교수가 권3(水)만 교주하여 통문관에서 간행한 바 있다.

그 이후로 50여 년이 지나도록≪태평광기언해≫는 몇몇 소설 연구자들의 소논문 자료로 활용되었을 뿐, 기초적 · 토대적 연구라고 할 수 있는 본격적인 교주는 이루어지지 않았다.

2003년, 김장환 · 박재연 교수에 의해 멱남본 ≪태평광기언해≫ 제2권(木)에 해당하는 것으로 보이는 필사본 자료가 연세대에서 발견되어 교주가 이루어진 것이 최근의 유일한 업적이다.

비교적 수록 내용이 단출한 멱남본의 경우도 전체 5권 가운데 김일근 교수에 의해서 제3권이, 김장환 · 박재연 교수에 의해서 제2권이 교주본으로 나왔을 뿐, 나머지 권에 대한 교주 시도가 전무했던 것이 사실이다.

멱남본은 16세기 후반에서 18세기 전반 사이의 우리말 음운

론적 특성을 띠고 있어, 전문적인 교주가 이루어지지 않을 경우 자료로 활용하기가 용이하지 않다. 언해의 저본이 명대에 출간된 ≪태평광기≫라고는 하지만, 앞서 언급하였듯이 제1권 26편의 자료 가운데 축자적 언해가 이루어진 것은 3편에 불과하므로, ≪태평광기≫의 역문과도 상당한 차이가 난다는 것을 지적해 두고 싶다.

요컨대, ≪태평광기언해≫의 교역은 1) 우리 소설의 형성과 발달과정을 뒷받침할 수 있는 매우 중요한 자료에 대한 기초적·토대적 연구이며, 2) 지금까지 극히 일부에 한정해서 이루어졌을 뿐, 미개척 분야나 다름이 없어 누군가에 의해서든 반드시 이루어져야 할 작업이라는 점에서 가장 독창적인 연구주제라고 할 수 있다.

앞서 언급하였듯이, ≪태평광기언해≫의 주석에 대한 선행연구는 2건에 불과하다. 1959년 통문관에서 발간된 김일근 교수의 교주본은 제3권(水)에 실려 있는 21편을 대상으로 하였다. 자료에 나타나는 중세국어에 대한 주석을 위주로 한 업적이다. 어학적 주석만으로 전달될 수 없는 자료의 정황에 대한 안내가 이루어지지 않았다는 한계를 지니는 업적이다.

2003년 학고방에서 발간된 김장환·박재연 교수의 ≪연세대 소장 태평광기 언해본≫은 멱남본에서 결본이었던 제2권(木)에 해당하는 자료를 발굴하여 한편으로는 어학적 주석을 가하고,

다른 한편으로는 ≪태평광기≫의 해당 원문을 국역하여 서로 비교하여 볼 수 있도록 배려하였다는 특징이 있다. 그러나 이 두 분은 국어국문학을 전공한 학자가 아니라 중어중문학을 전공한 학자들이라는 1차적인 한계가 있고, 또한 어학적 주석만으로 전달될 수 없는 언해본의 정황에 대한 안내가 이루어지지 않았다는 한계를 지니는 업적이다.

이 책에서는 1차적으로 언해본 원문 자료에 대한 어학적 주석을 가하고, 해당 자료에 대한 현대어 국역문을 부가하여 어학적 주석만으로 전달될 수 없는 자료의 정황에 대한 안내까지 겸하여 하고자 한다. 이러한 방식은 우선 이 분야 연구자들이 ≪태평광기언해≫라는 1차적 자료를 정확하고 세부적으로 이해할 수 있도록 도와줄 뿐만 아니라, 일반인들의 교양도서로서도 손색이 없게 해줄 것이다.

───── 〈일러두기〉 ─────

1. 이 책의 국역 대본은 멱남본≪태평광기언해≫ 권3(水)이다.

2. 1차적으로 언해본에 대한 교주를 하고, 언해본을 현대어로 국역하였다.

3. 「국역편」에는 각각의 이야기 끝에 〈평설〉을 달아 ≪태평광기≫ 원문과
　 의 차이를 밝혔다.

4. 언해본에는 설명이 필요한 옛말에 대해 주석을 달았다.

5. 국역문은 가능한 한 평이하게 풀어쓰고 설명이 필요한 곳에는 주석을
　 달았다.

6. 대화는 " "로 묶고, 생각이나 강조 부분, 문서의 내용 등은 ' '로 묶었다.

차례

█ 국역편(國譯篇)

교주편
校註篇

| 제1화 |

후눌뎐(侯遹)

슈(隋) 기황(開皇) 초(初)의 광도(廣都) 짜 효렴(孝廉) 후눌(侯遹)이란 사룸이 셩(城) 안히 드러와 검문(劍門) 밧긔 니르러 믄득 보니 돌 네히 이시되 다 크기 말만ᄒ고 ᄉ면(四面)이 방졍(方正)ᄒ야 곱거늘, 눌이 ᄉ랑호이[1] 너겨 주어 칙농(冊籠)의 녀허[2] 나괴게[3] 시러[4] 도라와 내야보니 다 변ᄒ야 황금(黃金)이 되엿거늘, 눌이 크게 괴이(怪異)히 너기나 ᄯ흔 깃거[5] 이튼날 져제[6]가 ᄑ니 돈 빅만(百萬)을 바다 글로[7] 큰 집을 사고, 셩 밧긔[8] 됴흔[9] 뎐답(田畓)과 뎡즈(亭子)룰 만히 사고, ᄯ 미인 열흘 사ᄀ장 부려(富麗)히 사더니, 홀른[10] 봄 경(景)이 됴커늘 쥬효(酒

---

1) 사랑스럽게.
2) 넣어.
3) 나귀에.
4) 실어.
5) 기뻐하여.
6) 저자에. 시장에.
7) 그것으로.
8) 밖에.
9) 좋은.

肴)롤 만히 쟝만ᄒ고 열 겨집을 다 ᄃ리고 나가니 임의 잔치롤 비셜(排設)ᄒ엿거늘 모다 음식을 머그려 ᄒ더니, 믄득 ᄒᆫ 노인이 큰 셝[11]을 지고 나아와 연셕(宴席)의 안써늘, 뉼이 대로(大怒)ᄒ야 죵쟈(從者)롤 쑤지저 ᄒ여곰 노옹(老翁)을 미러내라 ᄒᆫ대, 그 노옹이 움즈기기도 아니ᄒ고 노ᄒᆫ 빗도 업고, 다만 안자셔 음식을 먹고 술을 브어 마시며 웃거늘, 뉼이 더옥 노ᄒ야 손조[12] 티더니[13], 그 노옹이 닐오디,

"그디 내 비들[14] 뻐 두고 엇디 오늘날 ᄒᆫ 잔 술을 이리 앗기며 날을 도로혀[15] 욕ᄒᆫ뇨?"

뉼이 괴이히 너겨 그 연고롤 힐문(詰問)ᄒᆫ대 노옹왈,

"뎌즈음끠[16] 그디 내 금을 만히 뼛더니 볼셔[17] 니젓ᄂ냐?"

ᄒ고 닓뼈나[18] 눈을 브르쁘고[19] 쑤지즈니[20] 좌우(左右) 사롬이

---

10) 하루는.
11) 설기. 싸리 채나 버들 채 따위로 결어서 만든 직사각형 모양의 상자.
12) 손수.
13) 쳤더니.
14) 빚을.
15) 도리어.
16) 저번에. 지난번에.
17) 벌써.
18) 일어나.
19) 부릅뜨고.
20) 꾸짖으니.

다 쓰러디거늘[21], 섥을 열고 열 겨집을 다 주어녀흐되[22] 조븐 줄이 업더라.[23]

섥짝을 다다[24] 지고 듯거늘[25], 눌이 대경(大驚)ᄒ야 눌란 죵으로 ᄒ야곰 급피 ᄲᆞᆯ으라[26] ᄒ니, 그 섄ᄅ미[27] 새 ᄂᆞᆫ 듯ᄒᆞ디라. ᄲᆞᆯ와 밋디[28] 못ᄒ니, 눌이 놀라고 두려 집의 도라와 병(病)드러 누엇더니, 오란[29] 후(後)의야 됴ᄒᆞ니라.[30]

이후(以後)ᄂᆞᆫ 가계(家計ㅣ) 졈졈(漸漸) 빈곤(貧困)ᄒ야 두어 히 디나니 그 가난ᄒᆞ미 더옥 심(甚)ᄒ더라.

그 후 십여 년 만의 검문의 니ᄅᆞ러 길히 ᄒᆞᆫ 노옹이 겨집을 만히[31] ᄃᆞ리고 가며 놀거늘, 눌이 나아가 보니 그 노옹은 섥 지고 가던 재(者ㅣ)오, 그 겨집은 다 제 희쳡(姬妾)둘히러라. 그 노옹이 눌을 보고 손픽[32] 티고 대쇼(大笑)ᄒ거늘, 눌이 분훈(憤

---

21) 쓰러지거늘.

22) 주워 넣되.

23) 좁지 않았다.

24) 닫아.

25) 달리거늘.

26) 따르라.

27) 빠름이.

28) 미치지.

29) 오랜.

30) 좋아졌다. 나았다.

31) 많이.

32) 손뼉.

恨)ᄒᆞ야 연고(緣故)ᄅᆞᆯ 무ᄅᆞᆫ대 말을 아니ᄒᆞ거늘, 나아 드러티려 ᄒᆞ니[33] ᄆᆞᆫ득 업더라.

늘이 ᄀᆞ장 괴이(怪異)히 너겨 그 ᄆᆞᄋᆞᆯ 사ᄅᆞᆷᄃᆞ려 그 노옹의 일을 무ᄅᆞ니[34] 다 아디 못ᄒᆞ니, 처엄 엇던[35] 돌히 ᄉᆡᆼ금(生金)이오, 이 노옹은 금의 녕졍(靈精)이롯더라.[36] 그 후는 다시 보디 못ᄒᆞ니라.

---

33) 들이치려 하니.

34) 물으니.

35) 얻었던.

36) 정령(精靈)이었던 것이다.

| 제2화 |

하문뎐(何文)

당분(張奮)이란 사룸이 집이 ㄱ장 가음여러[37] 지믈(財物)이 거만(鉅萬)이러니 졈졈(漸漸) 가계(家計ㅣ) 빙한(貧寒)ᄒ야 됴셕(朝夕) 머글 거시[38] 쏘흔 업시 되거눌, 집을 녀양(黎陽) 짜 뎡개(程家ㅣ)란 사룸의게 ᄑ랏더니[39], 뎡개 그 집의 든 후(後)브터 므릇[40] 일이 이디[41] 아니ᄒ고, 집안 사룸둘이 혹(或) 주그며 병(病)드러 ᄒ 히도 편홀 젹이 업거눌 뎡개 ᄯ디[42] 싱각호디,

‘집이 사오나와[43] 그런가?’

ᄒ야 업(鄴) 짜 사룸 하문(何文)의게 또 ᄑ다.[44] 문이 혼자 그 집의 몬져[45] 와 길흉(吉凶)을 보려 ᄒ고 칼홀 ᄎ고 븍당(北堂)의

---

37) 가멸어. 부유(富裕)하여.
38) 먹을 것이.
39) 팔았더니.
40) 무릇. 모든.
41) 일지. 일어나지.
42) 뜻에.
43) 사나워.
44) 팔았다.
45) 먼저.

올라가 들보 우히 업데엿더니[46], 이경 말(二更末)은 ᄒ야 믄득 신 ᄭᅳ을[47] 소리 잇더니, ᄒᆞᆫ 사름이 킈 ᄀᆞ장 크고 우 놉픈[48] 관(冠)을 쓰고 누른 오슬[49] 닙고 븍당으로 올라와,

"셰요(細腰)야!"

브르니[50], ᄇᆞ름[51] 뒤히셔 ᄃᆡ답(對答)ᄒᆞ더니, 황의재(黃衣者ㅣ) 닐오ᄃᆡ,

"엇디 산 사름의 내[52] 나ᄂᆞ뇨?"

셰요ㅣ ᄃᆡ왈(對曰),

"업스닝이다.[53]"

이윽고 ᄯᅩ ᄒᆞᆫ 사름이 오니 프른 오슬 니벗고[54], ᄯᅩ ᄒᆞᆫ 사름이 오니 흰 오슬 니벗더라. 셰요ᄃᆞ려 뭇기ᄅᆞᆯ 처엄 ᄀᆞᆺ티 ᄒᆞ고 두로 거르며[55], 혹 안자셔 ᄑᆞ람[56] 부다가 도로 나니거늘[57], 하문이

---

46) 엎드렸더니.

47) 끄는.

48) 위가 높은.

49) 옷을.

50) 부르니.

51) 바람벽.

52) 냄새.

53) 없습니다.

54) 입었고.

55) 두루 걸으며.

56) 휘파람.

57) 나다니거늘.

ㄱ만이 ᄂ려 밧ᄭ로셔58) 드러오ᄂ 톄ᄒ며59) 셰요롤 브르니, 젼
(前)ᄀ티 ᄃ답ᄒ거눌 무로ᄃ,

"누른 옷 니븐 쟈(者)ᄂ 누고고60)?"

ᄃ왈,

"금(金)이닝이다."

"어ᄃ 잇ᄂ뇨?"

"집 셧녁61) 브롬벽 아래 잇ᄂ닝이다."

ᄯ 무로ᄃ,

"프른 옷 니븐 쟈ᄂ 누고고?"

ᄃ왈,

"돈이닝이다."

"어ᄃ 잇ᄂ뇨?"

"집 압 우믈ᄭ 다ᄉ 보(步)ᄂ ᄒ ᄃ62) 잇ᄂ닝이다."

ᄯ 무로ᄃ,

"흰 옷 니븐 쟈ᄂ 누고고?"

ᄃ왈,

---

58) 밖에서. 밖으로부터.
59) 들어오는 체하며.
60) 누구인가?
61) 서쪽.
62) 다섯 걸음쯤 되는 데.

"은(銀)이닝이다."

"어디 잇ᄂ뇨?"

"담 동븍(東北) 모 기동[63] 아래 잇ᄂ닝이다."

"너는 므어신다?"

디왈,

"나는 뎔고꾀[64]로이다."

"어디 잇ᄂ뇨?"

"브억[65] 아래 잇노이다."

ᄒ더라. 셩(生)이 ᄌ셔(仔細)히 듯고 그 밤을 계유[66] 새야[67] 집의 도라와 죵을 ᄃ리고 가 셰요의 니ᄅ던 대로 ᄑ니 금과 은을 각각 오빅 근(五百斤)을 엇고 돈도 쳔여 만(千餘萬)을 어드니라. 뎔고쏘롤 어더 내야 블디ᄅ니[68], 이후(以後)ᄂ 집안히 묽고 편안(便安)ᄒ고, 인(因)ᄒ야 거뷔(巨富ㅣ) 되니라.

---

63) 모난 기둥.
64) 절굿공이.
65) 부엌.
66) 겨우.
67) 새워.
68) 불지르니.

| 제3화 |

녀싱뎐 (呂生)

대력(大曆) 중에 녀싱(呂生)이란 손이 이셔 벼슬을 구ᄒ려 셔울 올라와 영슝니(永崇里)란 ᄆᆞ올ᄒᆡ 집을 비러[69] 잇더니, 홀론 벗 두어 사름으로 더브러 술 먹고 노다가 손이 훗터뎌 니거늘[70], 쟝ᄎᆞ(將次) 자려ᄒ더니, 이윽고 ᄒᆞᆫ 할미 얼골이 희고 니븐 옷도 희여 조ᄒᆞ되, 킈 두 자흔 ᄒᆞ더라.[71]

집 북녁 모ᄒᆞ로셔[72] 나 날회여[73] 거러오니, 그 얼굴이 괴이(怪異)ᄒᆞ더라. 그 할미 졈졈 나아와 평상(平床) 밋ᄐᆡ 다ᄃᆞ라 닐오디,

"그디과 연분(緣分)이 잇더니 ᄒᆞᆫ번 명(命)디 못ᄒᆞᆯ소냐? 엇디 날 디졉(待接)기ᄅᆞᆯ 박(薄)히 ᄒᆞᄂᆞ뇨?"

싱(生)이 ᄭᅮ지즌대 믈러가 북모ᄒᆡ 니르러 인(因)ᄒᆞ야 보디 못ᄒᆞ리러라.

---

69) 빌려.
70) 흩어져 가거늘.
71) 키가 두 자 정도 되었다.
72) 모퉁이에서.
73) 천천히.

싱이 놀라고 괴이히 너기되 아므 거신 줄[74) 아디 못ᄒ야 ᄒ
더니, 이튼날 싱이 홀로 그 집의셔 자더니, ᄯ 그 할미 븍녁 모
흐로셔 나오거늘, 싱이 ᄭ지ᄌ니 므로[도로] ᄃ닷ᄂ 듯ᄒ더[75), 싱
이 ᄌ음ᄌ음(潛潛)ᄒ야시면 믄득 나아와 두려ᄒᄂ 듯도 ᄒ고, 겁(怯)
ᄒᄂ 듯ᄒ다가 이윽고 업더라.

이튼날 싱이 스스로 닐오ᄃ,

'이거시 반ᄃ시 요괴(妖怪)니 오ᄂ늘 나지[76) ᄯ 오면 어이ᄒ리
오? 이거슬 업시티[77) 아니ᄒ면 내 근심이 되리로다.'

ᄒ고 환도(環刀)ᄅ 가져다가 겻ᄐ 노핫더니, 이 날 밤의 ᄯ 븍모
흐로셔 나와 날회여 거러오되 ᄂ빗ᄎ 변(變)티 아니ᄒ고 상(床)
밋ᄐ 나아오나ᄂ, 싱이 환도로ᄡ 티니, 그 할미 믄득 상의 티ᄃ
라[78) 엇게로 싱을 덥티니[79), 싱이 온 몸이 서늘ᄒ야 서리와 눈
을 마ᄌ 듯ᄒ거늘, 싱이 ᄯ 환도로 티니 마ᄌ 적마다[80) ᄲ려
뎌[81) 사ᄅ미 되여 두로 건니며[82) 춤추거늘, 싱이 놀랍고 두려

---

74) 아무 것인 줄. 무엇인지.

75) 달아나는 듯하되.

76) 저녁에.

77) 없애지.

78) 상에 치달아.

79) 어깨로 생을 덮치니.

80) 맞을 적마다.

81) 깨어져.

82) 거닐며.

넓뻐나[83] 진력(盡力)ᄒ야 티니 마존 적마다 ᄲ려뎌 사ᄅ이 되니, 그 쉬(數ㅣ) 여라믄이러라.[84]

큐ᄂᆫ 혼 치식[85] ᄒ더, 얼굴은 다 ᄀᆞᆺ더니 그것들히 급피 ᄃᆞ라나 숨거ᄂᆞᆯ, 싱이 더옥 두려ᄒ더니, 그것들히 ᄯᅩ 나와 기듕(其中)의 혼 할미 싱ᄃᆞ려 닐오ᄃᆡ,

"내 쟝ᄎᆞᆺ 합(合)ᄒ야 ᄒ나히 될ᄯᅵ니 그ᄃᆡ 보라."

말이 ᄆᆞᆺ츠며 서ᄅᆞ ᄇᆞ라고 샹 알ᄑᆞ로 ᄃᆞ라와 합ᄒ야 혼 할미 되니 처엄의 보던 쟈(者)로 더브러 다ᄅᆞ디 아니ᄒ더라.

싱이 심히 두려 닐오ᄃᆡ,

"네 엇던 요괴완ᄃᆡ[86] 감히 이러ᄐᆞ시 사ᄅᆞᆷ을 보채ᄂᆞ뇨? 네 ᄲᆞ리 가라. 그러티 아니면 내 방ᄉᆞ(方士)ᄅᆞᆯ 구ᄒ야 쟝ᄎᆞᆺ 신긔(神奇)혼 슐(術)로써 너ᄅᆞᆯ 졔어(制御)ᄒ리니 엇디 능히 살리오?"

그 할미 닐오ᄃᆡ,

"그ᄃᆡ 말이 넘도다.[87] 만일 슐ᄉᆞ(術士ㅣ) 이시면 내 보기ᄅᆞᆯ 원ᄒ노니, 나의 오믄 그ᄃᆡᄅᆞᆯ 희롱(戱弄)ᄒ미니 감히 해(害)ᄒ미 아니라. 그ᄃᆡᄂᆞᆫ 두려 말라. 내 ᄯᅩ혼 집으로 도라가리라."

---

83) 일어나.
84) 그 숫자가 여남은이었다.
85) 키는 한 치[寸]씩
86) 요괴(妖怪)이기에.
87) 넘치는구나. 외람(猥濫)되구나.

말이 뭇츠며 드디여 믈러나 북녁 모호로 드러가다.

이튼날 싱이 이 일로써 눕드려 니론대, 뎐시(田氏)란 재(者ㅣ) 부작ᄒᆞ기를[88] 잘ᄒᆞ야 요괴를 능히 업시ᄒᆞ더니, 이 말을 듯고 깃거 닐오디,

"내 일이니, 그 업시ᄒᆞ미 손돕으로 개야미 밀팀 ᄀᆞ톤다라.[89] 오늘 나죄 당당(堂堂)이 갈 거시니 그디는 몬져 도라가 기드리라."

그 날 밤의 싱이 뎐시로 더브러 집의 안잣더니 오라디 아녀셔[90] 그거시 과연 와 상 알픠 다ᄃᆞᆺ거늘[91] 뎐시 ᄭᅮ지저 ᄀᆞᆯ오디,

"요괴는 수이 가라."

그거시 두리온 빗출[92] 잠ᄭᅡᆫ 두고 좌우(左右)를 도라보디 아니ᄒᆞ며 왕니(往來)ᄒᆞ기를 오래 ᄒᆞ더니 뎐시ᄃᆞ려 닐러 ᄀᆞᆯ오디,

"나의 알 배 아니로다."

ᄒᆞ고 그거시 믄득 그 손을 두로티니[93] 손이 뼈러뎌 ᄯᅩ ᄒᆞᆫ 할미 되니, 심히 쟉더라. 뛰여 상의 올라 뎐싱의 입으로 드리ᄃᆞᆮ니[94], 뎐싱이 놀라 ᄀᆞᆯ오디,

---

88) 부적(符籍) 쓰는 것을.

89) 그것을 없앰이 손톱으로 개미를 밀치는 것과 같은 것이라.

90) 오래지 않아서.

91) 다다랐거늘.

92) 두려운 빛을.

93) 휘두르니.

94) 들이 달리니. 안쪽을 향해 달리니.

“내 주그리로다!”

ᄒ더라. 그거시 싱ᄃ려 닐오디,

“그디ᄃ려 니르기를 해롭디 아니리라 ᄒ엿더니, 그디 밋디 아니ᄒ고 뎐싱을 쳥ᄒ야 오니, 뎐싱의 일이 엇더ᄒ야 뵈ᄂ뇨[95]? 그러나 쟝촛 그디 가음열게 되리라.”

ᄒ고 말이 뭇츠며 ᄯ 가니라.

그 후의 녀싱ᄃ려 니롤 재[96] 이셔 굴오디,

“븍녁 모흘 파보라.”

ᄒ야늘, 싱이 씨ᄃ라 죵을 명ᄒ야 그구들[97] 파보니, ᄒ 길이 못 ᄒ야셔 ᄒ 독이 잇거늘 여러보니 슈은(水銀)이 ᄀ득ᄒ엿더라.

싱이 보야흐로[98] 그 할미 슈은의 졍녕(精靈)인 줄을 씨ᄃ른니라. 뎐시ᄂ 뭇춤내 치온 병ᄒ야[99] 죽고, 녀싱은 이룰 ᄑ라 가음여리 사니라.

---

95) 어떠하여 보이는가?

96) 말하는 사람이.

97) 그곳을.

98) 바야흐로.

99) 추운 병이 들어.

| 제4화 |

명쥬뎐(徑寸珠)

네 흔 사름이 집 문(門) 밧씌 네모난 돌히 이시되, 보는 사름이 다 블관(不關)이 너기더니, 흘론 셔역(西域) 오랑캐 댱식[100] 디나가다가 그 돌흘 보고 두어 날을 머므러 가디 아니ᄒᆞ고 주로[101] 믄지거놀, 쥬인이 그 연고(緣故)ᄅᆞᆯ 무론대, 그 사름이 닐오디,

"내 이 돌흘 사셔 깁[102]을 두드리고져 ᄒᆞ노라."

ᄒᆞ고 인(因)ᄒᆞ야,

"돈 이쳔을 주고 사지라.[103]"

ᄒᆞ거놀, 쥬인(主人)이 그 갑술 밧고 깃거 돌흐로써 준대, 그 댱식 돌흘 수리예 시러 가거놀, 그 쥬인이 갑 만히 주고 사가는 일을 ᄀᆞ쟝 슈상(殊常)이 너겨 ᄯᆞᆯ와가보니[104], 그 돌흘 쌔티니[105]

---

100) 장수가. 상인(商人)이.
101) 자주.
102) 비단(緋緞).
103) 사고 싶습니다.
104) 따라가 보니.
105) 깨뜨리니.

그 속의 흔 치나 흔 진쥬(眞珠) ㅎ나히 드럿더라. 그 당시 진쥬
룰 ㄱ장 귀(貴)히 너겨 칼로 폴 가죽을 ㄸ고[106] 진쥬룰 그 속의
녀코 물총[107]으로 감티더라.[108]

그 사룸이 제 나라히 도라갈 제 비룰 타 가더니 믈길흘 열흘
을 가니 믄득 비 감돌고 가디 아니ㅎ거놀, 빗사룸이 ㄱ장 두려
서ㄹ 닐오디,

"이 일이 반ㄷ시 바다 신령(神靈)이 보비룰[109] 스랑ㅎ야 호미
로다."

ㅎ고 빗 가온대룰 다 뒤디녀ㄴ[110] 보비는 업고, 흔 당시 폴희
진쥬룰 녀헛거놀 그 사룸을 몸재 녀흐려 흔대[111], 주글가 두려
진쥬룰 ㄸ고 내거놀, 빗사룸이 그 진쥬룰 노코 비러 닐오디,

"만일 신령이 이 보비룰 구(求)ㅎ거든 친(親)히 와 가져가라."
흔대, 바다 신령이 손 ㅎ나흘 믈 속으로셔 내미니, 그 손이 심히
크고 터럭이 거머ㅎ더라.[112] 그 진쥬룰 덤쑥[113] 쥐여 드러가니,

---

106) 따고. 가르고.
107) 말총. 말의 갈기나 꼬리의 털.
108) 감쳤다. 휘감아 붙들어 맸다.
109) 보배[←보패(寶貝)]를.
110) 뒤지고 다녔으나.
111) 몸째 (바다에) 넣으려 하니.
112) 털이 꺼뭇하였다.
113) 덥석.

빗사룸이 놀라 업더뎌[114] 인스(人事)룰 출히디[115] 못홀 재(者ㅣ) 하더니[116], 이윽고 브룸이 긋치고 비 뎡(靜)ᄒ거눌 무스(無事)히 드러가니라.

---

114) 놀라 엎어져. 놀라 쓰러져.

115) 차리지.

116) 많더니.

| 제5화 |

월지亽쟈뎐(月支使者)

하(漢) 여화(延和) 삼년(三年) 츈(春)의 무뎨(武帝ㅣ) 안뎡(安定)
짜히 힝힝(行幸)ᄒ야 겨시더니, 셧녁 오랑캐 월지국(月支國) 님
군이 亽쟈(使者)를 보내여 향(香) 녁 냥(兩)을 진상(進上)ᄒ니, 그
크기는 새알만곰[117] ᄒ고, 그 검기는 오디[118] 굿더라.

무뎨 쟈근 줄을[119] 블관(不關)히 너겨 유亽(有司)를 맛뎌
밧[120] 고(庫)의 장(藏)ᄒ엿더니, 그 후(後)의 쏘 모딘 즘싱 ᄒ나
흘 진상ᄒ니, 그 얼굴이 쉰 날 ᄌ란 개만ᄒ고[121], 그 크기는 숡
만ᄒ고[122], 그 터럭은 누르더라.

그 나라 亽신이 뎨(帝)끠 드리려 ᄒ거늘 친(親)히 나 바ᄃ시더
니, 亽재 그 즘싱을 안고 드러오니 털히 믜여[123] 슬히 여의

---

117) 새알만큼.
118) 오디. 뽕나무 열매.
119) 작은 것을.
120) 바깥.
121) 50일 자란 개만하고.
122) 살쾡이만하고.
123) 미어져. 빠져서.

여[124] ᄀ장 미몰ᄒ야[125] 뵈거늘, 뎨 그 공(貢)ᄒᄂ 거시 임긋디[126] 아닌 줄을 아쳐로이[127] 너겨 ᄉ쟈ᄃ려 ᄀᄅ샤ᄃ,

"이 죠고만 거슬 어이 밍쉬(猛獸ㅣ)라 니ᄅᄂ뇨?"

ᄉ재 디답(對答)ᄒ야 엿ᄌ오ᄃ,

"위엄(威嚴)이 빅(百) 가지 즘성의게 더을 거시[128] 구틔여 그 큼 져금을 계규(計較)티 아니ᄒᄂ니, 이러모로 신닌(神麟)이 ᄀ장 쟈가도 큰 샹(象)이 두려ᄒ고, 봉황(鳳凰)이 크디 아니ᄒ야도 븡됴(鵬鳥)의 우히 되ᄂ니[129], 일로 보건대 크며 쟈그매 잇디 아닌가 ᄒ노이다.

신(臣)의 나라히 예셔 가미 삼십만 리(三十萬里)닝이다. 동풍(東風)을 졈(占)ᄒ니 눌(律)의 드러 빅슌(百旬)을 긋치디 아니ᄒ며, 프른 구롬이 년(連)ᄒ야 둘포 흐터디디 아니ᄒ니, 듕국(中國)의 쟝ᄎᆺ(將次) 도(道)를 됴히 너기ᄂ 님군이 잇ᄂ가 ᄒ야 우리 왕(王)이 듕국을 우러러 도를 ᄉ모(思慕)ᄒ시더니, 나라 풍쇽(風俗)이 금(金)과 옥(玉)을 쳔(賤)히 너겨 신녕(神靈)ᄒ 거슬 귀(貴)히 너기ᄂ 고(故)로 긔특(奇特)ᄒ 거슬 구(求)ᄒ야 신긔(神奇)로

---

124) 살이 여위어.
125) 인정이나 붙임성이 없이 독하고 쌀쌀맞아.
126) 미상. 알맞지(?)
127) 싫게.
128) 백 가지 짐승보다 더한데.
129) 위가 되는 것이니.

온 향을 엇고, 텬님(天林)의 밍슈롤 청(請)ᄒ야 약슈(弱水)롤 건너며 비사(飛沙)롤 디나 험노(險難)ᄒᆫ 길희 간고(艱苦)히 오난 디 이제 열세 히라.

신긔ᄒᆫ 향은 일[130] 죽는 사롬의 병(病)을 고티고, 모딘 즘싱은 빅 가지 요괴(妖怪)롤 믈리티ᄂ느니, 이 두 가지 거슨 모둔 빅셩(百姓)을 건뎌낼 거시니, 지극(至極)ᄒᆫ 교화(敎化)롤 도와 태평(太平)의 니롤 거시어눌, 엇디 폐해(陛下ㅣ) 귀호믈 아디 못ᄒ실 줄을 알리오. 이는 신의 나라히 ᄇ롬 졈복(占卜)ᄒ기롤 그롯ᄒ 도소이다[131]. 오늘날 폐하롤 우러러보오니 텬지(天子의) 되(道ㅣ) 잇는 님군이 아니시니, 눈으로 보기롤 하게 호믄[132] 탐심(貪心)이 잇고, 입으로 말을 하게 호믄 어려온 디 범(犯)호미 잇고, 몸이 움즈기미 하면 사오나오미 잇고, ᄆᆞ옴의 졀(節)이 하면 샤치(奢侈)호미 이시리니, 이 네 한 거술 쓰고 텬하(天下)롤 잘 다스릴 재 잇디 아니ᄒ닝이다."

뎨 좀좀(潛潛)ᄒ고 편안(便安)티 아녀ᄒ시더니 스쟈ᄃ려 니르샤디,

"밍슈롤 소리롤 ᄒ게 ᄒ야든 내 시험(試驗)ᄒ야 드르리라."

스재 그 즘싱을 ᄀᆞ르치며 소리롤 ᄒ라 ᄒ니, 그 즘싱이 혀로

---

130) 일찍.

131) 잘못한 것입니다.

132) 많이 함은.

입시욹[133) 헐키롤[134) 오래 ᄒ더니 믄득 ᄒᆫ 소리롤 내니, 그 거룩ᄒ미[135) 우레와 벽녁(霹靂)소리 ᄀᆞᆺ더라. 쏘 두 눈을 브르ᄠᅳ니[136) 번게 ᄀᆞᆺᄐᆞᆫ 블빗치 니러나 오라거야[137) 긋치더라.

뎨 그 소리와 눈빗츨 보시고 즉시(卽時) 업더뎌 겨샤[138) 귀롤 ᄡᆞ고 ᄠᅥ르샤[139) 능(能)히 긋치디 못ᄒ야 ᄒ시더라. 뫼왓ᄂᆞᆫ[140) 무ᄉ(武士)들도 다 놀라 자밧ᄂᆞᆫ[141) 병긔(兵器)들을 노하 ᄇ렷거ᄂᆞᆯ[142), 뎨 ᄀᆞ장 아쳐로이 너기샤[143) 그 즘싱을 샹님원(上林苑)의 가져다가 범을 머기라 ᄒ셔ᄂᆞᆯ, 범을 주니 범이 보고 서르 모다 업데여서 ᄀᆞ장 두려ᄒ더라.

뎨 ᄉᄌᆞ의 말이 블슌(不順)ᄒᆫ 줄을 노(怒)ᄒ샤 죄(罪) 주고져 ᄒ시더니, 이튼날 ᄉᄌᆞ와 즘싱이 다 ᄃ라나니 간 ᄃᆡ롤 아디 못 ᄒ니라.

---

133) 입술.
134) 핥기를.
135) 거룩함이. 대단함이.
136) 부릅뜨니.
137) 오래 지나서야.
138) 엎어져 계시면서.
139) 귀를 싸고 떠셔서.
140) (무제를) 모시고 온.
141) (손에) 잡은.
142) 놓아 버렸거늘.
143) 싫게 여기시어.

시원(始元) 원년(元年)의 니르러 경셩(京城)의 대역(大疫)이 퍼뎌 주글 재 반(半)이 남거늘[144], 녜 월지국 신향(神香)을 가져다가 셩듕(城中)의 픠오시니, 주건 디[145] 삼일(三日)이 못훈 사룸은 다 도로 살고, 향내 셕 둘이 디나되 업디 아니ᄒ더라[146].

녜 그제야 귀(貴)ᄒ 향인 줄 아르시고 그 나믄 거술 ᄲᅡ 간ᄉᄒ야[147] 겨시더니, 홀론 내여보니 함(函)이며 봉(封)훈 거슨 의구(依舊)ᄒ디, 향은 업섯더라. 이 향이 취굴쥐(聚窟洲) 인됴산(人鳥山)으로셔 나니, 그 향나모 불휘를[148] 옥(玉)가마의 고와 즙(汁)을 내야 민ᄃ니, 그 일홈이 여슷 가지라. 이 진실(眞實)로 녕믈(靈物)이러라.

---

144) 넘거늘.

145) 죽은 지.

146) 없어지지 아니하였다.

147) 간수하여.

148) 뿌리를.

| 제6화 |

옥뇽뎐(玉龍)

당(唐) 적의 무휘(武后ㅣ) 모든 황손(皇孫)을 블러 뎐상(殿上)의 안치고, 그 모다[149] 노롬노리ᄒᆞᄂᆞᆫ[150] 양(樣)을 보며 인(因)ᄒᆞ야 셔역(西域)으로서 진상(進上)ᄒᆞᆫ 옥(玉)골회[151]며 빈혜[152]며 잔(盞)이며 반(盤)[153]을 만히 내야 전후(前後)의 버리고[154], 모든 아기너를 노화 ᄒᆞ여곰 ᄃᆞ토와[155] 가지라 ᄒᆞ며, 그 ᄠᅳᆺ과 의ᄉᆞ(意思)를 보더니, 모다 ᄃᆞ토아 가져, 혹(或) 만히도 어드며, 혹 젹게도 가지며, 기듕(其中)의 열 업순[156] 쟈(者)ᄂᆞᆫ ᄒᆞ나토[157] 못 어더 울며 바자니거늘[158], 현종(玄宗)은 홀로 단정(端正)히 안자셔 죠

---

149) 모두.

150) 놀음놀이하는.

151) 옥으로 만든 고리. 옥 귀걸이 또는 옥팔찌.

152) 비녀.

153) 접시.

154) 벌여 놓고.

155) 다투어.

156) 열없는. 담이 작고 겁이 많은.

157) 하나도.

158) 바장이거늘. 부질없이 짧은 거리를 왔다갔다 하거늘.

곰도 동(動)티 아니흔대, 휘(后ㅣ) 긔특(奇特)이 너겨 그 등을 쓰
다드마[159] 글오디,

 "이 아히 후일(後日)의 당당(堂堂)이 태평텬지(太平天子ㅣ) 되
리로다."

흐고 인흐야 옥뇽지(玉龍子ㅣ)란 옥(玉)을 가져다가 쩌곰[160] 주
니라.

 이 옥은 태종(太宗)이 진양궁(晉陽宮)[원주 : 진양궁은 슈(隋) 양뎨
(煬帝) 궁이라.]의 가 어더 겨시더니, 문덕황휘(文德皇后ㅣ) 보비로
이 너겨 간스흐엿다가[161] 대뎨(大帝)[고종(高宗)이라.]를 나코
삼일(三日)만의 진쥬(眞珠)로 얼근[162] 깃과 이 옥뇽즈를 주엇더
니, 그 후(後)의 샹해[163] 닉탕고(內帑庫)의 장(藏)흐야시니, 그 기
리[164] 하 크디 아니호디 온화(溫和)흐며 지윤(滋潤)흐고 졍(精)
흐고 공교(工巧)로와 인간(人間)의 잇는 것 ᄀᆞ디 아니흐더라.

 현종이 즉위(卽位)흐매 시졀(時節)이 ᄀᆞ물거든 이 옥뇽즈를
노코 빌면 반드시 응(應)이 이셔 비 오며, 비롤 마즈면 비늘과
나로시[165] 다 움즈기는 듯흐야 뵈더라.

---

159) 쓰다듬어. 쓰다듬으며.
160) 그것으로써. 그것을.
161) 건사하였다가. 간수하였다가.
162) 얽은. 엮은.
163) 항상. 늘.
164) 길이가.

기원(開元) 적의 셔울이 ᄀ장 ᄀ믈거눌, 이 옥뇽ᄌ롤 노코 비 로더 열흘밧씌 비 아니오더니, 현종이 남녁 모셔 드리티니, 이윽고 구롬이 니러나며 비 거록이[166] 오니라.

모셔 드리틴 후눈 엇디 못ᄒ엿더니, 그 후의 셔촉(西蜀)으로 가실 제 거개(車駕ㅣ) 위슈(渭水)의 다ᄃ라 쟝ᄎᆺ(將次) 건너려 ᄒ고 믈ᄀᆡ 머므럿더니, 좌우(左右)의 뫼신 사롬돌히 믈의 드러 혹(或) 손도 시스며[167] 발도 싯더니 모래 가온대 흰 거시 잇거눌 어드니, 이 옥으로 사긴 뇽(龍)이라. 어든 재(者ㅣ) 귀(貴)히 너겨 샹(上)씌 드리오니, 보시고 놀라며 깃거ᄒ샤 녜 일을 늣기샤 눈믈을 디오시거눌[168], 좌위(左右ㅣ) 그 연고(緣故)룰 뭇ᄌ온대,

"이거시 내 녯날의 텬후(天后)[무휘(武后ㅣ)라.]씌 어더 보비로이 간ᄉᄒ엿더니 흔 히 심(甚)히 ᄀ믈거눌 비롤 비다가 모셔 녀흔 후의 엇디 못ᄒ엿더니, 오눌날 이거시 엇디 예 왓ᄂᆞ뇨?" ᄒ더라. 일로 후눈 미양 밤마다 빗난 비치 비최더라.

샹이 셔울로 도라오샤 간ᄉᄒ야 겨시더니 훌론 도적마ᄌ시니, 뫼셧눈 져믄 너관(內官)이 도적ᄒ니라. 일 날가[169] 두려 가

---

165) (옥룡의) 비늘과 나룻(수염)이.
166) 대단하게.
167) 씻으며.
168) 눈물을 지으시거늘.
169) 일이 알려질까. 탄로(綻露)될까.

져다가 니 보국(李輔國)을 주니, 보국이 인ᄒᆞ야 금초와[170] 궤(机)예 다마 두엇더니[171], 보국이 쟝ᄎᆞᆺ 패(敗)ᄒᆞᆯ 제 밤의 궤 가온대 소리 잇거늘 슈샹(殊常)이 너겨 궤롤 열고 보니, 그 옥농이 임의 업섯ᄂᆞᆫ디라. 이후는 그 간 ᄃᆡ롤 아디 못ᄒᆞ니라.

---

170) 감추어.
171) 담아 두었더니.

| 제7화 |

삼낭조뎐(板橋三娘子)

당(唐) 변쥐(汴州의) 셧녁희 판교뎜(板橋店)이란 뎜(店)이 이시니, 뎜쥬(店主) 삼낭지(三娘子ㅣ)라 ᄒᆞ리 아므드러셔[172] 온 줄 아디 못ᄒᆞ고, 홀로 사란 디 삼십여 년(三十餘年)이로ᄃᆡ ᄒᆞᆫ 사ᄅᆞᆷ도 친쳑(親戚)이로라 ᄒᆞ리 업더라.

집 두어 간(間)을 짓고 음식(飮食) ᄑᆞ라 먹기ᄅᆞᆯ 일사므니, 집이 가음여러[173] 나괴와[174] 노새 ᄀᆞ장 만히 이시니, 구의[175]며 ᄉᆞᄉᆞ(私事)로이 ᄃᆞᆫ니ᄂᆞᆫ 사ᄅᆞᆷ이 수러 메올[176] 노새 곳 업ᄉᆞ면 믄득 세(稅)ᄅᆞᆯ 적게 ᄒᆞ야 주니, 사ᄅᆞᆷ이 다 되(道ㅣ) 잇다 ᄒᆞ더라. 이러모로 원근(遠近)의 ᄃᆞᆫ니ᄂᆞᆫ 사ᄅᆞᆷ이 만히 드더라[177].

원화(元和) 듕(中)의 허쥐(許州의) 짜 됴계홰(趙季和ㅣ)란 사ᄅᆞᆷ이 쟝ᄎᆞᆺ 동(東)으로 나아갈시 이 뎜(店)의 쥬인(主人)ᄒᆞ엿더니,

---

172) 어디에서.

173) 부유(富裕)하여.

174) 나귀와.

175) 구위. 관아(官衙).

176) 수레를 멜.

177) 많이 들었다.

몬져 니론 손 여닐굽이[178] 죠고만 평상(平床)의 지혀[179] 안잣거늘, 계홰(季和]) 드러가 뎜쥬(店主)의 방(房) 겻티 평상(平床)을 의지(依支)ᄒ야 안잣더니, 이윽고 삼낭지(三娘子]) 모든 긱(客)들을 머기기를 ᄀ장 후(厚)히 ᄒ고 밤이 깁픈 후(後)의 술을 가져다가 모든 긱(客)들로 더브러 ᄒ가지로 머글시, 계화(季和)는 본디 술을 못 먹는디라 다만 말만 ᄒ더라.

이경(二更)은 ᄒ야 손들이 다 취(醉)ᄒ야 자리예 눕고 삼낭ᄌ(三娘子)는 방(房)의 도라가 문(門)을 닷고 블을 ᄭ매, 사룸들히 ᄌ음을 닉게 드되[180], 계화(季和)는 홀로 ᄭᅵ엿더니 ᄇᄅᆷ벽 ᄉᆡ이로 드ᄅ니, 삼낭지(三娘子]) 그ᄅ술[181] 달화[182] ᄆ어슬 움즈기는 둧ᄒ야 소리 잇거늘 위연(偶然)히 틈으로 여어보니[183], 믄득 삼낭지(三娘子]) 쵹(燭)블을 볼키고 샹ᄌ(箱子) 가온대로셔 죠고만 결이롤[184] 내야 노코 흔 나모 쇼와 나모 사룸을 내니[185], 킈[186] 여닐굽 치식은 흔 거슬 가져다가 브억[187] 압픠 노코 믈로

---

178) 예닐곱이. 6-7명이.

179) 지여. 지혀. 의지하여. 기대어.

180) 익게 들되. 깊이 들되.

181) 그릇을. 기구(器具)를.

182) 다루어.

183) 엿보니.

184) 겨리를. '겨리'는 두 마리의 소가 끄는 쟁기.

185) 나무를 깎아 만든 소와 사람을 꺼내니.

186) 키가.

쌕므니[188] 두 가지 거시 믄득 니러 돗거늘[189], 그 사름이 쇼롤 잇그러[190] 결이롤 메워 상(床) 압 흔 돗끄리롤[191] 다 갈고 쏘 샹ㅈ(箱子) 가온대셔 메밀 삐[192] 흔 줌을 내야 쟈근 아히롤[193] 주어 시므니 져근덧ᄒᆞ야[194] 나 곳치 피여[195] 메밀히 일시(一時)예 닉거늘, 쟈근 사름 ᄒᆞ야 븨여 부븨니[196] 여닐굽 되ᄂᆞᆫ ᄒᆞ거늘[197] 매예 ᄀᆞ라 노코[198] 나모 사름과 결이롤 도로 샹ㅈ(箱子)의 녀코 쩍 두어흘 민드라 구어 노핫더니, 이윽ᄒᆞ야 닭이 울고 손둘히[199] 다 가려ᄒᆞ거늘 삼낭ㅈ(三娘子ㅣ) 몬져 니러 블 혀고[200] 구은 쩍을 밥상 우희 노하 머길시 계화(季和)ᄂᆞᆫ ᄆᆞ음이 동(動)ᄒᆞ야 몬져 하딕(下直)고 문(門)을 열고 나와 ᄀᆞ만이 수머

---

187) 부엌.

188) 물을 뿜으니.

189) 일어나 달리거늘.

190) 소를 이끌어.

191) 돗자리 하나 크기의 땅을.

192) 메밀 씨. 메밀의 종자(種子).

193) 작은 아이를. 나무로 깎아 만든 사람을 말함.

194) 잠깐 사이에.

195) 싹이 나고 꽃이 피어.

196) 작은 사람으로 하여금 베어서 비비니.

197) 예닐곱 되[升]는 되거늘.

198) 맷돌에 갈아 놓고.

199) 손님들이.

200) 먼저 일어나 불을 켜고.

셔 여어보니[201], 모든 손돌히 안자셔 쩍을 먹더니 일시(一時)예 업더뎌[202] 나괴[203] 소리롤 ᄒ며 져근덧 ᄉ이예 변(變)ᄒ야 다 나괴 되거눌, 삼낭지(三娘子ㅣ) 모라 뎜(店) 뒤히 드리고[204] 그 지믈(財物)을 다 앗거눌, 계홰(季和ㅣ) 눕ᄃ려 니ᄅ디 아니ᄒ고 ᄆᆞ움의 그 슐(術)을 어내 ᄉ모(思慕)ᄒ더니[205], 두어 돌은 디난 후(後)의 계홰(季和ㅣ) 쏘 동(東)으로 가다가 판교뎜(板橋店)의 다ᄃᆞ롤시 미리 메밀쩍을 믿ᄃᆞᄅ뇌[206] 톄졔(體制)와 금쟈늠을[207] 젼(前)의 보더니과 ᄀᆞ티 ᄒ야 가지고 와 뎜(店)의 드니, 삼낭지(三娘子ㅣ) 보고 깃거ᄒ기롤[208] 처음과 ᄀᆞ티 ᄒ더라.

그날 나조희[209] 다론 손이 업고 쥬인(主人)이 디졉(待接)기롤 ᄀᆞ장 후(厚)히 ᄒ야 밤이 깁ᄃ록 은근(慇懃)히 ᄒ다가 갈 일을 뭇거눌, 계홰(季和ㅣ) 닐오디,

"새배[210] 쟝촛 갈 거시니 음식(飮食)을 ᄒ야 달라."

---

201) 가만히 숨어서 엿보니.
202) 엎어져.
203) 나귀.
204) 몰아서 점막 뒤에 들여놓고.
205) 마음속으로 그 재주를 어느덧 사모하더니.
206) 메밀떡을 만들되.
207) 크고 작음을. 크기를.
208) 기뻐하기를.
209) 저녁에.
210) 새벽에.

흔대 삼낭지(三娘子)) 닐오디,

 "념녀(念慮) 말고 됴히 자라[211]."

흔더라. 밤듕은 흐야 계홰(季和)) 여어보니 녜 흐던 일과 맛치 굿티 흐더라[212].

 하눌히 불그매 삼낭지(三娘子)) 반(盤)의 음식(飮食)과 구은 썩 두어흘 다마 노코 다론 것 가지라 드러니거눌[213], 계홰(季和)) 급(急)피 느려와 몬져 가져왓던 썩 흐나흘 밧고와 노흐니[214] 삼낭지(三娘子)) 아디 못흐더라.

 계홰(季和)) 쟝촛 그 음식(飮食)을 머글시 삼낭즈(三娘子)드려 닐오디,

 "마초아[215] 나도 썩을 가져왓더니 쳥(請)컨대 이롤 가져다가 후(後)의 다론 손을 머기라."

흐고 즉시(卽時) 밧꼰 썩을 먹더니 삼낭지(三娘子)) 쏘 차(茶)롤 머기거눌 계홰(季和)) 닐오디,

 "쳥(請)컨대 쥬인(主人)도 손의 흔 조각 썩을 맛보쇼셔."

흐고 밧고와 두엇던[216] 삼낭즈(三娘子)의 썩을 준대 바다 먹더

---

211) 잘 자라.
212) 전에 하던 일과 꼭 같이 하더라.
213) 다른 것 가지러 들어가거늘.
214) 떡 하나를 바꾸어 놓으니.
215) 마침.
216) 바꾸어 두었던.

니 삼낭지(三娘子ㅣ) 짜흘 바딥고[217] 나괴 소리롤 ᄒ며 즉시(卽時) 변(變)ᄒ야 나괴 되니 ᄀ장 크고 실(實)ᄒ더라.

계홰(季和ㅣ) 즉시(卽時) 튼고 나가며 그 나모 쇼와 나모 사름을 가져다가 시험(試驗)ᄒ야 보되, 그 슐(術)을 모ᄅᄂᆫᄃ라 되디 아니ᄒ더라. 계홰(季和ㅣ) 그 나괴롤 튼고 빅니(百里)식 두로 둔니더니[218] 후(後) 네 힛만의 함곡관(函谷關)의 드러가 화악묘당(華岳廟堂)의 니롤시 동(東)녁크로 오뉵 니(五六里)ᄂᆫ 가니 실ᄀ의 믄득 ᄒᆫ 늘근 사름이 손벽 티고 닐오디,

"판교 삼낭지(板橋三娘子ㅣ) 엇디 뎌 얼굴이 되엿ᄂᆫ다?"

ᄒ고 인(因)ᄒ야 나괴롤 잡고 계화(季和)ᄃ려 닐오디,

"제 비록 허믈이 이시나 그디롤 만나 이러투시 되여시니 가히 에엿브ᄂᆫ디라[219]. 청(請)컨대 이제롤조차 노ᄒ믈[220] 허(許)ᄒ라."

ᄒ고 나괴 코과 입을 째티니[221] 뗘디며[222] 삼낭지(三娘子ㅣ) 가족으로셔 뛰여나니[223] 완연(宛然)히 녯 몸이러라. 늘근 사름을 향(向)ᄒ야 절ᄒ고 ᄃ라나니, 다시 간 고돌 아디 못ᄒ러라.

---

217) 땅에 비비적대고.
218) 두루 다니더니.
219) 가엾은지라.
220) 이제부터 놓아줌을.
221) 깨뜨리니.
222) 터지면서.
223) 가죽으로부터 뛰쳐나오니.

| 제8화 |

낙챵공쥬뎐(楊素)

딘(陳) 태즈(太子)의 샤인(舍人) 셔덕언(徐德言)의 쳐(妻)눈 딘후쥬(陳後主) 슉부(叔寶)의 미(妹)니, 낙챵공쥬(樂昌公主)룰 봉(封)ᄒ다. 경셩경국지식(傾城傾國之色)이오 팀어낙안지용(沈魚落雁之容)이라, 즈식(姿色)이 관졀(冠絶)ᄒ더라.

그저긔[224] 딘(陳)나라 졍시(政事ㅣ)요란(擾亂)ᄒ니, 덕언(德言)이 제 안해룰 뭇참내 보젼(保全)티 못ᄒᆯ가 ᄒ야, 그 쳐(妻)와 언약(言約)ᄒ야 닐오디,

"그디의 지조와 용뫼(容貌ㅣ) 나라히 망(亡)ᄒ면 반ᄃ시 권셰(權勢)의 집의 들 거시니 일로조차 말디어다[225]. 만일(萬一) 졍연(情緣)이 긋처디디 아녀실딘대[226] 오히려 서ᄅ 보믈 ᄇ라미 엇더리오? 맛당이 신(信)을 둘 거시라."

ᄒ고 이에 거우로룰[227] ᄣ려[228] 반(半)을 가지고 닐오디,

---

224) 그즈음. 그럴 적에.

225) 이제부터 그만둡시다. 이제 헤어집시다.

226) 그치지 않는다면. 끊어지지 않는다면.

227) 거울을.

“타일(他日)의 반드시 정월(正月) 망일(望日) 도셩(都城)의 와 폴 거시니 그롤 사모로229) 긔약(期約)ᄒ야 ᄎᄌᄅ라230).”

ᄒ더니 밋231) 딘(陳)이 망(亡)ᄒ매, 그 안해 과연(果然) 월공(越公) 양소(楊素)의 집의 드니, 통ᄒᆡᆼ(寵幸)ᄒ기 ᄌᄆᆺ232) 비길 ᄃᆡ 업더라.

덕언(德言)이 뉴리신고(流離辛苦)ᄒ다가 갓가스로233) 셔울 올라와, 정월(正月) 망일(望日)의 도시(都市)의 ᄣᆞ린 거우로롤 구(購)홀 쟤(者ㅣ) 이셔,

“갑술 만히 주렷노라.”

ᄒᆞ대 사롬이 아니 우으리234) 업더니, 덕언(德言)이 그 거우로 사려 ᄒᆞᄂᆞᆫ 사롬을 제 집으로 ᄃᆞ려와 ᄉᆞ셜(辭說)을 ᄌᄌᆞ셔(仔細)히 니ᄅᆞ고 거우로롤 내야주며 글을 지어 골오ᄃᆡ,

조여인구거(照與人俱去) 조귀인미귀(照歸人未歸)
무복상아영(無夏嫦娥影) 공뉴명월휘(空留明月輝)

---

228) 깨뜨려.
229) 사는 것으로.
230) 찾으라.
231) 및. ～함에 이르러.
232) 자못.
233) 가까스로.
234) 웃을 이.

거우뢰[235] 사롬으로 홈끽 떠낫더니,
거우로는 도라가되 사롬은 못 도라가놋다.
다시 샹아(嫦娥)의 그림재 업ᄉ니,
속결업시 불근 둘빗출 머믈웟도다.

ᄒ엿더라.

딘시(陳氏) 이 거우로와 글을 보고 톄읍(涕泣)ᄒ고 음식(飮食)을 아니 머근대, 양쇠(楊素ㅣ) 알고 불상히 너겨 덕언(德言)을 블러 그 안해룰 도라보내고 자븐 것[236] 만히 주니 듯는 재(者ㅣ) 감탄(感歎)티 아니리 업더라.

덕언(德言)이 딘시(陳氏)로 더브러 술 머글시 딘시(陳氏)로 ᄒ야곰 글 지으라 ᄒᆫ대, 그 글의 굴오디,

금일하쳔ᄎ(今日何遷次) 신관여구관(新官與舊官)
쇼톄구블감(笑啼俱不敢) 방험주인란(方驗做人難)

오늘날은 어드러로 옴ᄂᆞ뇨[237]?
신관(新官)이 구관(舊官)을 디(對)ᄒ엿도다.
우으며 울믈[238] 감히 못ᄒ노니,

---

235) 거울이.
236) 자븐 것. 연장. 쟁기. 그릇.
237) 옮겨 가는가?
238) 웃고 우는 것을.

비로소 사름 되기 어려온 줄을 알리로다.

호엿더라. 덕언(德言)이 뭇춤내 딘시(陳氏)로 더브러 강남(江南)의 도라가 늘거 주그니라.

| 제9화 |

곤륜노마륵뎐(崑崙奴)

당(唐) 대력(大曆) 듕(中)의 최싱(崔生)이라 홀 손이 이시니, 싱(生)의 아비 그적 일품(一品)의 훈신(勳臣)과 극(極)히 졀(切)ᄒ더니, 싱으로 ᄒ야곰 일품 집의 가 문병(問病)ᄒ라 ᄒ야ᄂᆞᆯ, 일품 집의 가니, 싱이 쇼년(少年)이라 용뫼(容貌ㅣ) 옥(玉)갓고 셩되(性度ㅣ) 강개(慷慨)ᄒ야 말슴이며 팁되(態度ㅣ) 청아(淸雅)ᄒ더라.

일품이 겨집죵으로 싱을 쳥(請)ᄒ라 ᄒ야ᄂᆞᆯ, 싱이 드러가 아비 명(命)을 뎐(傳)ᄒ니, 일품이 ᄀᆞ장 깃거ᄒ더라.

뫼셧ᄂᆞᆫ 녀기(女妓) 세히로ᄃᆡ, 곱기 졀식(絶色)이라. 금병(金瓶)의 블근 슈건(手巾)을 덥퍼 타락(駝酪)을 드리니, 일품이 그 세 겨집 듕(中)의 홍쵸의(紅綃衣) 니브니를 명ᄒ야 싱을 주라 ᄒᆞᆫ대, 싱이 나히 져믄디라 졀식의 겨집들히 전후좌우(前後左右)의 이시니 붓그려 죵시(終始) 먹디 아니커ᄂᆞᆯ, 일품이 홍쵸의 니븐 녀기를 명ᄒ야 술을 주라 ᄒᆞᆫ대, 싱이 브득이(不得已)ᄒ야 머그니, 그 겨집이 우어 긔롱(譏弄)ᄒ더라. 일품이 닐오ᄃᆡ,

"낭군(郎君)이 한거(閑暇)커든 브ᄃᆡ 와 노부(老夫)를 ᄎᆞᆽ자 보라."

ᄒᆞ고 홍쵸기(紅綃妓)를 명ᄒᆞ야 싱을 인(因)ᄒᆞ야 나가라 ᄒᆞᆫ대, 그 겨집이 싱을 향(向)ᄒᆞ야 세 손가락을 드러 뵈고 손바당을 세 번(番)을 두드린 후(後)의 압픠 츤 거우로를 ᄀᆞ르치며,

“닛디 말라.”

ᄒᆞ고 다른 말이 업거ᄂᆞᆯ, 싱이 도라와 아븨게 명을 회부(回報)ᄒᆞ고 칙방(冊房)의 도라오니 정신(精神)이 어즐ᄒᆞ고 의ᄉᆡ(意思ㅣ) 아득ᄒᆞ야 밥 머글 줄을 모ᄅᆞ더라. 다만 글을 읇퍼 ᄀᆞᆯ오ᄃᆡ,

> 그룻 봉ᄂᆡ산(蓬萊山)의 드러가 놀매,
> 옥녀(玉女)의 졍치(睛彩) 능(能)히 사름을 동(動)ᄒᆞᄂᆞᆫ도다.
> 블근 문(門) 반(半)만 다든 깁픈 궁(宮) 둘 블근 ᄲᅢ예,
> 벅벅이 녕지초(靈芝草) 눈 ᄀᆞᆮ튼 고지 시름ᄒᆞᄂᆞᆫ도다.

> 誤到蓬山頂上遊 明瑠玉女動星眸　朱扉半掩深宮月　應照璃芝雪艶愁239)

ᄒᆞ니 좌위(左右ㅣ) 그 ᄠᅳ들 몰라 ᄒᆞ더니, 가듕(家中)의 곤륜노(崑崙奴) 마륵(磨勒)이란 재(者ㅣ) 잇더니, 싱ᄃᆞ려 무러 ᄀᆞᆯ오ᄃᆡ,

“낭군이 므스 일이 잇관ᄃᆡ ᄒᆞᆫ(恨)을 푸머 싱각ᄒᆞᄂᆞᆫ 일이 잇ᄂᆞ뇨?”

---

239) 언해본에 원시를 제시하지 않아 원문에서 옮겨 왔음.

싱왈(生曰),

"네 엇디ᄒ야 내 졍ᄉ(情思)룰 아ᄂ다?"

마륵왈,

"다만 ᄯ들 니르라. 내 용녈(庸劣)ᄒ나 낭군을 위(爲)ᄒ야 플리라."

싱이 그 말을 괴이(怪異)히 너겨 ᄌᆞ시 고(告)ᄒᆫ대 마륵왈,

"이ᄂ 쇼시(小事ㅣ)라. 므어시 어여오리오?"

싱이 ᄯᅩ 손바당 두드리던 일을 니른대 마륵왈,

"이 므어시 알기 어려오리오? 세 손가락 드러 뵈던 일은 일품 집의 그런 겨집이 만흐매, '저ᄂ 셋재'로란 ᄯ디오, 손바당 세 번 두드리던 일은 다숫 손ᄀ락 세히 열다ᄉ시니 '이 둘 보롬날'이오, 가슴의 거우로 ᄀᆞᄅ치던 일은 '둘이 둥그러ᄒ거든 낭군을 오라'ᄒᆫ ᄯ디닝이다."

싱이 대희(大喜)ᄒ야 마륵ᄃ려 닐러 ᄀᆞ오ᄃᆡ,

"므슴 계규(計巧)로 나의 울억(鬱抑)ᄒᆫ ᄯ들 펴리오?"

마륵이 웃고 닐오ᄃᆡ,

"ᄂᆡ일(來日)이 보롬날이니 프른 깁으로 낭군이 오슬 지으라. 일품 집의 다만 모딘 개 이시니, 가기(歌妓)의 원문(院門)을 딕희 윗ᄂ다라, 상해 사ᄅᆞᆷ이 간대로 ᄃᆞ니디 못ᄒ고, 비록 가도 들린즉(則) 반ᄃ시 너흐러 주기니, 그 알기 귀신(鬼神)ᄀᆞᆺ고 모딜기 범 ᄀᆞᆺᄐ니, 이ᄂ 조쥐(曹州의) 밍ᄒᆡ(孟海) 개라. 세샹(世上)의 늘

근 죵놈 곳 아니면 이 개 당(當)호리 업ᄉᆞ닝이다. 오늘 나죄 낭군을 위호야 텨주기리라."

호고 쥬육(酒肉)을 비브르게 먹고 삼경(三更)은 호야 쇠몽동이룰 들고 나가더니 밥 머글 더슨 호야 도라와 닐오디,

"개 불셔 주거시니 이제는 어려온 거시 업다."

호고 싱을프른 오ᄉᆞᆯ 닙펴 담 열 겹을 업어 너머 가기(歌妓) 셋재 집의 니르니 슈호(繡戶)룰 닷디 아녓고 금(金) 능잔(燈盞)의 블이 불갓더라.

그 겨집이 댱탄(長歎)호고 안자 싱각호는 ᄠᅳ디 잇더라. 글을 읊퍼 골오디,

쟈근집[240]의 향내룰 원호ᄂᆞᆫ도다.
프른 구룸이 긋처뎌 음신(音信)이 아득호니,
속졀업시 옥쇼(玉簫)룰 비겨 봉황(鳳凰)이 시롬호ᄂᆞᆫ도다.

深洞鷰啼恨阮郞 偸來花下解珠璫 碧雲飄斷音書絶 空倚玉簫愁鳳凰[241]

호더라.

---

240) 오두막집.
241) 이곳에도 원시를 제시하지 않았고, 시의 언해가 일부 빠져 있음.

뫼신 사룸이 다 자고 밤이 깁퍼 ᄆᆞ올히 괴요ᄒᆞ거ᄂᆞᆯ[242], 싱이 발을 들티고 드리ᄃᆞ른대[243], 그 겨집이 흔연(欣然)히 탑(榻)의 ᄂᆞ려 싱의 손을 쥐고 닐오ᄃᆡ,

"낭군이 영오(穎悟)ᄒᆞ매 반ᄃᆞ시 알가 ᄒᆞ엿거니와 므슴 신슐(神術)로 이에 니ᄅᆞ뇨?"

싱이 마륵의 뫼와 업어온 ᄠᅳ들 ᄌᆞ시(仔細히) 니ᄅᆞᆫ대, 그 겨집이 닐오ᄃᆡ,

"마륵이 어ᄃᆡ 잇ᄂᆞ뇨?"

싱왈(生曰),

"발 밧긔[244] 잇ᄂᆞ니라."

블러 드려 금잔(金盞)의 술을 브어 머기고[245] 싱다려 닐오ᄃᆡ,

"쳡(妾)이 본(本)은 삭방(朔方) 사룸으로 쥬인(主人)이 대병(大兵)을 거ᄂᆞ려 핍박(逼迫)ᄒᆞ야 겨집을 사므니, 쳡이 죽디 못ᄒᆞ야 지금 사라시나[246] 옥뎌(玉箸) 금(金)술로 금장옥익(金漿玉液)을 머그며 운무병(雲霧屛) 공쟉선(孔雀扇)과 나위(羅幃) 슈막(繡幕)의 쥬취(珠翠)를 베여시나[247] 다 쳡의 원(願)이 아니라 딜고(桎

242) 마을이 고요하거늘.

243) 발을 들치고 들이닥치니.

244) 밖에.

245) 술을 부어서 먹이고.

246) 살고 있으나.

247) 베었으나.

楷)의 [원주 : 칼 메고 가티닷 말이라[248).] 잇는 듯ᄒ니, 귀(貴)한 사름이 신슐(神術)을 두어시니 만일 폐견(狴犬)을 [원주 : 개 녀흔 우리라[249).] 버서나면 비록 주그나 므슴 흔(恨)이 이시리오[250). 쳥(請)컨대 낭군의 비복(婢僕)이 되야 용광(容光)을 뫼오미[251) 원(願)이라.”

흔대, 싱이 디란(至難)ᄒ더니 마륵왈,

“낭즈(娘子)의 ᄯ디 이러ᄐ시 구드니 ᄎ역쇼시(此亦小事ㅣ)라 ᄒ고 마륵이 몬져[252) 셩덕(成赤) 연모[253)와 긔구(器具)롤 세 번의 져 너므고 날이 붉글가 ᄒ야 싱과 밋[254) 희(姬)롤 업어 놉픈 담 여라믄[255) 겹을 너머가되 일품 집 딕흰 사름은 죠곰도 모르더라.

아춤의 볽근 후(後)의야 일흔 줄을[256) 알고 쏘 개 주것는디라, 일품이 놀라 글오디,

“우리 문뎡(門庭)이 본디 놉고 깁프니 모딜기 범 ᄀᆺ고 늘라기

---

248) 큰칼을 메고 갇혔다는 말이다.

249) 개를 넣은 우리다.

250) 벗어난다면 비록 죽는다 한들 무슨 한이 있으리오.

251) 모심이. 모시는 것이.

252) 먼저.

253) 물건을 만드는데 쓰는 기구와 재료.

254) 및.

255) 여남은.

256) 잃어버린 줄.

진납이 ㄱ톨디라도[257] 여어보기[258] 어렵거든 ᄒᆞ믈며 이제 죵적(蹤迹)이 업스니 ᄒᆞᆫ갓 내 집의 해(害)로울 ᄯᆞᆫ이 아니라 텬하(天下)의 환(患)이라."

ᄒᆞ고 거륵이[259] 두려ᄒᆞ더라.

희(姬ㅣ) 싱의 집의 잇히롤 수멋더니[260] 홀론 고지 거룩이 피엿거눌[261] 쟈근 수리롤 ᄐᆞ고 곡강(曲江)의 가 노더니 일품 집가인(家人)이 ㄱ만이 알고 일품ᄃᆞ려 니ᄅᆞᆫ대, 일품이 괴이히 너겨 최싱(崔生)을 블러 힐문(詰問)ᄒᆞᆫ대, 싱이 두려 마륵이 업어 간ᄯᆞ들 ᄌᆞ시(仔細히) 니ᄅᆞᆫ대 일품왈,

"낭군의 죄(罪) 아니라. 내 텬하(天下)롤 위ᄒᆞ야 해(害)롤 덜리라."

ᄒᆞ고 갑ᄉᆞ(甲士) 오십(五十)을 내야 병긔(兵器)롤 엄(嚴)히 가지고 최싱의 집을 ᄡᅡ[262] 마륵을 자브라 ᄒᆞᆫ대 마륵이 비슈검(匕首劍)을 들고 놉픈 담을 ᄂᆞ라나 넓ᄯᆞ니[263] 가비얍기 새 놀개 ᄀᆞᆺ고 ᄂᆞᆯ라기 매 ᄀᆞᆺᄐᆞ니[264] 살히 비오둧 ᄒᆞ디 마치디 못ᄒᆞ더니[265] 경

---

257) 모질기가 범 같고 날래기가 잔나비(원숭이) 같을지라도.
258) 엿보기.
259) 매우. 몹시.
260) 이태를 숨어 있더니.
261) 하루는 꽃이 많이 피었거늘.
262) 둘러싸서. 포위(包圍)하여.
263) 날아 넘어 날뛰니.

극지간(頃刻之間)의 아므드러 간 줄 모롤러라²⁶⁶⁾. 일품이 뉘우처 두려²⁶⁷⁾ 집의 밤이면 병위(兵衛)롤 거룩이 ᄒ고 자더라.

후(後) 십여 년(十餘年) 후(後)의 최싱의 집 사름이 보니, 마륵이 낙양시(洛陽市)예 와 미약(賣藥)ᄒ디, 용뫼(容貌ㅣ) 의구(依舊)ᄒ더라.

---

264) 가볍기가 새 날개 같고, 날래기가 매 같으니.
265) 화살이 비 오듯 하되 맞히지 못하더니.
266) 어느 곳으로 갔는지를 몰랐다.
267) 뉘우치고 두려워하여.

| 제10화 |

임시뎐(任氏)

뎡뉵(鄭六)이란 사룸이 쥬식(酒色)을 됴히 너기고[268] 가난ᄒ야 ᄌ싱(自生)ᄒ일 일이 업서 쳐ᄉ촌(妻四寸) 위흠(韋崟)의게 의탁(依託)ᄒ야 서ᄅ 노라 ᄃ니더니[269] 텬보(天寶) 시졀(時節)의 흠(崟)이 뎡싱(鄭生)으로 더브러 댱안(長安)으로 나가 신챵니(新昌里)예 가 술을 머그려 ᄒ야 션평문(宣平門)의 다ᄃ라, 뎡싱(鄭生)이 모쳐[270] 연고(緣故) 이셔 다ᄅ 디 ᄃ녀 술 먹ᄂ 디롤 ᄎ자 가더니[271] 승평문(昇平門)의 드러다가[드러가다] 세 겨집을 만나니, 그 듕(中)의 흰옷 니븐 겨집이 ᄀ장 졀식(絶色)이어놀 뎡싱이 보고 놀라고 깃거ᄒ야 튼 노새롤 채텨 모라[272] 혹션혹후(或先或後)ᄒ야 쟝ᄎ(將次) 말을 ᄒ고져 ᄒ디 감(敢)히 못ᄒ더니, 그 겨집이 ᄌ로[273] 도라보고 ᄯ들 붓티ᄂ 듯ᄒ거놀[274], 뎡싱(鄭

---

268) 좋게 여기고. 좋아하고.
269) 놀며 다니더니.
270) 마침.
271) 다른 곳을 다녀서 술 먹기로 한 곳을 찾아가다가.
272) 채쳐 몰아. 채찍질을 하며 몰아.
273) 자주.

生)이 희롱(戲弄)ᄒᆞ야 닐오ᄃᆡ,

"고ᄋᆞ미 이러틋ᄒᆞᄃᆡ 거러가믄 엇디오[275]?"

그 겨집이 쇼왈(笑曰),

"툴 거슬 두어시되 서ᄅᆞ 빌리디 아니ᄒᆞ니 것디 아니ᄒᆞ고 엇디ᄒᆞ리오?"

뎡생(鄭生) 왈(曰),

"용녈(庸劣)ᄒᆞᆫ 노새 가인(佳人)이 탐즉디 아니ᄒᆞ거니와 이제 서ᄅᆞ 밧들고 나ᄂᆞᆫ 거러가미 죡(足)ᄒᆞᆫ디라."

ᄒᆞ고 졈졈(漸漸) 친압(親狎)ᄒᆞ야 ᄒᆞᆫ가지로 문(門)을 드러 동녁크로 낙유원(樂遊園)의 니르니 날이 볼셔 어두온디라. 흔 집이 이 쇼ᄃᆡ 담을 흙으로 ᄲᅡᆺ고 집이 ᄀᆞ장 크더라.

그 겨집이 그 집으로 드러가며 닐오ᄃᆡ,

"잠싼 문 밧ᄭᅴ 머믈라."

ᄒᆞ고 이윽ᄒᆞ야 뎡싱(鄭生)을 드러오라 ᄒᆞ야 흔 겨집이 마자 안ᄌᆞ니 나히 삼십(三十)은 ᄒᆞ고 얼굴이 단정(端正)ᄒᆞ니 길히셔 보던 겨집의 형(兄)이러라. 뎡싱(鄭生)ᄃᆞ려 닐오ᄃᆡ,

"내 셩(姓)은 임시(任氏)라. 셩뎍(成赤)을 다시 ᄒᆞ고 나와 뵈오리라."

---

274) 뜻을 부치는 듯하거늘. 마음을 전하는 듯하거늘.
275) 걸어가는 것은 어찌된 일이오.

ᄒ고 쵹(燭)을 셩(盛)히 혀고[276] 술과 음식(飲食)을 비셜(排設)ᄒ
더니, 이윽ᄒ야 임시(任氏) 나오니 아름다온 ᄌᆡ질(才質)과 고은
ᄐᆡ되(態度 ㅣ) 나지[277] 보던 거동(擧動)이 아녀[278], 인셰(人世)예
드믄 빗치러라[279].

밤든 후(後)의 잔치ᄅᆞᆯ 파(罷)ᄒ고 임시(任氏)로 더브러 침셕(枕
席)을 ᄒᆞᆫ가지로 ᄒ니 둘희[280] 졍(情)이 ᄀᆞ장 깁더니, 새배[281] 임
시(任氏) 닐오ᄃᆡ,

"우리 형뎨(兄弟) 일홈이[282] 교방(敎坊)의 티부(置簿)ᄒ야시니
이제 밧비 드러갈 거시니 그ᄃᆡ 오래 머므디 못ᄒ리라. 이제 도
라가고 훗(後ㅅ) 긔약(期約)을 언약(言約)ᄒ라."
ᄒ더라.

뎡ᄉᆡᆼ(鄭生)이 문(門) 밧ᄭᅴ 나와 니문(里門)의 니ᄅᆞ니 문(門)이
그저 다닷고 겨틱[283] 쩍 ᄑᆞᄂᆞᆫ 집이 이셔 블을 혀고 쩍을 ᄆᆡᆫᄃᆞᆯ거
ᄂᆞᆯ[284], 뎡ᄉᆡᆼ(鄭生)이 그 집 발[285] 아래 안자셔 파루(罷漏)ᄅᆞᆯ 기ᄃ

---

276) 켜고.
277) 낮에.
278) 아니어서.
279) 드문 인물이었다.
280) 둘의. 두 사람의.
281) 새벽에.
282) 이름이.
283) 곁에.
284) 만들거늘.

리며 쥬인(主人)과 말ᄒ더니, 뎡싱(鄭生)이 자던 집을 ᄀᄅ쳐 무로디,

　"이리로셔 동(東)다히로²⁸⁶⁾ 문(門) 잇ᄂ 집이 뉘 집이뇨?"

　쥬인(主人) 왈(曰),

　"그 다히ᄂ²⁸⁷⁾ 믈허딘²⁸⁸⁾ 담만 잇고 집이 업스니라."

　뎡싱(鄭生)이 닐오디,

　"오늘 게²⁸⁹⁾ 가 자고 외시니 이이 업다 니ᄅᄂ뇨?"

　쥬인(主人)이 그제야 ᄭᄪᄃ라 닐오디,

　"슬프다! 내 알과라²⁹⁰⁾. 그 가온대 ᄒ 여이²⁹¹⁾ 이셔 스나히ᄅ 만히 다래여²⁹²⁾ 더브러 자니, 내 볼셔 세 번(番)을 보왓더니, 어제 그디도 일뎡(一定) 여을²⁹³⁾ 만낫닷다²⁹⁴⁾."

ᄒ대, 뎡싱(鄭生)이 붓그려 닐오디,

　"그런 일은 업세라."

---

285) 발[簾].
286) 동쪽으로.
287) 그 쪽에는.
288) 무너진.
289) 거기에. 그곳에.
290) 알패라. 알겠구나. 알겠노라.
291) 여우.
292) 달래어.
293) 여우를.
294) 만났더라. 만났을 것이다.

ᄒᆞ고, 볼근 후(後)의 고텨295) 올라가 보니, 과연(果然) 믈허딘 담만 잇고 그 속은 가시296) 얼거덧고297) 무근 밧티러라298).

도라와 위흠(韋崟)을 보니, 흠(崟)이 실긔(失期)ᄒᆞᆫ 줄을 ᄭᅮ짓거늘, 뎡ᄉᆡᆼ(鄭生)이 다ᄅᆞᆫ 연고(緣故)로 핀계ᄒᆞ고299), 그 겨집의 얼굴을 미양 싱각ᄒᆞ야 ᄒᆞᆫ번 다시 보믈 원(願)ᄒᆞ더니 십여 일(十餘日)은 디난 후(後)의 뎡ᄉᆡᆼ(鄭生)이 모쳐300) 셧녁 져제301) 옷 ᄑᆞ는 ᄃᆡ로 디나가노라 ᄒᆞ니 믄득 임시(任氏)의 죵(從)이 임시(任氏)를 조차 옷 ᄑᆞ는 ᄃᆡ 셧거늘, 뎡ᄉᆡᆼ(鄭生)이 내ᄃᆞ라 브르니, 임시(任氏) 몸을 도로텨302) 모든 사ᄅᆞᆷ 가온대 드러 피(避)ᄒᆞ거늘, 뎡ᄉᆡᆼ(鄭生)이 년(連)ᄒᆞ야 브르고 겻티 나아가 펍박(逼迫)ᄒᆞ니, 임시(任氏) 부체로 ᄂᆞᆾ출 ᄀᆞ리오고303) 도라셔 닐오ᄃᆡ,

"그ᄃᆡ 볼셔 알며 어이 갓가이 ᄒᆞᄂᆞ뇨?"

뎡ᄉᆡᆼ(鄭生) 왈(曰),

"비록 아나 므어시 해로오리오?"

---

295) 고쳐. 다시.

296) 가시가.

297) 얽혀져 있고.

298) 묵은 밭이더라.

299) 핑계ᄒᆞ고. 핑계를 대고.

300) 마침.

301) 서쪽 저자. 서쪽 시장(市場).

302) 돌이켜. 돌려.

303) 낯을 가리고.

임시(任氏) 왈(曰),

"이리 붓그러오니 면목(面目)을 엇디 다시 뵈리오?"

뎡싱(鄭生) 왈(曰),

"싱각기를 이러투시 깁피 ᄒ거늘 그디는 ᄎ마 ᄇ리려 ᄒᄂ냐?"

임시(任氏) 닐오디,

"엇디 감(敢)히 ᄇ리리오? 그디 아쳐홀가[304] 두리ᄂ디라[305]."

ᄒ내, 뎡싱(鄭生)이 밍셰ᄒ야 말ᄉ미 근졀(懇切)ᄒ거늘, 임시(任氏) 이에 부체롤 앗고[306] 늣출 도로혀니[307] 고은 빗치 녜 ᄀ더라. 인(因)ᄒ야 뎡싱(鄭生)ᄃ려 닐오디,

"인간(人間)의 날 ᄀᄐ니[308] ᄒ나히 아니로디 그디 아디 못ᄒᄂ디라. 괴이(怪異)히 너기디 말라."

뎡싱(鄭生)이 죠용히 가 즐김을 쳥(請)ᄒ니, 임시(任氏) 닐오디,

"날 ᄀᄐ[309] 뉴(類)롤 사름이 미워호ᄆ[310] 다른 일이 아니라 사름을 샹(傷)ᄒ올가 호미니, 나는 그러티 아니ᄒ니 그디 슬희여[311] 아니ᄒ면 몸이 못ᄃ록[312] 건즐(巾櫛)을 밧들리라."

---

304) 싫어할까.

305) 두려워하는지라.

306) 거두고. 빼앗고.

307) 돌이키니.

308) 나 같은 이.

309) 나 같은.

310) 미워함은.

뎡싱(鄭生)이 허락(許諾)ᄒ고 이실 ᄃᆡ롤[313) 의논(議論)ᄒ니, 임시(任氏) 닐오ᄃᆡ,

"이리로셔 동다히 큰 나모 아래 집이 이시되 ᄀ장 깁고 고요ᄒ야 잠깐 방(房)쳔을[314) 믈고 이셤즉ᄒ니[315), 그ᄃᆡ 쳐족(妻族) 위흠(韋崟)의 집의 긔명(器皿)을 만히 두어시니 비러 ᄡᆷ즉ᄒ니라[316)."

뎡싱(鄭生)이 그 집을 ᄎᆞ자 엇고 위흠(韋崟)의게 나아가 셰스(貰舍)의 ᄡᆯ 즙믈(什物)을 비니, 흠(崟)이 연고(緣故)롤 뭇거눌 뎡싱(鄭生) 왈(曰),

"ᄒᆞᆫ 졀식(絶色)의 가인(佳人)을 ᄀᆺ 어더 집 ᄒᆞ나흘 셰(貰)내여시되, 긔귀(器具ㅣ) ᄀᆺ디[317) 못ᄒᆞ다라. 그ᄃᆡᄭᅴ[318) 어더 ᄡᅳ고져 ᄒᆞ노라."

ᄒᆞᆫ대, 흠(崟)이 쇼왈(笑曰),

"네 얼굴 가지고 일뎡(一定) 더러온 겨집을 어덧디 므슴 졀식(絶色)의 겨집을 어드리오?"

---

311) 싫어하지.
312) 몸이 마치도록. 몸이 다하도록. 죽을 때까지.
313) 있을 데를. 있을 곳을.
314) 방세(房貰)를. '쳔'은 '쳔량을 줄인 말로 돈이나 재물을 뜻함.
315) 있음직하니.
316) 빌려 씀직합니다.
317) 갖추지. 구비(具備)하지.
318) 그대에게.

ᄒ고 포딘긔명(鋪陳器皿)을 다 빌리고, 혜힐(慧黠)ᄒ 죵(從) ᄒ나ᄒ흘 보내여 여어보고[319] 오라 ᄒᄒ대, 이윽고 그 죵(從)이 도라왓거ᄂᆞᆯ 흠(嶔)이 밧비 무로디,

"얼굴이 엇더ᄒ더뇨?"

디왈(對曰),

"긔특(奇特)ᄒ고 괴이(怪異)ᄒ야 텬하(天下)의 일즉 보디 못ᄒ 식(色)이러이다."

흠(嶔)이 죵족(宗族)이 ᄀᆞ장 만코 젼(前)브터 창누(娼樓)의 둔녀 졀식(絶色)의 겨집을 만히 보앗ᄂᆞᆫ디라. 다시 무로디,

"아므과[320] 엇더ᄒ더뇨?"

죵(從)이 닐오디,

"그 짝이 아니러이다."

흠(嶔)이 그 듕(中)의 고으니 대여술[321] 닐러 무ᄅᆞ니 디답(對答)ᄒ더,

"다 그 짝이 아니러이다."

이ᄯᆡ예 오왕(吳王)의 ᄯᆞᆯ이 얼굴이 신션(神仙) ᄀᆞᆺ고, 흠(嶔)의 외ᄉᆞ촌(外四寸)이라. 본디 유명(有名)ᄒ더니,

"그과[322] 엇더ᄒ더뇨?"

---

319) 엿보고.

320) 아무(개)와.

321) 대여섯을. 5~6명을.

쏘 닐오디,

"그 짝이 아니러이다."

ᄒ니, 흠(崟)이 크게 놀라 닐오디,

"텬하(天下)의 이런 사름이 이시리오?"

ᄒ고 소세(梳洗)를 고텨 ᄒ고 그 집으로 가니, 뎡싱(鄭生)은 나가고 임시(任氏) 문(門)의 셔시되 듯던 말의셔 더ᄒ더라[323].

흠(崟)이 얼굴을 보고 미칠 듯ᄒ야 드리드라 안으니, 임시(任氏) 거스다가[324] 못ᄒ야 종시(終是) 힘이 이긔디 못ᄒ게 되니 얼굴이 ᄀ장 셜워ᄒᄂ 듯ᄒ거늘, 흠(崟)이 무로디,

"엇디 깃거ᄒᄂ[325] 빗치 업스뇨?"

임시(任氏) 탄식(歎息)ᄒ고 닐오디,

"뎡싱(鄭生)이 가(可)히 슬프도다."

흠(崟)이 문왈(問曰),

"엇디 니름고[326]?"

임시(任氏) 왈(曰),

"뎡싱(鄭生)이 쏘ᄒ 댱부(丈夫)로 ᄒ 겨집을 둣덥디[327] 못ᄒ

---

322) 그와. 오왕의 딸과.
323) 듣던 말보다 더하였다(더 아름다웠다).
324) 거술다가. 거스르다가. 거역(拒逆)하다가.
325) 기뻐하는. 기꺼워하는.
326) 어찌 이름인가? 어찌 이르는 말인가?
327) 두둔하지. 비호(庇護)하지.

니, 그디 호치(豪侈)ᄒ야 고은 겨집을 만히 어더보와시나 날 ᄀᆞ
ᄐᆞ니[328] 만나미 열히라. 뎡싱(鄭生)은 궁잔(窮殘)ᄒ야 ᄆᆞ옴의 마
ᄌᆞ[329] 겨집이 다만 쳡(妾) ᄒᆞ나뿐이라. 그디 엇디 ᄎᆞ마 유여(有
餘)ᄒᆞᆫ 거스로ᄡᅥ[330] 늠의 브죡(不足)ᄒᆞᆫ 거슬 아ᄉᆞ려[331] ᄒᆞᄂᆞ뇨?"
ᄒᆞᆫ대 흠(歆)은 의긔(義氣) 잇ᄂᆞᆫ디라. 즉시(卽時) 노하ᄇᆞ리고[332]
샤례(謝禮)ᄒ야 닐오디,

   "다시 아니 ᄒᆞ오리라."

ᄒᆞ더니, 이윽고 뎡싱(鄭生)이 드러오니 서ᄅᆞ 보고 즐겨 임시(任
氏)의 머글 것과 니블 거슬 흠(歆)이 다 어더주고 서ᄅᆞ ᄉᆞ랑ᄒᆞ기
ᄅᆞᆯ 결리ᄀᆞᆺ티[333] ᄒᆞ더라.

   일일(一日)은 임시(任氏) 뎡싱(鄭生)ᄃᆞ려 닐오디,

   "그디 돈 오뉵 쳔(五六千)을 어들소냐?"

   뎡싱(鄭生)이 늠의게 ᄭᅮ어 뉵 쳔(六千)을 가져오니 임시(任
氏) 왈(曰),

   "져제[334] 가 ᄆᆞᆯ을 사오디 다리에 허믈 잇ᄂᆞᆫ ᄆᆞᆯ을 어드라."

---

328) 나 같은 이. 나 같은 사람.
329) 마음에 맞는.
330) 것으로써.
331) 앗으려. 빼앗으려.
332) 놓아버리고. 놓아주고.
333) 겨레같이. 친척 같이.
334) 저자에. 시장(市場)에.

뎡싱(鄭生)이 져제 가니 과연(果然) 흔 사름이 물을 잇글고 포
되[335] 왼 다리예 샹(傷)흔 허믈이 잇거눌, 뎡싱(鄭生)이 사 가져
오니, 쳐가(妻家) 결러들히[336] 모다 우어[337] 닐오디,

"이거슨 브린 물이니 사다가 므어시[338] 쓰려ᄒᆞᆫ다?"
ᄒᆞ더니, 오라디 아녀셔[339] 임시(任氏) 닐오디,

"이 물을 이제 풀 디[340] 이실 거시니 갑술[341] 삼만(三萬)을
바드리라."

뎡싱(鄭生)이 내여가 풀려 ᄒᆞ니, 흔 사름이 이만(二萬)을 주려
ᄒᆞ거눌 포디 아니ᄒᆞ고 도로 가져오니, 그 사름이 집의 ᄯᆞᆯ와
와[342] 갑술 여러 번(番) 올려 삼만(三萬)을 밧고 폰 후(後)의 뎡
싱(鄭生)이 그 사름ᄃᆞ려 무로디,

"이리 병(病) 잇는 물을 갑술 만히 주고 브디[343] 사믄 엇디오?"
그 사름이 닐오디,

"소음현(昭應縣)의 어매(御馬ㅣ) 다리예 허믈이 잇다가 주건

---

335) 팔되.
336) 겨레들이. 친척(親戚)들이.
337) 웃어. 웃으며.
338) 무엇에. 어디에.
339) 오래지 않아서.
340) 팔 데(가). 팔 곳(이).
341) 값을.
342) 따라와.
343) 부디. 기어이. 굳이.

디[344] 삼년(三年)이니, 맛닷던[345] 아젼(衙前)도 죄(罪) 닙게 되엿
고, 그 갑슬 물리면 뉵만(六萬)을 밧틸 거시니 이제 반(半)을 주
고 사가니, 내 어든 거시 쏘흔 만흔디라."
ᄒᆞ더라.

임시(任氏) 의복(衣服)이 눌가[346] 흠(鑫)의게 오슬 비니, 흠(鑫)
이 비단(緋緞)을 사다가 주려 ᄒᆞ거늘, 임시(任氏)
"이ᄌᆞ[347] 지은 오슬 어너시라[348]."
ᄒᆞ니 흠(鑫)이 져제 사름 댱대(張大)를 블러 임시(任氏)를 뵈고
닙고져 ᄒᆞᄂᆞᆫ 거슬 무러 사라 ᄒᆞ니, 댱대(張大) 임시(任氏)를 보고
놀라 흠(鑫)ᄃᆞ려 닐오디,
"이ᄂᆞᆫ 텬인(天人)이어나 귀척(貴戚)이어나 흔 사름이 ᄀᆞ만
이[349] 나왓는가 시브니[350] 샐리 보내여 화(禍)를 닙디 말라."
ᄒᆞ니, 그 얼굴이 사름의게 동(動)호미 이러 톳ᄒᆞ더라. 미양 지은
오슬 사 닙고 손조[351] 짓디 아니ᄒᆞ니 그 연고(緣故)를 아디 못

---

344) 죽은 지.
345) 맡았던.
346) 낡아.
347) 아주.
348) 얻고 싶어라.
349) 가만히. 몰래.
350) 싶으니.
351) 손수.

ᄒᆞ야 ᄒᆞ더니 ᄒᆞᆫ ᄒᆡᄂᆞᆫ 디나셔 뎡ᄉᆡᆼ(鄭生)이 금셩현(金城縣)의 원
(員)을 ᄒᆞ야 임시(任氏)를 홈ᄭᅴ³⁵²⁾ 드려가려 ᄒᆞ니, 임시(任氏) 즐
겨 아녀 닐오디,

"ᄒᆞᆫ 십여 일(十餘日) ᄉᆞ이예 홈ᄭᅴ 가도 즐거온 일이 업ᄉᆞ니
날을 혜여³⁵³⁾ 냥식(糧食)을 쟝만ᄒᆞ야 주고 가면 죠용히 잇다가
ᄂᆡᄒᆡᆼ(內行) 함ᄭᅴ 가지라³⁵⁴⁾."

ᄒᆞ야ᄂᆞᆯ, 뎡ᄉᆡᆼ(鄭生)이 여러 번(番) 쳥(請)타가 못ᄒᆞ야 위흠(韋崟)
드려,

"임시(任氏) 줄 냥식(糧食)을 어더지라."

ᄒᆞ니 흠(崟)이 다시 홈ᄭᅴ 갈 일을 권(勸)ᄒᆞ고 아니가려 ᄒᆞᄂᆞᆫ 연
고(緣故)를 무르니, 임시(任氏) 닐오디,

"ᄒᆞᆫ 무당(巫堂)이 이셔 이 ᄒᆡ예³⁵⁵⁾ 셔(西)다히로³⁵⁶⁾ 가미 길
(吉)티 아니타 ᄒᆞᆯᄉᆡ, 이러모로 ᄣᅥ뎌³⁵⁷⁾ 가고져 ᄒᆞ노라."

뎡ᄉᆡᆼ(鄭生)이 위흠(韋崟)과 대쇼(大笑)ᄒᆞ고 닐오디,

"그디 총명(聰明)ᄒᆞ고 통달(通達)호미 ᄂᆞᆷ도곤³⁵⁸⁾ 나으되 엇디

---

352) 함께.
353) 헤아려. 계산(計算)하여.
354) 가고 싶어라.
355) 이 해에. 올해에.
356) 서쪽으로.
357) 떨어져.
358) 남보다.

무당(巫堂)의 말의 혹(惑)ᄒ기롤 이러틋시 ᄒᄂ뇨?"

ᄒ고, 다시 구틱여 청(請)ᄒ니, 임시(任氏) 마디못ᄒ야 길흘 출혀[359] 홈끠 가니, 위흠(韋崟)이 니고(臨皐) 짜히 나와 젼송(餞送)ᄒ고, 인(因)ᄒ야 ᄐᄂ 물을 빌려 임시(任氏)롤 틱와 보내여 마외(馬嵬)예 니ᄅ러 임시(任氏) ᄐᆫ 물은 알픠[360] 셔고, 뎡싱(鄭生)은 노새롤 타 뒤히 셔고, 겨집 죵(從) ᄒ나히 그 뒤히 물을 ᄐ고 가더니, 그뻬예 산영ᄒᄂ[361] 사름둘히 낙구쳔(洛川)의 와 산힝ᄒ연 디[362] 열흘이라. 마초와[363] 길희셔 만나 프른 개 플 속으로셔 내둣더니[364], 뎡싱(鄭生)이 보니 임시(任氏) 믄득 짜히 ᄂ려뎌 본형(本形)을 변(變)ᄒ야 남(南)다히로 ᄃᄅ며[365], 그 개 ᄯ롸둣거눌[366], 뎡싱(鄭生)이 개롤 ᄭ짓고 ᄯ롤오디 미처 금(禁)티 못ᄒ더니 일리(一里)ᄂ 가셔 그 개게[367] 믈리미 되니, 뎡싱(鄭生)이 눈믈을 흘리고 돈을 내야 의금(衣衾)을 쟝만ᄒ야 주검을 ᄲ 뫼 아래 뭇고, 남글 ᄭᆞ가[368] 표(標)ᄒ고, 길히 도라오니 탓던

---

359) 길을 차려. 길 떠날 채비를 하여.

360) 앞에.

361) 사냥하는.

362) 사냥한 지.

363) 마침. 때마침.

364) 내달리더니.

365) 달아나며.

366) 따라 달리거늘.

367) 개에게.

믈은 길マ의셔 플을 ᄯ더먹고, 의복(衣服)은 기르마369) 우히 걸티엿고370), 신과 보션은371) 등ᄌ(鐙子)의 돌리엿고372), 슈식(首飾)이 ᄯ히 ᄲ러덧더라.

그 겨집죵(從)도 간 ᄃᆡ 업거눌, 뎡ᄉᆡᆼ(鄭生)이 도로 셔울로 드러오니 위흠(韋崟)이 반겨 무로ᄃᆡ,

"임시(任氏) 무양(無恙)ᄒ냐?"

뎡ᄉᆡᆼ(鄭生)이 눈물을 흘리고 닐오ᄃᆡ,

"임시(任氏) 볼셔 주그니라."

ᄒᆫ대, 흠(崟)이 놀라고 셜워 방(房)안히 드러가 둘히 붓들고 통곡(痛哭)ᄒᆫ 후(後)의 주근 연고(緣故)를 무른대 뎡ᄉᆡᆼ(鄭生) 왈(曰),

"개게 믈리니라."

흠왈(崟曰),

"개 비록 모디나373) 엇디 사ᄅᆞᆷ을 해(害)ᄒ리오?"

뎡ᄉᆡᆼ(鄭生) 왈(曰),

"사ᄅᆞᆷ이 아니러니라374)."

---

368) 나무를 깎아.
369) 길마. 짐을 싣기 위해 소나 말의 등에 얹는 안장.
370) 걸쳤고.
371) 버선은.
372) 달려 있고.
373) 모지나. 모질지만.
374) 아니더니라. 아니었다.

흠(鋑)이 놀라 무로디,

"사룸이 아니면 므어시러뇨[375]?"

뎡싱(鄭生)이 그제야 처음의 엇던[376] 亽셜(辭說)을 즈시(仔細히) 니르니, 위흠(韋鋑)이 더옥 놀라 이튼날 뎡싱(鄭生)을 더블고 마외(馬嵬)예 가 파 보니 흔 여이이러라[377].

---

375) 무엇이더냐? 무엇이었느냐?

376) 얻던. 얻게 된.

377) 한 여우이더라. 한 마리의 여우였다.

| 제11화 |

경낙ᄉ인뎐(京洛士人)

경낙(京洛) ᄉ이예 ᄒᆞᆫ 션비 이시되, 나모 사겨 그릇 ᄆᆡᆫᄃᆞᆯ기ᄅᆞᆯ ᄀᆞ장 잘ᄒᆞ더니, 홀론[378] 길흘 가다가 산듕(山中) 길ᄀᆞ의 ᄒᆞᆫ 누 티남기[379] 이시되 가지 거룩이[380] 퍼디고, 그 남게 혹톄로[381] 뭉긔여[382] 내민 거시 크기 두어 말만ᄒᆞᆫ 거시 네히 잇거늘, 버 혀[383] 가고져 ᄒᆞ더 긔귀(機具 ㅣ) 업서 도라올 제 버히고져 ᄒᆞ야, 그 ᄉ이예 ᄂᆞᆷ이 힝혀 버혀 갈가 ᄒᆞ야 지뎐(紙錢)을 ᄆᆡᆫᄃᆞ라 그 나모 내민 ᄃᆡ ᄆᆡ야ᄃᆞ라[384] 귀신(鬼神)의게 빈 거신 톄ᄒᆞ야[385], ᄂᆞᆷ이 업시티[386] 못ᄒᆞ게 ᄒᆞ엿더니, 두어 둘 후(後)의 도라와 사 ᄅᆞᆷ을 만히 거ᄂᆞ리고 그 나모 밋티 니ᄅᆞ니, 그 남긔[387] 그림 그

---

378) 하루는.
379) 느티나무가.
380) 거룩하게. 무성(茂盛)하게.
381) 혹처럼.
382) 뭉쳐져.
383) 베어.
384) 매달아.
385) 빈 것인 체하여.
386) 없애지.

려 붓티고 지젼(紙錢)을 만히 걸고 향(香) 피워 졔(祭)ᄒ던 터히 잇거늘, 그 션비 웃고 닐오ᄃᆡ,

"ᄆᆞ올[388] 사ᄅᆞ미 어리도다[389]. 내게 소가 신령(神靈)이 잇ᄂᆞᆫ가 ᄒᆞ야 이리 ᄒᆞ엿도다."

ᄒᆞ고 도치ᄅᆞᆯ[390] 드러 버히려 ᄒᆞ니, 믄득 블근 옷 니븐 신인(神人)이 겨틔 셔셔 얼굴이 ᄀᆞ장 거룩ᄒᆞᆫ 재(者ㅣ) 역ᄉᆞ(役事)ᄒᆞᄂᆞᆫ 사ᄅᆞᆷ을 ᄭᅮ지져 닐오ᄃᆡ,

"이 남글 버히디 말라."

그 션비 나아가 닐오ᄃᆡ,

"내 젼(前)의 디나갈 제 도치 업서 버히디 못ᄒᆞ고 ᄂᆞᆷ이 버혀 갈가 ᄒᆞ야 부러 지젼(紙錢)을 거럿ᄃᆡ, 본ᄃᆡ 신령(神靈)이 업손디라. 그ᄃᆡ 엇디 막ᄌᆞᄅᆞᄂᆞ뇨[391]?"

신(神)이 닐오ᄃᆡ,

"처음의 그ᄃᆡ 부러 지젼(紙錢)을 걸고 간 후(後)의 모다 닐오ᄃᆡ, '신령(神靈)이 잇ᄂᆞᆫ 남기라.'ᄒᆞ야 화복(禍福)을 빌거늘, 명ᄉᆞ(冥司)의셔 날을 여긔 벼슬을 ᄒᆞ이여[392] 보내야 졔(祭)ᄅᆞᆯ 바다

---

387) 나무에.
388) 마을.
389) 어리석도다.
390) 도끼를.
391) 막지르는가?
392) 시켜서.

머그라 ㅎ엿ᄂ니 이제ᄂ 신(神)이 잇ᄂ디라. 엇디 업다 ᄒ리오?
브디³⁹³⁾ 버히면 화(禍)ᄅᆯ 니브리라.”

그 션비 듯디 아니ᄒ고 나아드러 버히니 신(神)이 닐오디,

“그디 이ᄅᆯ 버혀 므어시 쓰려 ᄒᄂ뇨?”

션비 닐오디,

“사겨³⁹⁴⁾ 그ᄅᆞᆯ ᄒ려³⁹⁵⁾ ᄒ노라.”

신(神)이 닐오디,

“그러ᄒ거든 갑ᄉ로³⁹⁶⁾ 그디ᄅᆯ 주미 가(可)ᄒ냐?”

션비 닐오디,

“가(可)ᄒ리라.”

신(神)이 닐오디,

“이거ᄉᆯ 사겨 폴면 언머나³⁹⁷⁾ 바들고?”

션비 왈(曰),

“빅쳔(百千)을 바드리라.”

신(神)이 닐오디,

“이제 깁 빅 필(百疋)을 줄 거시니 알픠 오리(五里)ᄂ 가다가

───────────────

393) 부디. 기어이. 굳이.
394) 새겨.
395) 그릇을 만들려.
396) 값으로. 값을.
397) 얼마나.

믈허딘 분묘(墳墓) 속의 이시니 가져가되, 게[398] 가 엇디[399] 못 ᄒ거든 다시 와 서ᄅ 보라.”

그 션비 버히기ᄅ 긋치고 오리(五里)ᄂ 가니 과연(果然) 믈허딘 분묘(墳墓) 속의 깁 빅 필(百疋)이 수(數)대로 드럿거ᄂᆯ 가지고 가고, 그 남근[400] 다시 아니 버히니라.

---

398) 거기. 그곳에.

399) 얻지.

400) 나무는.

| 제12화 |

샤시뎐(謝氏)

당(唐) 옹쥐(雍州) 만년현(萬年縣)의 샤시(謝氏)라 흔 겨집이 이셔 쌀 흐나흘[401] 나하[402] 셔방(書房) 맛치고[403] 주것더니 서너 히는 디나셔 그 쌀의 꿈의 와 닐오디,

"내 사라실 제 술 풀기를 흐야 쟈근 그르스로[404] 주고 갑 밧는[405] 그르술 크게 흐야 쓰더니[406], 그 죄(罪)로 북산(北山) 아래 므올 집 쇼ㅣ 되야 낫더니[407], 요스이 법계시(法界寺ㅣ)란 뎔의 하후스(夏侯師)의게 풀리여[408] 이제 날을 셩남(城南)의 보내여 논을 갈리이니[409] 신고(辛苦)호미 フ이 업세라[410]."

---

401) 하나를.

402) 낳아.

403) 서방(에게) 맡기고. 시집보내고.

404) 작은 그릇으로.

405) 값 받는.

406) 쓰더니.

407) (태어)났더니.

408) 팔려.

409) 갈게 하니.

410) 끝이 없어라.

ᄒ거늘, 그 쏠이 씨야[411] 울고 지아비ᄃ려 그 쑴을 니ᄅ더니 오라디 아녀셔 법계ᄉ(法界寺)의 잇ᄂ 녀승(女僧)이 ᄆ올로 디나가거늘,

"하후시(夏侯師ㅣ)란 중이 잇ᄂ냐?"

무ᄅ니 과연(果然) 잇거늘 괴이(怪異)히 너겨 뎔을 ᄎ자 올라가 하후ᄉ(夏侯師)ᄅ룰 ᄎ자 보고,

"쇼ᄅ를 두엇ᄂ다?"

무ᄅ니 디답(對答)ᄒ더,

"요ᄉ이 북산(北山) 아래 가 쇼ᄅ를 사다가 셩남(城南)의 보내여 밧틀 가ᄂ니라."

ᄒ야늘, 그 쏠이 크게 울고 뎔 사름을 어더 ᄃ리고 셩남(城南)의 나가니, 그 쇼ㅣ 다만 ᄒ 사름이 졔어(制御)ᄒ고 그 밧ᄭ[412] 혹(或) 눌ᄯ거나[413] 디ᄅ거나[414] ᄒ더니, 그 쏠을 보고 온 몸을 혀로 헐ᄒ며[415] 눈믈을 흘리거늘, 그 쏠이 하후ᄉ(夏侯師)의게 갑슬 주고 사다가 집의셔 늙ᄃ록 머기니라[416].

---

411) 깨어. 깨어나.

412) 그 밖은.

413) 날뛰거나.

414) 지르거나. 치거나.

415) 핥으며.

416) 늙도록 먹였다(봉양하였다).

| 제13화 |

요곤뎐(姚坤)

쳐스(處士) 요곤(姚坤)이란 사룸이 이셔 벼술을 구(求)티 아니
ᄒᆞ고 낙시질ᄒᆞ기와 술 먹기로 일사므며, 겨틔 산영ᄒᆞᄂᆞᆫ[417] 사
룸이 이셔 샹해[418] 그믈로 여ᄋᆞ[419] 톳기롤[420] 자브면 곤(坤)이
ᄆᆞ음이 어디러[421] 미양[422] 갑술 주고 사노하 ᄇᆞ리니[423], 이리
ᄒᆞ기롤 수빅(數百)이나 ᄒᆞ엿ᄂᆞᆫ디라.

곤(坤)이 젼(前)의 뎐장(田莊)이 이셔 보뎨스(菩提寺) 멸의 뎐
당(典當)을 드렷다가 갑술 가지고 가 므르라[424] 갓더니, 게 슈
승(首僧) 혜쇠(惠沼ㅣ) ᄆᆞ음이 사오나와[425] 샹해 집 뒤희 우믈을
두어 길이나 프고, 황졍(黃精) 수빅 근(數百斤)을 녀코[426] 사룸

---

417) 사냥하는.
418) 늘. 항상(恒常).
419) 여우.
420) 토끼를.
421) 어질어.
422) 매양. 항상(恒常).
423) 사놓았다가 버리니.
424) 물리려고.
425) 사나워서.

으로 시험(試驗)ᄒ야 머거 됴커든 제 머그려 ᄒ더니[427], 곤(坤)
이 술을 극(極)히 취(醉)ᄒ야 그릇[428] 우믈의 싸디니, 그 즁이
너븐 돌로 우흘 마가 못나게 ᄒ엿더니[429], 곤(坤)이 술을 ᄭᅵ야
보니 우믈의 싸뎌시되 날[430] 계귀(計巧ㅣ) 업서 다만 비 고프거
든 황정(黃精)만 먹고 디내더니, 두어 달만의 사룸이 이셔 우믈
우희셔 곤(坤)의 셩명(姓名)을 블러 닐오디,

"나ᄂᆞᆫ 여이[431]라. ᄌᆞ손(子孫)을 만히 살온[432] 은혜(恩惠)를 감
격(感激)ᄒ야 부러[433] 와 그디롤 ᄀᆞᄅᆞ치노니, 나는 여ᄋᆞ 듕(中)
의 하눌흘 통(通)ᄒᄂᆞ니로니, 처음의 무덤 속의 굼글 ᄯᆞᆺ고[434]
우[435] 틈으로 하눌과 셩신(星辰)을 여어보고[436] ᄆᆞᄋᆞᆷ의 싱각ᄒ
야 능(能)히 ᄂᆞ디[437] 못ᄒᄂᆞᆫ 줄을 혼(恨)ᄒ야 미양 눈을 향(向)
ᄒ고 졍신(精神)을 게 두어시니, 홀연(忽然) ᄂᆞ라 나ᄂᆞᆫ 줄을 ᄭᅵ닷

---

426) 넣고.
427) 먹어서 좋으면 제가 먹으려 하더니.
428) 잘못하여. 실수로.
429) 넓적한 돌로 위를 막아 못 나오게 하였더니.
430) 나갈.
431) 여우.
432) 살려준.
433) 일부러. 짐짓.
434) 구멍을 뚫고.
435) 위의.
436) 엿보고.
437) 날지.

다[디] 못ᄒ야 허(虛)ᄒᆫ 딕를 드딕고438) 구롬을 타 하늘히 올라 션관(仙官)을 보고 녜(禮)ᄅᆞᆯ ᄒ니, 그딕도 다만 정신(精神)을 몱히고 허(虛)ᄒᆫ 딕를 싱각ᄒ야 ᄆᆞ옴이 구드면439) 세 열흘이440) 못ᄒ야셔 ᄌᆞ연(自然)이 ᄂᆞ라 나고441), 틈이 비록 져그나 걸리이ᄂᆞᆫ 거시 업스리라."

ᄒ고 말을 ᄆᆞᆺ츠며 니거늘442), 그 말대로 ᄒ야 공부(工夫)ᄅᆞᆯ ᄒ더니, ᄒᆫ 둘만의 홀연(忽然) 덥픈 돌 밧ᄭᅴ 뛰여나443) 그 중을 보니, 그 중이 대경(大驚)ᄒ야 그 우믈을 보니 덥핀 거시 녜대로444) 잇거늘, 곤(坤)의게 녜비(禮拜)ᄒ고 그 일을 무른대 곤(坤) 왈(曰),

"그 속의 드러 황졍(黃精)을 머그니 ᄒᆫ 둘만의 몸이 가비야와445) ᄌᆞ연(自然)이 ᄂᆞ라오르니 굼그로 날 제ᄂᆞᆫ 다티이ᄂᆞᆫ446) 거시 업더라."

ᄒ니, 그 중이 그러크 너겨447) 뎨ᄌᆞ(弟子)ᄅᆞᆯ 블러 제 몸을 노ᄒ

---

438) 디디고. 딛고.

439) 굳으면.

440) 30일이. 한 달이.

441) 날아서 나가고.

442) 가거늘.

443) 덮은 돌 밖으로 뛰어나가.

444) 예전대로. 전처럼.

445) 가벼워(져서).

446) 부딪치는. 스치는. 건드리는.

447) 그렇게 여겨.

로[448] 미야 드리워 우믈 속의 녀흐라 ᄒ고 ᄒᆞᆫ 둘만의 여러 보라 하니, 뎨지(弟子ㅣ) 그 말대로 ᄒᆞᆫ 둘만의 가보니 즁이 볼셔 우믈 속의셔 주것더라.

곤(坤)이 집의 도라간 십여 일(十餘日)은 ᄒᆞ야 ᄒᆞᆫ 겨집이 일홈은 요되(夭桃ㅣ)로라 ᄒ고, 곤(坤)의게 와 닐오디,

"내 가음연 짓[449] 쏠이러니 그릇 쇼년(少年)의게 달래임이 되야[450] 이에 니ᄅ러시되 이제 다시 드러가디 못홀 거시니 원(願)컨대 긔쳬(箕箒)롤 자바 그디롤 셤기고져 ᄒ노라."

ᄒᆞᆫ대, 곤(坤)이 인(因)ᄒᆞ야 머믈오고[451] 다시 보니 고은 틴되(態度ㅣ) 세샹(世上)의 드믈고, 글 짓기롤 잘ᄒ고, 사룸 공경(恭敬)ᄒ기와 녜뫼(禮貌ㅣ) ᄀ장 닉더라[452].

곤(坤)이 ᄉᆞ랑ᄒᆞ야 드리고 사더니, 후(後)의 곤(坤)이 과거(科擧)보라 셔울 갈시 요도(夭桃)롤 ᄃᆞ리고 길흘 나 반두관(盤豆館)의 니ᄅ니 요되(夭桃ㅣ) 즐겨 아녀[453] 부들 뭇쳐[454] 글 ᄒᆞ나흘 지어 골오디,

---

448) 노끈으로.
449) 부잣집. 부유한 집.
450) 달램을 받아. 유혹(誘惑)을 받아.
451) 머물게 하고.
452) 익었다. 익숙하였다.
453) 즐거워하지 아니하여.
454) 붓에 (먹을) 묻혀.

연화구어향인간(鉛華久御向人間) 욕샤연화깅참안(欲捨鉛華更慘顔)

종유쳥구금야월(縱有靑丘今夜月) 무인듕조구운환(無因重照舊雲鬟)이라.

셩덕(成赤)을 오래 ㄱ리와455) 인간(人間)을 향(向)ㅎ야시니,

셩덕(成赤)을 스양(辭讓)ㅎ려 ㅎ니 다시 얼굴이 슬프도다.

비록 프른 두던의456) 오늘밤 둘이 이시나,

다시 녯 구롬 ㄱ튼 귀밋틀 비췰 길히 업도다.

읇기를 ㄱ장 오래 ㅎ니, 곤(坤)이 쏘흔 ㅁ음을 아니쏘와457) ㅎ더니 홀연(忽然) 외방(外方)의셔 산영개롤458) 보내야 졍승(政丞) 비도(裴度)의게 드리려 ㅎ고 관(館)의 와 머므더니, 그 개 요도(夭桃)롤 보고 눈을 브르쁘고459) 사슬을 쎼여460) 섬 우희 뛰여오르니, 요되(夭桃ㅣ) 쏘흔 변(變)ㅎ야 개 등 우희 뛰여올라 개 눈을 쌔히니461), 개 놀라 소리 디르고 관문(館門)을 나 형산(荊

---

455) 가려서. 화장을 하여 여우의 모습을 가리고 사람의 모습으로 보이게 하였다는 뜻임.

456) 두둑에. 둔덕에. 두두룩하게 언덕진 곳에.

457) 아니꼬워. 같잖은 언행이 눈에 거슬려 불쾌하여.

458) 사냥개를.

459) 부릅뜨고.

460) 사슬을 떼어. 사슬을 끊고.

461) 빼니. 뽑아내니.

山)을 브라며 둣거눌[462], 곤(坤)이 크게 놀라 뽈와 드르니[463] 두어 니(里)눈 나가셔 개눈 불셔 주것고, 여은[464] 간 고둘 아디 못흘러라.

곤(坤)이 무움의 슬허[465] 날이 져므두록 길흘 나디 못흐엿더니, 밤의 흔 늘근 사룸이 됴흔 술을 가지고 와 아노라 호디[466], 곤(坤)은 뭇춤내 싱각디 못흐더라. 노인(老人)이 술을 다 머그매 기리[467] 유(揖)흐고 가며 닐오디,

"그디룰 갑프미 죡(足)흔디라. 내 손ᄌ(孫子)도 샹시[신](傷身)티 아니흐엿ᄂ니라."

흐고 즉시(卽時) 간 디 업거눌 그제야 여인 줄[468] 아니라.

---

462) 달리거늘.
463) 따라 달리니.
464) 여우는.
465) 마음에 슬퍼.
466) 아는 체하였으되.
467) 길게. 정중한 모양을 나타냄.
468) 여우인 줄. 여우인 것을.

| 제14화 |

니슈지뎐(李秀才)

당(唐)적 우부낭듕(虞部郎中) 눅쇼ㅣ(陸紹ㅣ) 안은[469] 사름을 보라 뎡수시(定水寺)란 뎔의 가니, 그 뎔 듀디승(住持僧)이 실과(實果)롤 내야 손을 디졉(待接)ᄒ더니, 겻 뎔의[470] 잇ᄂᆫ 즁이 눅쇼(陸紹)와 친(親)ᄒ더라. 눅쇼ㅣ(陸紹ㅣ) 사름 브려[471] 쳥(請)ᄒ니, 그 즁이 니슈지(李秀才)란 션비롤 ᄃ리고 와 모ᄃ니[472], 슈지(秀才)는 겻 뎔의 온 손이러라.

두로 안자[473] 말ᄒ더니, 그 뎔 듀디(住持) 뎨ᄌ(弟子)롤 블러 새 차(茶)롤 달혀 좌듕(座中) 손의게 드리되 오직 슈지(秀才)롤 아니 머기거늘 눅쇼ㅣ(陸紹ㅣ) 블평(不平)ᄒ야 닐오디,

"채니[채(茶ㅣ)][474] 슈지(秀才)의게 밋디 못ᄒ믄 엇디오?"

승(僧)이 웃고 닐오디,

---

469) 아는.
470) 곁에 있는 절의. 이웃 절의.
471) 사람을 부려서. 사람을 시켜서.
472) 모이니.
473) 두루 앉아. 둘러앉아.
474) 차(茶)가.

“이런 션비도 찻(茶ㅅ)마술⁴⁷⁵⁾ 알고져 ᄒᆞᄂᆞ냐?”

ᄒᆞ고,

“나믄 차(茶)나 잇거든 머기라.”

ᄒᆞᆫ대 겻 뎔의 즁이 닐오ᄃᆡ,

“니슈지(李秀才) 슐(術)이 놉픈디라, 원쥬(院主)ᄂᆞᆫ 말ᄉᆞᆷ을 가ᄇᆡ야이⁴⁷⁶⁾ 말라.”

듀디(住持ㅣ) ᄯᅩ 닐오ᄃᆡ,

“블과(不過) 용티⁴⁷⁷⁾ 못ᄒᆞᆫ 즈뎨(子弟)니 므어시 두리오리오⁴⁷⁸⁾?”

슈지(秀才) 믄득 노왈(怒曰),

“내 션ᄉᆞ(禪師)로 더브러 본디 아디 못ᄒᆞ니, 내 용티 못ᄒᆞᆫ 줄을 엇디 아ᄂᆞ뇨?”

듀디(住持ㅣ) 다시 닐오ᄃᆡ,

“쥬긔(酒旗)나 ᄇᆞ라보면 ᄎᆞ자 드러가고 겨집 모든 ᄃᆡ나⁴⁷⁹⁾ 만나면 도라갈 줄을 닛는 사름이 엇디 아름다온 션비리오?”

니슈지(李秀才) 왈(曰),

“내 존긱(尊客)을 ᄃᆡ(對)ᄒᆞ야 조용티⁴⁸⁰⁾ 못ᄒᆞ리로다.”

---

475) 차의 맛을.

476) 가볍게.

477) 순(順)하지 못한.

478) 두려우리오.

479) 계집 모인 곳이나.

480) 조용히 하지.

ㅎ고 두 무롭플 딥고 안자[481] 그 즁을 꾸지저 닐오디,

"힝실(行實)이 추(醜)혼 즁놈이 어이 이리 무례(無禮)히 ㅎ리오? 듀댱(拄杖 : 즁 딥는 막대라.)이 어디 잇느뇨? 이 즁놈을 티라."

듀댱(拄杖)이 승방(僧房) 뒷문(門)으로셔 절로 뛰여나와[482] 그 즁을 티거늘, 모다 그 즁을 ㄱ리오니[483], 그 듀댱(拄杖)이 사롬의 틈으로 드라드러[484] 사롬이 자바 티는 듯ㅎ더니[485], 슈지(秀才) 다시 꾸지저 닐오디,

"이 즁을 자바 ㅂ롬벽(壁) 밋티 셰오라."

즁이 ㅂ롬[ㅂ롬벽(壁)] 밋티 가 공슈(拱手)ㅎ고 믿드시 셔셔[486] 비치 프르고[487] 긔운(氣運)이 급(急)ㅎ야,

"살거지라[488]."

빌거놀 슈지(秀才) 쏘 닐오디,

"이 즁을 섬 아래 ㄴ리오라[489]."

즁이 절로 ㄴ리드라[490] 손조[491] 섬의 다디ᄅ기롤[492] 수(數)

---

481) 두 무릎을 짚고 앉아.

482) 저절로 뛰어나와.

483) 가리니. 막으니.

484) 달려들어.

485) 잡아 치는 듯하더니.

486) 맨 듯이 서서. 묶어놓은 듯이 서서.

487) (얼굴)빛이 푸르고.

488) 살고 싶어라. 살려 주소서.

489) 내리게 하라. 내려라.

업시 ᄒᆞ니, 코와 니매493) 다 깨여디거늘 모다,

　"살와지라494)."

　쳥(請)ᄒᆞᆫ대 슈ᄌᆡ(秀才) 닐오ᄃᆡ,

　"존킥(尊客)이 겨시매495) 이 완만(頑慢)ᄒᆞᆫ 즁놈을 주기디 못

ᄒᆞ니 ᄒᆞᆫ(恨)이로다."

ᄒᆞ고 인(因)ᄒᆞ야 읍(揖)ᄒᆞ고 가니, 그 즁이 반일(半日)이나 디난

후(後)야 말을 계유496) ᄒᆞ더라.

---

490) 내려 달려.

491) 손수.

492) 들이받기를. 대지르기를.

493) 이마가.

494) 살려 주소서.

495) 계시매, 계시므로.

496) 겨우.

| 제15화 |

쟝탐[침]뎐(蔣琛)

은[삽](雪) 짜 사룸 쟝탐[침](蔣琛)이 경셔(經書)룰 볼기 아라
향니(鄕里)예셔 늠 글 ▽룬치고, 미양 츄동간(秋冬間)이면 은[삽]
계(雪溪) 큰 호슈(湖水)의셔 그믈을 텨 고기잡기 ᄒ더니 흔 번(番)
은 거복 ᄒ나흘 자브니 얼굴이 슈샹(殊狀)ᄒ거눌 도라 닐오디,

"여제(余且)의 그믈의 드나 ᄒ여곰 겁질 벗기ᄂ⁴⁹⁷⁾ 환(患)을
면(免)케 ᄒ오리라."

ᄒ고 이에 노하 ᄇ리니⁴⁹⁸⁾, 그 거복이 듕뉴(中流)ᄒ야 여닐
굽⁴⁹⁹⁾ 번(番)을 도라보고 가더니, 흔 히 디난 후(後)의 홀른⁵⁰⁰⁾
ᄇ룸이 크게 니러나 날빗치⁵⁰¹⁾ 어둡고 믈결이 움즈기ᄂ 스이
예⁵⁰²⁾ 므어시 홍치ᄂ⁵⁰³⁾ 소리룰 드를러니⁵⁰⁴⁾, 이윽고 젼(前)의

---

497) 껍질 벗기는.
498) 놓아 버리니. 놓아주니.
499) 예닐곱. 6~7.
500) 하루는.
501) 날빛이. 햇빛이. '날빛'은 '햇빛'의 잘못된 표기.
502) 물결이 움직이는 사이에. 물결이 치는 가운데.
503) 휘젓거리는. 튀기는.

노핫던[505) 거복이 쟝탐[침](蔣琛)의 비젼을[506) 잡고 사롬의 말
로 닐오디,

　"오늘 나죄[507) 태호(太湖)와 은[삽]계(雪溪) 숑강(松江) 슈신
(水神)이 디경(地境)의 못고[508) 모든 내[내]와[509) 못 딕흰[510) 신
(神)돌이 다 조차와 잔치홀 거시니, 죡해(足下ㅣ) 이 짜히셔 그믈
을 가지고 고기룰 자반 디 오란디라, ᄀᆞ는 비놀과 져근 쏘리[511)
그더 빅빅흔[512) 그믈을 고(苦)보이[513) 너겨 화(禍)의 버서난[514)
무리돌히 덧더시[515) 원(怨)ᄒᆞ는 ᄆᆞ음을 푸멋는디라. 슈죡(水族)
돌히 오늘 이 긔회(機會)룰 타 갑프미[516) 이실가 두려ᄒᆞ노니 녯
날 은혜(恩惠)룰 닛디 못ᄒᆞ야 부러 와 고(告)ᄒᆞ니 잠깐 믈러가
해(害)룰 멀리ᄒᆞ라."

---

504) 들리더니.
505) 놓았던. 놓아주었던.
506) 뱃전을.
507) 저녁.
508) 모이고.
509) 모든 내[川]와.
510) (연)못 지키는.
511) 가는 비늘과 작은 꼬리. 작은 물고기를 말함.
512) 빽빽한.
513) 괴로이. 괴롭게.
514) 화(禍)에서 벗어난.
515) 떳떳이. 늘. 한결같이.
516) 갚음이. 앙갚음함이.

탐[침](琛)이 즉시(卽時) 비롤 옴겨 여튼 디 브롬 업슨 디[517] 미고 거동(擧動)을 보더니, 오라디 아녀셔[518] 거복 쟈라와 고기의 뉴(類)둘히 수(數)업시 나와 두어 니(里)롤 두로빠고[519] 믈결을 텨 셩(城)을 민둘고 세 문(門)과 통(通)흔 길흘 내며 괴이(怪異)흔 즘싱이 쳔(千)이나 모다 사롬의 거동(擧動)의 교리(蛟螭)의 머리로 검극(劍戟)을 자바 항오(行伍)롤 굿초와 시위(侍衛)ㅎ고, 쏘 교(蛟)와 죠개 스므나믄이[520] 긔운(氣運)을 뿜어 누디(樓臺)와 구술 궁(宮)과 진쥬전(眞珠殿)과 포딘(鋪陳)과 긔명(器皿)을 민드라 노흐니, 다 인셰간(人世間) 거시 아니러라.

쏘 신긔(神奇)로온 고기 수빅(數百)이 화쥬(火珠)롤 뿜고, 갑스(甲士) 수빅(數百)을 인(引)ㅎ야 프른 옷 닙고 거믄 관(冠) 쓰니롤 옹호(擁護)ㅎ야 은[삽]계(霅溪) 남녁흐로 나오더니, 쏘 믈즘싱 수빅(數百)이 텰긔(鐵騎) 수빅(數百)을 인(引)ㅎ야 블근 옷 닙고 블근 관(冠) 쓰니롤 태호(太湖) 가온대로셔 셩문(城門)의 다드라 믈을 나려 서르 졀ㅎ고, 계신(溪神)이 닐오디,

"서르 못 보완 디 이제 다숫 히라. 비록 어안(魚雁)이 굿디 아니ㅎ나 말소리 오래 븨여시니 셩(盛)흔 덕(德)을 브라매 슬픈 애

---

517) 얕은 데, 바람 없는 데.
518) 오래지 않아서.
519) 둘러싸고.
520) 스물 남짓이. 이십여 개(二十餘個)가.

탁패양양혜 응효무(濁波ㅣ揚揚兮 凝曉霧) 공무도하혜 공경도
(公無渡河兮 公竟渡)ㅣ로다.

풍호수격혜 호블믄(風號水激兮 呼不聞) 뎨의간입혜 듕누거
(提衣看入兮 中流去)ㅣ로다.

냥믜[비]의혜 슈보몰(浪排衣兮 隨步沒)ᄒ니 팀시심입혜 교리
굴(沈屍深入兮 蛟螭窟)

교리진춰혜 군혈간(蛟螭盡醉兮 君血乾)ᄒ니 츄츌황사혜 범군
골(推出黃砂兮 泛君骨)

당시군ᄉ혜 쳡하뎍(當時君死兮 妾何適)고 슈춰파란혜 합혼빅
(遂就波瀾兮 合魂魄)이라.

흐린 믈결이 놉고 새배[553] 안개 엉긔여시니[554],

그딘 믈을 건너디 말라 ᄒ니 그딘 못춤내 건너도다.

ᄇ롬이 믈을 적시고[555] 믈이 ᄂ솟ᄂ딘[556] 블러도 듯디 못ᄒ니,

오슬 잡고 가온대로 뼈 드러가ᄂ도다.[557]

믈결이 오슬 밀뎌[558] 거롬을 조차 업서디니[559],

좀기인[560] 주검이 깁피 교리(蛟螭)의 굼그로[561] 드러가도다.

---

553) 새벽.

554) 엉기었으니.

555) 침범(侵犯)하고.

556) 날아 솟는데.

557) 떠서 들어가는도다.

558) 옷을 밀쳐. 옷을 휘감아.

559) 걸음을 좇아 없어지니. 걸음 따라 사라지니.

560) 잠긴.

교리(蛟螭) 다 취(醉)ᄒ매 그ᄃᆡ 피 ᄆᆞᄅᆞ니[562],

미러[563] 누른 모래예 내여 그ᄃᆡ ᄲᅧ롤 ᄯᅴ오ᄂᆞᆫ도다[564].

그ᄣᅢ예 그ᄃᆡ 주그매 첩(妾)이 어드러[565] 가리오?

드ᄃᆡ여 믈결의 나아 드러[566] 혼빅(魂魄)을 합(合)ᄒ오리라.

브ᄅᆞ기롤 ᄆᆞᆺ츠며 샤츄랑(謝秋娘)이 ᄌᆡ상곡(採桑曲) 여라믄 곡됴(曲調)롤 브ᄅᆞ고 춤을 추매, 소리 ᄀᆞ장 이원(哀怨)ᄒ더니, 밧ᄭᅴ셔 드레며[567] 닐오ᄃᆡ,

"신도(申徒) 션싱(先生)이 하샹(河上)으로브터 오시고 셔 쳐스(徐處士)와 치이군(鴟夷君)이 바다 ᄀᆞ으로셔 니른다."

ᄒ니, 강신(江神)이 계신(溪神)·호신(湖神)·상신(湘神)으로 더브러 녜(禮)로 마자 드러오니, 굴 태위(屈太尉) 닐오ᄃᆡ,

"그ᄃᆡ 독을 불오며,[568] 돌흘 안으며, 눈을 ᄲᅢ힌[569] 무리 아닌다[570]?"

---

561) 구멍으로. 굴(窟)로.

562) 그대의 피가 마르니.

563) 밀어. 밀쳐내어.

564) 그대의 뼈를 떠오르게 하는도다.

565) 어디로. 어느 곳으로.

566) 나아가 들어가서.

567) 떠들며.

568) 밟으며.

569) 뽑힌.

570) 아닌가?

디왈(對曰),

"그러ᄒ이다."

굴원(屈原) 왈(曰),

"이제야 나도 버들 엇과라."

ᄒ더라.

이에 ᄉ관(絲管)이 홈ᄭ 움즈기고 비샹(杯觴)을 서르 권(勸)ᄒ며 슈륙딘미(水陸珍味)의 아니 ᄀ초 거시 업더니, 주아원강패(曹娥怨江波ㅣ)란 곡됴(曲調)ᄅ 브르니, [원주 : 이ᄂ 네 조애(曹娥ㅣ)란 겨집이 십삼 세(十三歲)예 제 아비 믈의 ᄲ뎌 죽거ᄂ 조차 믈의 ᄲ뎌 사흘만의 주검을 업고 믈의 ᄯ거ᄂ 그ᄅ 두고 지은 글이라.] 그 ᄉ(詞)의 ᄀᆯ오디,

비풍졀졀[석석]혜파면면(悲風淅淅兮波緜緜) 노화만리혜응창연(蘆花萬里兮凝蒼煙)

교리굴퇵혜연챠현(蛟螭窟宅兮淵且玄) 비파텹낭혜팀아텬(排波疊浪兮沈我天)

소부블젼혜신녕젼(所覆不全兮身寧全) 일모흔혈혜도년년[연련](溢眸恨血兮徒漣漣)

셔쟝결거아소탁(誓將抉鋸牙掃啄) 공슈부어장기셩젼(空水府而藏其腥涎)

쳥아취디혜팀강유[연](靑娥翠黛兮沈江壖) 벽운샤월혜공션연(碧雲斜月兮空嬋娟)

툰셩음흔혜어무력(吞聲飮恨兮語無力) 도양ᄋ이원혜등가연(徒揚哀怨兮登歌筵)

슬픈 브룸이 미이[571] 닐고 믈결이 기니,

굴고지[572] 만리(萬里)나 흔더 프른 니[573] 엉긔엿도다[574].

교리(蛟螭)의 구모와[575] 집이 깁고[576] 또 거므니,

믈결이 텨 내 하늘홀[577] 싸디오도다[578].

어버이 보젼(保全)티 못ᄒ니 내 몸이 어이 보젼(保全)ᄒ리오.

흔(恨)ᄒ는 피눈물이 흔갓 흐르는도다.

밍셰ᄒ야 쟝촛 톱 ᄀ튼 엄과 부리롤 싸혀[579],

슈부(水府)롤 뷔오고[580] 그 비린 거슬 곰초리라[581].

고은 눈썹과 프른 머리 믈 가온대 싸디니,

프른 구룸과 빗긴 돌의[582] 속절업시[583] 고왓도다.

소리롤 숨씨고[584] 흔(恨)을 머구므매[585] 말슴이 힘이 업스니,

---

571) 매. 매우. 몹시.

572) 갈꽃이. 갈대꽃이.

573) 연기(煙氣).

574) 엉기었도다.

575) 구멍과. 굴(窟)과.

576) 깊고.

577) 하늘을. 하늘과 같은 아버지를. 여기서는 아버지를 하늘에 비유한 것임.

578) (물에) 빠지게 하였도다.

579) 맹세하기를, 장차 톱 같은 어금니와 부리를 뽑아.

580) 비우고.

581) 그 비린 것을 감추리라.

582) 비스듬히 비추는 달이.

583) 속절없이.

584) 소리를 삼키고.

585) 한을 머금으매.

훈갓 슬픈 거슬 픠워[586) 노래 브르는 돗긔[587) 오르는도다.

노래롤 뭇츠매 만좨(滿座 l) 다 얼굴을 변(變)ㅎ고 슬허ㅎ
더라[588).

강신(江神)이 술을 자브매 태호신(太湖神)이 니러 춤추고 노래
브르니 그 스(詞)의 굴오디,

빅노단혜셔풍고(白露溥兮西風高)　벽파만리혜번홍도(碧波萬
里兮翻洪濤)
막언텬하지유쟈(莫言天下至柔者)ㅎ라　지쥬복쥬기아도(載舟
覆舟皆我曹)

흰 이슬이 둥그러ㅎ고[589) 셔풍(西風)이 눕프니,
프른 믈결이 만리(萬里)나 흔디 너븐 믈고줄[믈결을] 번드기
는도다[590).
텬하(天下)의 지극(至極)이 부드럽다 니르디 말라.
비롤 시르며 비롤 업티미[591) 다 우리의 무리라.

---

586) 픠워. 드러내어.
587) 돗자리에. 잔치자리에.
588) 슬퍼하였다.
589) 둥그렇고.
590) 번득이는도다. 번쩍이는도다.
591) 배에 실으며 배를 뒤집는 것이.

샹왕(湘王)이 잔(盞)을 자브매, 은[삽]계신(雪溪神)이 노래 브르니 그 스(詞)의 골오디,

산셰영회슈믹분(山勢縈廻水脈分)　슈광산식취련운(水光山色翠連雲)
스시진입시인영(四時盡入詩人詠)　역쇄오홍[흥]뉴스군(役殺吳興柳使君)

뫼 셰(勢) 둘럿고 믈줄기 년(連)ᄒ야시니,
믈빗과 뫼빗치 프르러 구롬을 년(連)ᄒ엿도다.
스시(四時) 다 시(詩)ᄒᄂ 사롬의 읊ᄂ 디 드니,
오홍[흥](吳興)의 뉴 스군(柳使君)을 슈고롭게 ᄒᄂ도다.

술이 계신(溪神)의게 니ᄅ매 샹왕(湘王)이 노래 브르니 그 스(詞)의 골오디,

묘묘연파졉구의(渺渺煙波接九嶷)　긔인경추읍강니(幾人經此泣江籬)
년년녹슈쳥산식(年年綠水靑山色)　블기듕화남슈시(不改重華南狩時)

멀고 먼 니 씨인 믈결이 구의산(九嶷山)의 다하시니[592],

---

592) 닿았으니.

멋 사름이 예롤 디나며 강니(江籬)플의 운고?[593]

히마다 프른 믈과 프른 뫼빗치,

듕화(重華)의 남녀크로 슌힝(巡幸)ᄒ던 뼤예 변(變)티 아니ᄒ엿도다.

이에 범 샹국(范相國)이 경회야연시(境會夜宴詩)롤 드리니 그 시(詩)예 골오디,

낭활파딩츄긔량(浪闊波澄秋氣凉)　팀팀슈뎐야초댱(沈沈水殿夜初長)

ᄌ련휴퇴오호긱(自憐休退五湖客)　하힝튜비빅곡왕(何幸追陪百谷王)

향뇨벽운표궤셕(香裊碧雲飄几席)　광[귕]비빅옥염쵸쟝(觥飛白玉灎椒漿)

쥬감독범편쥬거(酒酣獨泛扁舟去)　쇼입금고블ᄉ향(笑入琴高不死鄉)

믈결이 너르고 믈근디 ᄀ올 긔운(氣運)이 서늘ᄒ니,

팀팀(沈沈)ᄒ 믈 뎐각(殿閣)의 밤이 처음으로 깁펏도다.

스스로 에엿비 너기노니 오호(五湖)의 믈러간 손이,

힝(幸)혀 빅곡왕(百谷王)을 뫼와 노는도다[594].

---

593) 몇 사람이 여기를 지나며 강리 풀을 보고 울었나?

594) 뫼셔 노는도다. 모시고 노는구나.

향(香)은 프른 구룸을 부치여[595] 돗긔 나붓기고[596],

잔(盞)은 흰 옥(玉)을 눌려 쵸쟝(椒漿)으로 흔 술의 고앗도다[597].

술이 취(醉)ᄒ매 홀로 편쥬(扁舟)를 믜오고 가니[598],

웃고 금고(琴高) 죽디 아닐 싀골로[599] 드러가ᄂ도다.

셔 쳐시(徐處士ㅣ)시(詩)를 지어 ᄀ로오디,

쥬광ᄂ요화동동[형형](珠光龍耀火煄煄) 야졉됴운연졔궁(夜接朝雲宴渚宮)

봉관쳥쥐쳐극포(鳳管淸吹凄極浦) 쥬현한주닝츄공(朱絃閒奏冷秋空)

논심힝우동귀우(論心幸遇同歸友) 쳐[췌]분참무보좌공(揣分慙無輔佐功)

운우각비진경후(雲雨各飛眞境後) 블감파샹긔비풍(不堪波上起悲風)

진쥬(眞珠)빗츨 ᄂ뇽(龍)이 ᄲᅡᆨ머[600] 블 긔운(氣運)을 ᄲᅩ이

---

595) 향은 푸른 구름을 나부끼어. 향은 푸른 구름처럼 연기를 간들거리며.

596) 돗자리에 나부끼고. 잔치자리에 나부끼고.

597) 고왔도다. 염(灩)을 염(艶)으로 잘못 옮긴 듯함. 여기서 염(灩)은 술이 술 잔에 찰랑거리는 것을 뜻함.

598) 띄우고 가니.

599) 죽지 않는 시골로.

600) 뿜어.

니[601],

> 밤의 아춤 구롬을 닛드록[602] 믈가 궁(宮)의셔 잔치 ᄒᆞᄂᆞᆫ도다.
> 봉(鳳) 사긴 뎌ᄂᆞᆫ[603] 몱게 불매 먼 개[604] 슬프거눌,
> 블근 줄은 한가(閑暇)히 ᄎᆞ[ᄐᆞ]매[605] ᄀᆞ올 븬 디 닝(冷)ᄒᆞ도다.
> ᄆᆞᄋᆞᆷ을 의논(議論)ᄒᆞ매 힝(幸)혀 ᄠᅳ디 ᄀᆞᆺ튼 버들[606] 만나고,
> 분(分)을 혜아리니[607] 도은 공(功)이 업ᄉᆞ믈 븟쓰리노라[608].
> 구롬과 비 진짓[609] 디경(地境)의 각각(各各) 훗터딘[610] 후
(後)의,
> 믈결 우희 슬픈 ᄇᆞ름 닐믈[611] 견듸디 못ᄒᆞ리로다.

굴 태위(屈太尉 ㅣ) 좌슈(左手)로 잔(盞)을 잡고 우슈(右手)로 반
(盤)을 두드려 낭낭(朗朗)히 글을 읇프니 그 시(詩)예 굴오디,

봉건건이강셔혜(鳳騫騫以降瑞兮)여, 환산계지잡비(患山鷄之

---

601) 쏘이니.
602) 밤에서 아침 구름을 잇도록. 밤을 이어 아침이 되도록.
603) 봉(鳳)을 새긴 저[피리]는.
604) 먼 갯가. 먼 포구(浦口).
605) 타매. 연주(演奏)하매.
606) 뜻이 같은 벗을.
607) 헤아리니.
608) 도운 공이 없음을 부끄러워하노라.
609) 진짜. 참된.
610) 흩어진.
611) 슬픈 바람이 일어남을.

雜飛)로다.

옥온온이뎡긔혜(玉溫溫以呈器兮)여, 인무부지징휘(因砥砆之
爭輝)로다.

당후문지ᄉ벽혜(當侯門之四闢兮)여, 근가모지듕비(墐嘉謨之
重扉)로다.

긔셔긔이무용혜(旣瑞器而無庸兮)여, 의혼암지샹미(宜昏暗之
相微)로다.

도가[고]셕이위쥬혜(徒刳石以爲舟兮)여, 고연뉴이지위(顧沿
流而志違)로다.

쟝긱금이작우혜(將刻金而作羽兮)여, 여됴등지니비(與超騰之
理非)로다.

혈유님[님림]이박[방]뉴혜(血淋淋而滂流兮)여, 고강어지복이
쟝귀(顧江魚之腹而將歸)로다.

셔풍쇼쇼혜샹슈유유(西風蕭蕭兮湘水悠悠)ᄒ니, 빅지방헐혜
강니추(白芷芳歇兮江籬秋)ㅣ로다.

일완완[원원]혜쳥[쳔]운슈(日婉婉兮川雲收)ᄒ니, 도ᄉ긔혜비
풍유(棹四起兮悲風幽)ㅣ라.

긔혼골몰혜아명영부(羈魂汨沒兮我名永浮)ㅣ오, 벽파슈확[학]
혜궐예댱뉴(碧波雖涸兮厥譽長流)ㅣ로다.

향ᄉ감언슌힝우낭시(向使甘言順行于曩時)면, 긔금일거군왕
지좌두(豈今日居君王之座頭)ㅣ리오.

시(지)탐명슌녹이슈셰마멸쟈(是知貪名徇祿而隨世磨滅者)ㅣ
슈졍침지ᄉ회[호]무득영듀[여오주](雖正寢之死乎無得與吾儔)
ㅣ라.

당뎡죡지가회혜(當鼎足之嘉會兮)여, 획지[주]션어군후(獲周
旋於君侯)ㅣ라.

도반옥도[두]혜나딘쇼[수](雕盤玉豆兮羅珍羞)ㅎ니, 금치경산
[가]혜방헌슈(金卮瓊斝兮方獻酬)ㅣ라.

감샤심혜가일곡(敢寫心兮歌一曲), 무쳐[초]여디비가[이]엄뉴
(無誚余持盃以淹留)ㅣ라.

봉(鳳)이 놉피 ᄂᆞ라 샹셔(祥瑞)롤 ᄂᆞ리오니[612],

묏둙과 섯겨 놀가 두려ᄒᆞ노라[613].

옥(玉)이 빗난[614] 그릇시 드리니,

돌과 빗출 둣톨가[615] 두려ᄒᆞ노라.

공후(公侯)의 문(門)이 네 녁크로 열리이니,

아롬다온 ᄭᅬᄒᆞᄂᆞ 문(門)은 다티엿도다[616].

샹셔(祥瑞)와 그릇시 임의 쁠 디 업스니,

어두온 거시 서르 ᄀᆞ리오미[617] 맛당ᄒᆞ도다.

ᄒᆞᆫ갓 돌홀 갓가 비롤 ᄒᆞ니[618],

흐르는 거슬 님(臨)ᄒᆞ야 쁘들 어그롯놋다[619].

---

612) 내려주니.

613) 멧닭[野鷄, 山鷄]과 섞여 날까 두려워하노라.

614) 빚는. 만드는.

615) 빛을 다툴까.

616) 아름다움을 꾀하는 문은 닫히였도다.

617) 가리는 것이. 숨기는 것이.

618) 한갓 돌을 깎아 배를 만드니.

619) 흐르는 것을 임하여 뜻을 어긋나게 하는구나.

쟝춧(將次ㅅ) 쇠롤 사겨 지출ᄒ니620),

더브러 놀기에 도리(道理ㅣ) 그르도다621).

피 저저 겻틔로 흐르매622),

강(江) 고기 비롤 도라보고623) 쟝춧(將次ㅅ) 도라가는도다.

셔풍(西風)이 쇼쇼(蕭蕭)ᄒ고 샹슈(湘水) 믈이 기니,

빅지(白芷) 곳다온 거시 업섯고624) 강니(江籬) ᄀ올히 되엿도다.

날이 져믈고 냇 구롬이 거드니625),

빗대626) 소리 네 녁흐로 니르고 슬픈 ᄇ롬이 그윽ᄒ도다.

미인 넉시 빠디나 내 일홈은 길게 ᄯ고627),

프른 믈결이 비록 ᄆ르나 기리믄 길게 흐르는도다628).

뎌즈음끠 돈 말로 슌(順)히 셰샹(世上)의 돈니면629),

엇디 오늘날 군왕(君王)의 좌(座)의 안즈리오?

알과라630), 일홈을 탐(貪)ᄒ고 녹(祿)을 ᄯ롸631) 셰샹(世上)

---

620) 장차 쇠를 새겨 짖을 하니. 장차 쇠를 새겨 깃[새]을 만드니.

621) 더불어 날기에 도리가 그르도다. 더불어 날 리가 없구나.

622) 피에 젖어 곁으로 흐르매.

623) 물고기 밥이 된다는 뜻임.

624) 꽃다운 것이 없어졌고. 향기가 사라졌고.

625) 냇가의 구름이 걷히니.

626) 돛대. 상앗대. 노(櫓).

627) 매인 넋이 (물에) 빠졌으나 내 이름은 길이 떠다니고.

628) 푸른 물결이 비록 마를지라도 기림[稱讚]은 길게 흐르는도다.

629) (설령) 저번보다 달콤한 말이 세상에 순순히 행해지더라도.

630) 알겠노라.

631) 따라.

을 조차 스러디는[632] 재(者 ㅣ),

　　비록 졍침(正寢)의 주그나 시러곰 날과 짝ᄒᆞ디 못ᄒᆞ리로다[633].

　　솟발내 아름다이 모드믈[634] 당(當)ᄒᆞ야,

　　군후(君侯) ᄉᆞ이예 쥬션(周旋)호믈 어들와[635].

　　그린[636] 반(盤)과 옥(玉) 그릇시 딘슈(珍羞)를 버리니[637],

　　금잔(金盞)과 구슬 준(樽)의 보야흐로[638] 헌슈(獻酬)ᄒᆞᄂᆞᆫ도다.

　　감(敢)히 ᄆᆞ음을 펴[639] ᄒᆞᆫ 곡됴(曲調)를 브르니,

　　날을 잔(盞)을 들고 머므는 줄을[640] ᄭᅮ짓디 말라.

　　신도 션싱(申屠先生)이 경회야연시(境會夜宴詩)를 드리니 그
시(詩)예 ᄀᆞ로오디,

　　힝뎐츄미만(行殿秋未晚) 슈궁풍초량(水宮風初涼)

　　슈언츠듕야(誰言此中夜) 득졉됴종항(得接朝宗行)

　　년[영]타진동동(靈鼉振鼕鼕) 신뇽요황황(神龍耀煌煌)

　　홍누압하[파]긔(紅樓壓波起) 츄[취]악년운댱(翠幄連雲張)

---

632) 사라지는.

633) 비록 정침에서 죽더라도 능히 나와 짝하지 못할 것이다.

634) 솥발의 아름다운 모임을.

635) 얻었노라.

636) (그림을) 그린. 아로새겨 넣은.

637) 벌여놓으니.

638) 바야흐로.

639) (속)마음을 펼쳐.

640) 내가 잔을 들고 머뭇거리는 것을.

옥슈[소]닝음츄(玉簫冷吟秋) 요슬쳥함샹(瑤瑟淸含商)

현진강호수(賢臻江湖叟) 귀렬쳔독왕(貴列川瀆王)

냥여셰[쇠]속인(諒予衰俗人) 무릉진디[퇴]강(無能振穨綱)

셔디유도간(棲遲幽島間) 기견파셩상(幾見波成桑)

이리진뉴쇽(爾來盡流俗) 난여경호샹(難與傾壺觴)

금일등화연(今日登華筵) 쵸각신양양(稍覺神揚揚)

방환창낭녀(方歡滄浪侶) 거궁[공]빅일광(遽恐白日光)

히인셔금젼(海人瑞錦前) 긔감언문쟝(豈敢言文章)

뇨가녕경회(聊歌靈境會) 추회셕난망(此會誠難忘)

힝뎐(行殿)의 ᄀᆞ올히 늣디 아니ᄒᆞ여시니[641],

슈궁(水宮)의 ᄇᆞ롬이 처음으로 서늘ᄒᆞ도다.

뉘 이 듕야(中夜)의,

시러곰 됴종(朝宗)ᄒᆞᄂᆞᆫ 줄을 만나믈 니ᄅᆞ리오?

녕(靈)ᄒᆞᆫ 북은 동동(鼕鼕)히 나거눌,

신긔(神奇)ᄒᆞᆫ 뇽(龍)은 황황(煌煌)히 비최ᄂᆞᆫ도다.

블근 누(樓)ᄂᆞᆫ 믈결을 눌러 니럿고[642],

프른 댱(帳)은 구롬을 년(連)ᄒᆞ야 베펏도다[643].

옥통쇼(玉洞簫)ᄂᆞᆫ 닝(冷)히 ᄀᆞ올을 읇고,

구슬 거믄고ᄂᆞᆫ 묽게 샹셩(商聲)을 머구멋도다.

어딘 일은[644] 강호(江湖) 하라비 니럿고,

---

641) 가을이 늦지 아니하였으니.

642) 물결을 누르고 솟아 있고.

643) 베풀었도다. 휘장이 높이 쳐져 있는 모양을 말함.

귀(貴)ᄒ니ᄂ 쳔독왕(川瀆王)이 버럿도다[645].

날 ᄀᆞ튼 쇠(衰)ᄒ 셰속(世俗) 사ᄅᆞᆷ은,

능(能)히 믈허딘 머[벼]리를[646] 진긔(振起)티 못ᄒ리로다.

그윽ᄒ 셤의 머믓거리니,

얼머나[647] 믈결이 상뎐(桑田)되ᄂ 줄을 본고?

요ᄉᆞ이 보ᄂᆞ니 다 뉴속(流俗)의 사ᄅᆞᆷ이라,

더브러 잔(盞)을 기우리티기[648] 어렵도다.

오ᄂᆞᆯ 빗ᄂ 돗긔 오ᄅᆞ니[649],

졍신(精神)이 믈그믈 씨ᄃᆞᄅ리로다[650].

보야흐로 창낭(滄浪)의 벗과 즐기니,

믄득 흰 날빗치 날가 두리ᄂᆞᆫ도다.

바다 사ᄅᆞᆷ 샹셔(祥瑞)의 비단(緋緞) 앏픠셔[651],

엇디 감(敢)히 문쟝(文章)을 니ᄅᆞ리오?

아ᄋᆞ라히[652] 녕경회(靈境會)를 브르니[653],

이 못ᄀᆞ지를[654] 진실로 닛기 어렵도다.

---

644) 어진이로ᄂ.

645) 귀한 이로ᄂ 천독(川瀆)의 왕들이 벌여 있도다.

646) 무너진 벼리를. 무너진 기강(紀綱)을.

647) 얼마나.

648) 기울이기. '-티다'ᄂ 강세 접미사임.

649) 오늘 빛나ᄂ 잔치자리에 오르니.

650) 깨달을 것이로다.

651) 앞에서.

652) 아득히.

653) (노래) 부르니.

치이군(鴟夷君)이 잔(盞)을 들고 노래롤 브릭니 그 ᄉ(詞)의 골
오디,

운집대야혜혈파홍[흉흉](雲集大野兮血波洶洶)ᄒ니, 현황교전
혜오무전농(玄黃交戰兮吳無全壟)ㅣ로다.
긔패업지쟝튜(旣霸業之將墜)ᄒ니, 의가모지브죵(宜嘉謨之不
從)이라.
국보텬[전]궐혜(國步顚蹶兮)여, 오도귀[구]흉(吾道遘凶)이로다.
쳐치이지대곤[균](處鴟夷之大困)ᄒ야, 입연천지구듕(入淵泉之
九重)이라.
샹뎨민여지비고혜(上帝愍余之非辜兮)여, 비대강고로기원동(俾
大江鼓怒其冤踪)이로다.
(소이)편낭산이질구파악(所以鞭浪山疾驅波岳)ᄒ니, 역조(족)
뎐여블울지심흉(亦粗足展余拂鬱之心胸)이라.
당녕경지냥연혜(當靈境之良宴兮)여, 뉴존쥬지샹용(謬尊俎之
相容)이라.
격쇼고혜(擊簫鼓兮)여, 당가죵(撞歌鍾)이로다.
오구월무혜환미극(吳謳越舞兮歡未極)ᄒ니, 거군셩효고지동동
(遽軍城曉鼓之鼕鼕)이로다.
원보샹션지유덕(願保上善之有德)이라, 하ᄒᆡᆼ낙지디혜난샹봉(何
行樂之地兮難相逢)고?

구룸이 큰 들히 모드매 피 믈결이 어즈러오니[655],

현황(玄黃)이 서르 싸호매 옷(吳ㅅ)나라히 온젼(穩全)혼 따히

업도다.

임의 패업(霸業)이 쟝춧(將次ㅅ) 뼈러디니[656],

아롬다온 꾀롤 좃디 아니미 맛당ᄒ도다[657].

나라히 구러뎌 가니[658],

내 되(道ㅣ) 흉(凶)혼 거술 만나도다.

치이(鴟夷)의 그게 곤[菌](困)혼디 당(當)ᄒ니,

깁픈 못 아홉 볼의 드도다[659].

샹뎨(上帝ㅣ) 나의 죄(罪ㅣ) 아니믈 에엿비 너기샤[660],

큰 강(江)으로 ᄒ야곰 그 원민(冤愍)혼 자최롤 고동(鼓動)ᄒ

야 노(怒)ᄒ게 ᄒ시도다.

뫼 ᄀᆞᆺ튼 믈결을 채텨[661] 섈리 산악(山岳)의 오니,

ᄯᅩᄒᆞᆫ 져기[662] 내의 애둛고 답답혼 ᄆᆞᄋᆞᆷ을 펴리로다.

녕(靈)혼 디경(地境)의 됴혼 잔치롤 당(當)ᄒ야셔,

서르 용납(容納)호믈 닙도다.

퉁쇼(洞簫)와 북을 티고,

---

655) 구름이 큰 들에 모이매 피 물결이 어지러우니.

656) 떨어지니.

657) 아름다운 꾀를 좇지 않음이 마땅하도다.

658) 나라가 거꾸러져 가니.

659) 깊은 못 아홉 벌에 들도다. 아홉 겹이나 되는 깊은 못에 들도다.

660) 어여삐 여기시어. 가엾이 여기시어.

661) 뫼[山] 같은 물결을 채찍질하여.

662) 적이. 좀.

노래와 죵(鍾)을 두드리는도다.

옷(吳ㅅ)나라 노래와 월(越)나라 춤으로 즐기믈 다 못ᄒ야서,

믄득 군셩(軍城)의 새배 붑소리 나는도다663).

원(願)컨대 우 어딘 것664)과 부드러온 덕(德)을 보젼(保全)

하라.

어니 됴흔 ᄯᅡ희 가665) 만나기 어려오리오?

노래ᄅᆞᆯ ᄆᆞᆺ츠매 은[삽]군(霅郡) 셩누(城樓) 우희셔 북소리 닐고,

동뎡(洞庭)묏 뎔의셔 새배 북이 우니, 나붓기는 ᄇᆞ롬이 믄득 닐

고 거믄 구롬이 ᄉᆞ면(四面)의 모드며, 믈결 ᄉᆞ이예셔 거마(車馬)

의 소리 오히려 요란(擾亂)ᄒ더니, 이윽고 아ᄆ 것도 보디 못ᄒ

고 날빗치 새며 그 거복이 믈 가온대셔 머리ᄅᆞᆯ 내야 두로도

라666) 쟝탐[침](蔣琛)을 보고 가더라.

---

663) 새벽 북소리가 나는도다.

664) 위의 어진 것. 상선(上善)을 말함.

665) 어느 좋은 땅에 가서.

666) 뒤돌아.

| 제16화 |

원싱뎐(陳袁生)

뎡원(貞元) 초(初)의 딘군(陳郡) 원싱(袁生)이 일즉 당안(唐安) 싸히 가 참군(參軍) 벼슬ᄒ다가 벼슬 ᄀ라667) 파쳔(巴川) 싸히 가노라668) 역녀(逆旅)의 머므럿더니, 홀연(忽然) 흰옷 니븐 사ᄅᆷ이 드러와 뵈고 싱(生)ᄃ려 닐오ᄃᆡ,

"나ᄂᆫ 고시 ᄌᆡ(高氏子丨)라. 이 고올 신명현(新明縣)의 집ᄒ엿더니669) 요ᄉᆞ이 한가(閑暇)ᄒᆞᆫ디라, 두로 노라 이에 니ᄅᆞ럿노라." ᄒᆞ고 말솜이 ᄀᆞ장 총민(聰敏)ᄒᆞ니 원싱(袁生)이 긔특(奇特)이 너기더니 ᄯᅩ 닐오ᄃᆡ,

"음양(陰陽)ᄒᆞ기ᄅᆞᆯ670) 잘ᄒᆞ니, 그ᄃᆡ의 평싱(平生)을 의논(議論)ᄒᆞ리라."

ᄒᆞ야ᄂᆞᆯ, 원싱(袁生)이 팔ᄌᆞ(八字)ᄅᆞᆯ 써 무ᄅᆞ니, 디난 일은 본 ᄃᆞ시 낫낫치 마치거ᄂᆞᆯ671), 원싱(袁生)이 대경(大驚)ᄒᆞ야 져므ᄃᆞ록

---

667) 벼슬을 갈아. 벼슬이 바뀌어.

668) 파천 땅에 가느라고.

669) 집을 하였더니. 살고 있었는데.

670) 점(占)치는 것을.

서ᄅ 더브러 말ᄒ더니, 밤이 깁픈 후(後)의 ᄀ마니[672] 원싱(袁
生)ᄃ려 닐러 ᄀᆯ오디,

"나ᄂᆫ 사ᄅᆷ이 아니라. 흔 번(番) 군ᄌ(君子)의게 베프고져 ᄒ
니[673] 가(可)ᄒ냐?"

원싱(袁生)이 듯고 두려 닐오디,

"그디 사ᄅᆷ이 아니면 과연(果然) 귀신(鬼神)이냐? 날을 해(害)
티 아닐 잰(者 ㅣ)다[674]?"

고싱 왈(高生曰),

"내 귀신(鬼神)도 아니오 ᄯᅩ흔 그디를 해롭게 홀 사ᄅᆷ이 아니
라. 부러 와 뵈ᄂᆫ ᄯ드든 그디ᄭᅴ 의탁(依託)ᄒᆞᄆᆯ 두고져 ᄒ노라.
나ᄂᆫ 격슈신(赤水神)이라. ᄉᆞ당(祠堂)이 신명현(新明縣) 남녁희
잇더니 젼년(前年)의 비 만히 와 드럿ᄂᆫ 고디[675] 다 믈허뎌시
되[676] 고올 사ᄅᆷ이 슈리(修理)홀 이 업서 날로 ᄒ야곰 날로 풍
우(風雨)의 곤(困)흔 배 되며, 쵸동(樵童)의 [원주 : 나모 븨ᄂᆫ[677] 아
희라.] 업슈이 너긴 배 되야[678] ᄆᆞ올 사ᄅᆷ이 날 보기를 흔 줌 흙

---

671) 지난 일은 본 듯이 낱낱이 맞히거늘.
672) 가만히. 남모르게.
673) 베풀고자 하니.
674) 나를 해치지(나) 않을 자인가?
675) 들어 있는 곳이.
676) 무너졌으되.
677) 베는.

ㄱ치 너기는디라. 이제 내 그디끠 고(告)ㅎ노니, 그디 허락(許諾)
ㅎ면 말을 ㅎ고 허락(許諾)디 아니면 도라가 흔(恨)이 업스리라.”

흔대 원싱 왈(袁生曰),

“신(神)(이) 원(願)홀 일이 이시면 니르미 엇디 가(可)티 아니
ㅎ리오?”

젹슈신(赤水神) 왈(曰),

“그디 니년(來年)의 신명(新明) 위(員)을 홀 거시니, 만일(萬一)
날을 위(爲)ㅎ야 다시 ᄉ우(祠宇)롤 셰오고 츈츄(春秋)로 졔ᄉ(祭
祀)롤 ㅎ면 진실(眞實)로 쇼신(小神)의 힝(幸)이라. 원(願)컨대 닛
디 말디어다.”

원싱(袁生)이 허락(許諾)ㅎ니 ᄯ오 닐오디,

“그디 처음으로 고올히 니롤 ᄠᅢ예[679] 맛당이 흔 번(番) 보려
니와 사롬과 신령(神靈)이 서르 격(隔)ㅎ니 그디의 하인(下人)들
히 날을 업슈이 너길가 ㅎ노니, 그디 하인(下人)을 다 믈리티고
혼자 묘듕(廟中)의 드러오면 흔 말을 다홀가 ᄇ라노라[680].”

원싱 왈(袁生曰),

“삼가 ᄀ르치믈 밧들리라.”

ㅎ고 서르 뼈낫더니, 이 히 겨을히 과연(果然) 원싱(袁生)이 신명

---

678) 업신여긴 바가 되어.

679) 고을에 이를 때에.

680) 많은 말을 다 하게 되기를 바라노라.

(新明) 원(員)을 ᄒ야 도임(到任)ᄒ 후(後)의 젹슈신(赤水神) 묘(廟) 잇ᄂ 더ᄅ 무르니, 현(縣) 남(南)녁 두어 니(里) 밧끠 잇더라.

열흘이 디나거늘 묘(廟)의 나아가 빅보(百步) 밧끠셔 하마(下馬)ᄒ야 하인(下人)을 다 츼오고[681] 혼자 묘듕(廟中)의 드러가니, 집이 떠러딘 더 만코[682] 플이 뜰ᄒ ᄀ득 ᄒ엿고 더러온 거시 만히 싸혓더라.

원싱(袁生)이 셧기ᄅ 이윽이 ᄒ엿더니 흰 옷 니븐 댱뷔(丈夫ㅣ) 묘(廟) 뒤흐로셔 나오니 고싱(高生)이러라. 얼굴 빗치 ᄀ장 깃거ᄒ야 원싱(袁生)의게 절ᄒ고 닐오더,

"그더 언약(言約)을 닛디 아녀 오늘날 부러 와 보니 실(實)로 다힝(多幸)ᄒ디라."

ᄒ고 홈끠 묘듕(廟中)의 드러가 섬 우희 안자 말ᄒ더니, 섬 아래 ᄒ 늘근 즁이 칼흘 메고[683] 안잣고 두어 사ᄅᆷ이 딕희엿거늘[684], 원싱(袁生)이 무러 ᄀᆯ오더,

"이 어인 사ᄅᆷ고?"

젹슈신(赤水神) 왈(曰),

"이 즁은 현(縣) 동(東)녁 뎔의 잇ᄂ 도셩시(道成師ㅣ)라. 젼싱

---

681) 치우고.

682) 떨어진 데가 많고. 낡아 해진 데가 많고.

683) (형구인) 칼을 메고. 칼을 쓰고.

684) 지키고 있거늘.

(前生) 죄(罪) 이시매, 내 가도완 디 흔 히라685). 미양 됴셕(朝夕)의 흔 번(番)식 티더니686) 일로조차 열흘 휘(後ㅣ)면 맛당이 플리이리라687)."

원싱(袁生)이 무로디,

"이 즁이 임의 사라시면 어이 예 와 가티엿ᄂᆞ뇨?"

격슈신(赤水神) 왈(曰),

"싱혼(生魂)을 자바 가도와시면688) 그 사롬이 ᄌ연(自然)히 몸을 알흐니689) ᄯᅩ흔 엇디 나의 ᄒᆞᄂᆞᆫ 일인 줄을 알리오?" ᄒᆞ고 원싱(袁生)ᄃᆞ려 닐오디,

"그디 힝(幸)혀 내 ᄉᆞ우(祠宇) 짓기ᄅᆞᆯ 허락(許諾)ᄒᆞ야시니 가(可)히 ᄲᆞᆯ리 도모(圖謀)ᄒᆞ라."

원싱(袁生) 왈(曰),

"감(敢)히 닛디 아니ᄒᆞ오리라690)."

ᄒᆞ고 도라가 그 공역(工役)을 혜아리니 고올히 가난ᄒᆞ야 지믈(財物) 츌쳬(出處ㅣ) 업거ᄂᆞᆯ 인(因)ᄒᆞ야 스스로 싱각ᄒᆞ야 닐오디,

"신인(神人)이 닐오디, '도셩ᄉᆞ(道成師)의 녁슐 가도와 미이 알

---

685) 내가 가두어 둔 지 한 해라.

686) 치더니. 때리더니.

687) 이로부터 열흘 후면 마땅히 풀려나리라.

688) 잡아 가두었으면.

689) 몸을 앓으니. 병을 앓게 되니.

690) 잊지 아니하리라.

ᄂᆞ니라691).'ᄒᆞ고, ᄯᅩ '열흘 휘(後ㅣ)면 맛당이 플리이리라.' ᄒᆞ더니, 도셩ᄉᆞ(道成師)ᄅᆞᆯ 소겨692) ᄉᆞ우(祠宇)ᄅᆞᆯ 지어보쟈."

ᄒᆞ고 바ᄅᆞ 현(縣) 동(東)녁 뎔의 가 그 즁을 무ᄅᆞ니, 과연(果然) 도셩시(道成師ㅣ) 이셔 병(病) 드런 디 ᄒᆞᆫ ᄒᆡ라. 도셩시(道成師ㅣ) 닐오ᄃᆡ,

"내 병(病)드러 됴셕(朝夕)의 사디 못ᄒᆞ게 되야시니 온몸이 알픈다라. 말을 잘 못ᄒᆞ리로소이다."

원ᄉᆡᆼ(袁生) 왈(曰),

"네 병(病)이 이리 듕(重)ᄒᆞ야 죽기예 갓갑거니와, 그러나 내 말 곳 드ᄅᆞ면 수이 ᄒᆞ릴 거시니693) 이제 지믈(財物)을 내야 젹슈신묘(赤水神廟)ᄅᆞᆯ 듕슈(重修)ᄒᆞ면 ᄌᆞ연(自然) 도으미 이시리라694)."

도셩시(道成師ㅣ) 왈(曰),

"병(病)이 과연(果然) ᄒᆞ릴 거시면 엇디 지믈(財物)을 앗기링잇가695)?"

원ᄉᆡᆼ(袁生)이 소겨 닐오ᄃᆡ,

"내 귀신(鬼神) 보기ᄅᆞᆯ 잘ᄒᆞ니, 요ᄉᆞ이 젹슈신묘(赤水神廟)의

---

691) 넋을 가두어 몹시 앓느니라.
692) 속여. 속여서.
693) 쉽게 나을 것이니.
694) 도움이 있으리라.
695) 아끼리이까?

갓더니 네 혼빅(魂魄)을 담 밋틱 가도앗거늘[696] 젹슈신(赤水神)을 블러 그 연고(緣故)롤 무르니, 젹슈신(赤水神)이 닐오터, '이 즁이 젼싱(前生) 앙얼(殃孼)이 이시매 여긔 미얏노라[697].' 흐거늘 내 네 괴로오믈 에엿비 너겨[698] 그 신(神)드려 닐오터, '내 즁으로 흐야곰 이 스우(祠宇)롤 듕슈(重修)흐게 홀 거시니 샐리 노흐라.' 흐니, 신(神)이 깃거 허락(許諾)흐야 닐오터, '열흘만 디나면 그 죄(罪)롤 샤(赦)흐리라.' 흐거늘 내 니드러 고(告)흐노니, 네 쟝춫(將次人) 흐릴 거시니 젹슈신묘(赤水神廟)롤 다시 지으라. 병(病) 흐린 후(後)의 무음을 게을리 머그면 홰(禍ㅣ) 도로혀 듕(重)흐리라."

흔대, 도셩싀(道成師ㅣ) 거즛 디답(對答)흐터,

"니르신 대로 흐링이다[699]."

흐엿더니 열흘만의 과연(果然) 흐리거늘, 데즈(弟子)롤 블러 닐오터,

"내 져머셔 집을 브리고 즁이 되야 이제 나히 오십(五十)이라. 블힝(不幸)흐야 병(病)이 드럿더니 뎌즈음쯰[700] 원군(袁君)이 날

---

696) 담 밑에 가두었거늘.
697) 여기 매었노라. 여기 묶었노라.
698) 내가 너의 괴로움을 가엾이 여겨.
699) 이르신 대로 하겠습니다.
700) 저번에.

드려 닐오디, ' 내 병(病)이 젹슈신(赤水神)의 흔 일이니 병(病)이 흐리거든 묘(廟)를 지으라.' 흐더니 샹해701) 신(神)을 위(爲)흐야 사름을 도와 묘(廟)룰 지으믄 복(福)을 느리오게 호미라. 이 신(神)이 날을 해(害)호미 잇거든 엇디 업시티 아니흐리오702)?" 흐고 뎨주(弟子)룰 드리고 바르 묘(廟)의 느려가 흐나도 업시 허러브리고703) 그 스셜(辭說)을 원싱(袁生)드려 니르니, 원싱(袁生)이 놀라고 두려 도셩수(道成師)룰 샤례(謝禮)흐야 보내니, 도셩수(道成師)는 긔운(氣運)이 더옥 풍셩(豊盛)흐고 병(病)이 일졀(一切) 업스며, 원싱(袁生)은 날로 두려흐더니, 흔 둘은 흐야셔 원싱(袁生)이 그릇흔 죄(罪)로 담[단]계(端溪)예 귀향 보내니 삼협(三峽)의 니르러 믄득 흰 옷 니븐 사름이 길ㄱ의 셧거놀 도라보니 이에 젹슈신(赤水神)이러라. 원싱(袁生)드려 닐오디,

"내 그딋긔 스우(祠宇) 셰(오)믈 의탁(依託)흐엿거놀 도셩수(道成師)로 내 집을 헐고 내 샹(像)을 브려 날로 흐야곰 도라갈 디룰 업시 흐니, 다 그디의 죄(罪)라. 그디 이리 귀향 오믄 쏘흔 나의 보슈(報讎)호미라."

원싱(袁生)이 샤왈(謝曰),

"그디룰 헌 거순 도셩시(道成師ㅣ)니 엇디 날을 칙(責)흐느뇨?"

---

701) 늘. 항상. 보통.

702) 어찌 없이 하지 아니하리오? 어찌 없애지 아니하리오?

703) 헐어버리고.

신왈(神曰),

"도셩ᄉ(道成師)ᄂᆞᆫ 복(福)이 셩(盛)ᄒ니, 내 능(能)히 움즈기디[704] 못ᄒ거니와, 이제 그딋 녹(祿)이 ᄇᆞᆯ셔[705] 쇠(衰)ᄒ야시니, 내 시러곰 갑노라[706]."

ᄒ고 간 ᄃᆡ 업더라.

---

704) 움직이지. 어찌하지.

705) 벌써.

706) 능(能)히 갚노라.

| 제17화 |

채영뎐(蔡榮)

듕모현(中牟縣) 삼이향(三異鄕)의 목슈(木手) 채영(蔡榮)이 어려실 적브터 귀신(鬼神)을 미더 미양 밥 머글 적이라도 반드시 밥을 더러 토디신(土地神)을 몬져 위(爲)ᄒ고 ᄌ라도[707] 긋치디 아니ᄒ더니, 일일(一日)은 병(病)드러 여닐웨로디[708] ᄒ리디[709] 아니ᄒ더니 져믈 때예 ᄒ 호반(虎班) ᄀᆺ튼 사름이 급(急)피 드러와 채영(蔡榮)의 어미ᄃ려 닐오디,

"채영(蔡榮)의 의복(衣服)과 그ᄅ슬 급(急)피 곰초아[710] 사름으로 ᄒ야곰 보게 말고 채영(蔡榮)을 겨집의 민ᄃ리ᄒ야[711] 방(房)의 곰초고, 와셔 뭇ᄂ니[712] 잇거든 나가다[713] ᄒ고 소겨 간

---

707) 자라서도. 장성해서도.

708) 예니레로되. 엿새나 이레가 되었으되. 6~7일이 되었으나.

709) 낫지.

710) 감추어.

711) 맨드리하여. '맨드리'는 옷을 입고 매만진 맵시를 뜻함. 여기서는 여장(女裝)을 말함.

712) 와서 묻는 이. 찾아와서 묻는 사람이.

713) 나갔다고.

디롤 알게 말라."

ᄒ고 말이 ᄆᆞ츠며 밧ᄭ로 나ᄃᆞᆺ거늘[714], 그 어미과 쳬(妻ㅣ) 즉시(卽時) 그 말대로 ᄒ고 잡것둘흘 업시 ᄒ엿더니, 이윽ᄒ야 ᄒᆞᆫ 쟝슈(將帥)톄엿[715] 사ᄅᆞᆷ이 ᄆᆞᆯ을 ᄐᆞ고 궁시(弓矢) 가진 사ᄅᆞᆷ 여라믄을[716] 거ᄂᆞ리고 바ᄅᆞ 쵀영(蔡榮)의 집 안히 드러와 쵀영(蔡榮)을 브ᄅᆞ거늘, 그 어미 놀라,

"영(榮)이 업세라[717]."

니ᄅᆞ니, 그 쟝군(將軍)이 무로디,

"어디 가뇨[718]?"

그 어미 닐오디,

"영(榮)이 취(醉)ᄒ고 도라와 일을 아니ᄒᆞ거늘, 내 노(怒)ᄒ야 티니[719] 영(榮)이 ᄃᆞ라나 간 고들 아디 못ᄒᆞ연디[720] 열흘이 나맛노이다[721]."

쟝군(將軍)이 아젼(衙前)으로 집의 드러 뒤라[722] ᄒ니, 아젼(衙

---

714) 내닫거늘.
715) 장수인 듯한. '톄엿'은 '~인 체하는'의 뜻임.
716) 여남은을. 열 남짓한 사람을.
717) 없습니다.
718) 어디(에) 갔는가?
719) 치니. 때리니.
720) 못한지.
721) 열흘 남짓 되었습니다.
722) 집에 들어가 뒤지라고.

前)이 나와 닐오디,

"방(房) 안히 스나히와[723] 셩녕ᄒᄂᆫ 그ᄅ시 업고[724] 다만 겨집만 이셰라."

ᄒ니 쟝군(將軍)이,

"디계신(地界神)을 블러 곰촌 사ᄅᆷ을 어드라."

ᄒ니 즉시(卽時) 호반(虎班)톄엿[725] 사ᄅᆷ이 드러와 뵈니, 쟝군(將軍)이 ᄭ지저 닐오디,

"쵀영(蔡榮)이 간 고돌 네 엇디 아디 못ᄒ리오?"

디(對)ᄒ야 골오디,

"노(怒)ᄒ야 ᄀ만이 나가고 가ᄂᆫ 고돌 니ᄅ디 아니ᄒ니 엇디 알링잇가[726]?"

쟝군 왈(將軍曰),

"대왕(大王) 후뎐(後殿)이 기우러뎌시니[727] 브디[728] 잘ᄒᄂᆫ 쟝인(匠人)을 어드려 ᄒ야, 긔훈(期限)이 볼셔 다ᄃᆞ라시니[729] 엇던 사ᄅᆷ이 능(能)히 쵀영(蔡榮)의 교디(交代)를 ᄒ료?"

---

723) 사나이와.
724) 공작(工作)하는 그릇이 없고. 목공(木工)하는 연장이 없고.
725) 호반인 듯한. 무관(武官)인 듯한.
726) 알겠습니까?
727) 기울어졌으니.
728) 부디.
729) 기한이 벌써 다다랐으니.

디계신(地界神)이 디왈(對曰),

"냥셩(梁城) 협[섭]간(葉幹)이 채영(蔡榮)의게셔 디디 아니ᄒ
니[730], 그 년흔(年限)을 헤여도 감즉ᄒ닝이다[731]."

쟝군(將軍)이 즉시(卽時) 몰을 돌려 나가거늘, 그 호반(虎班)톄
엿 사롬이 도로 드러와 닐오ᄃ,

"나ᄂᆫ 토디신(土地神)이라. 채영(蔡榮)이 미양 밥 머글 제 서
ᄅ 브ᄅᄂᆫ 고(故)로[732] 은혜(恩惠)롤 갑노리."

ᄒ고 나니거늘[733], 그 어미 드러가 채영(蔡榮)을 보니 씀을 흘
리고 누엇더니 그날브터 병(病)이 ᄒ리니라.

냥셩(梁城) 협[섭]간(葉幹)을 ᄎᄌ니 그날 죽돗더라[734].

---

730) 채영에게서 지지 아니하니. 채영보다 못하지 아니하니.

731) 그의 연한을 헤아려도 감직합니다. 그의 수명을 헤아려보아도 갈 만합니다.

732) 늘 밥 먹을 때마다 서로 부르는 까닭으로. 채영이 식사 때마다 토지신에게
고수레를 하였다는 말임.

733) 나가거늘.

734) 양성의 섭간을 찾아가 보니 그날로 죽었더라.

| 제18화 |

최현미뎐(崔玄微)

당(唐) 텬보(天寶) 시뎔(時節)의 쳐스(處士) 최현미(崔玄微ㅣ) 낙동(洛東)의 집을 두어 약(藥) 먹기를 슝샹(崇尙)ᄒ더니, 흔 적은 약(藥)이 진(盡)ᄒ거늘 죵(從)을 드리고 슝산(嵩山)의 가 지초(芝草)를 키야 흔 힛만의 도라오니 집안희 사름이 업고 뜰희 플이 ᄌ옥ᄒ얏더라[735].

그때 봄이 느젓ᄂᆞᆫ디라 밤 든 후(後)의 ᄇᄅᆞᆷ이 묽고 ᄃᆞᆯ이 붉거늘 자디 아니ᄒ고 혼자 안자 셔경을 보더니 삼경(三更) 후(後)의 흔 쳥의(靑衣ㅣ) 와 닐오디,

"그디 당듕(堂中)의 잇ᄂᆞᆫ다? 이제 두 녀반(女伴)으로 더브러 샹동문(上東門) 아ᄌ미[736] 집으로 가더니 여긔 잠깐 비러 쉬고져 ᄒ니 가(可)ᄒ냐?"

현미(玄微ㅣ) 허락(許諾)ᄒ니, 이윽고 여라믄[737] 녀랑(女娘)이 드러오니 프른 치마 민[738] 녀랑(女娘)이 나아와 닐오디,

---

735) 뜰에 풀이 자옥하였다. 뜰에 풀이 무성하게 자랐다.
736) 아주머니.
737) 여남은. 열 명 남짓한.

"나는 셩(姓)이 양시(楊氏)로라."

ᄒ고 ᄒᆞᆫ 사름을 ᄀᆞᄅ쳐 닐오ᄃᆡ,

"뎌ᄂᆞᆫ 도시(陶氏)오."

ᄯᅩ ᄀᆞᄅ쳐 닐오ᄃᆡ,

"뎌ᄂᆞᆫ 니시(李氏)오."

ᄯᅩ 블근 옷 니븐 쟈근 녀랑(女娘)을 ᄀᆞᄅ쳐 닐오ᄃᆡ,

"뎌의 셩(姓)은 셕시(石氏)오, 닐홈은 아죄(阿措ㅣ)라,"

ᄒ고, 각각(各各) 시녀(侍女)를 두엇더라.

현미(玄微ㅣ) 서ᄅᆞ 보기를 못ᄎᆞ매 이에 월하(月下)의 안자 가ᄂᆞᆫ 고ᄃᆞᆯ 무ᄅᆞ니 뎌(對)ᄒ야 닐오ᄃᆡ,

"봉십팔(封十八)의게 가고져 ᄒᆞ더니 두어 날을 오마 ᄒ고 서ᄅᆞ 보디 못ᄒᆞ매 오늘 모다 가보려 ᄒ노라."

ᄒ고 좌(坐)를 뎡(定)티 못ᄒᆞ야739) 문(門) 밧끠셔 믄득 닐오ᄃᆡ,

"십팔(十八)이 온다!"

ᄒ니 다 놀라고 깃거 나가 맛더니 양시(楊氏) 닐오ᄃᆡ,

"쥬인(主人)이 심(甚)히 어디니 여긔셔 죠용히 모돔만 ᄀᆞᆺ디 못ᄒ니라740)."

현미(玄微)도 나아 안자 봉십팔(封十八)을 뎌졉(待接)ᄒ니 말

---

738) 동여맨. 입은.

739) 자리를 정하지 못하였을 때에.

740) 여기서 조용히 모이는 것만 같지 못하리라.

숨이 닝닝(冷冷)ᄒ야 님하(林下)의 풍치(風采ㅣ) 잇더라.

서르 읍(揖)ᄒ고 두로 안즈니 얼굴이 다 졀식(絶色)이오, 곳다온 향내 사롬의게 ᄲ·이더라. 모든 녀랑(女娘)이 술을 브어 각각(各各) 노래 블러 권(勸)ᄒ거놀, 현미(玄微ㅣ) 그 두 글을 싱각ᄒ니 블근 치마 민 녀랑(女娘)이 흰 옷 니븐 녀랑(女娘)의게 술을 잡고 놀래롤 브르니 그 노래예 ᄀᆞ오ᄃᆡ,

옥(玉)ᄀᆞᄐᆞᆫ 양지(樣子) 흰 눈도곤[741] 나으니,
ᄒ믈며 희롤 당(當)ᄒ야 곳다온 둘을 ᄃᆡ(對)ᄒ미ᄯᆞ녀.
기리 읇쥬어리고[742] 감(敢)히 봄ᄇ롬을 원망(怨望)티 아니ᄒ노라.
스스로 얼굴 빗치 아둑이 스라디는 줄을[743] 탄(歎)ᄒ노라.

교결옥안승빅셜(皎潔玉顔勝白雪)   황내당년ᄃᆡ광[방]월(況乃當年對芳月)
팀음[금]블감원츈풍(沈唫不敢怨春風)   ᄌ탄용화암쇼헐(自歎容華暗消歇)

빅의(白衣) 니븐 녀랑(女娘)이 노래 브르니 그 노래예 ᄀᆞ오ᄃᆡ,

---

741) 흰 눈보다.
742) 읊조리고.
743) 아득히 사라지는 것을.

블근 오시 여러 떨티매 이슬이 츠고츠니,
담(淡)흔 연지(臙脂) 흔 줄기 가비얍도다.
스스로 홍안(紅顏)을 머므로디 못ᄒᆞᄂᆞᆫ 줄을 흔흔노니,
츈풍(春風)이 박졍(薄情)흔 줄을 원(怨)티 말라.

강의피블뇨영영(絳衣披拂露盈盈) 담염연지일타경(淡染臙脂
一朶輕)
ᄌᆞ흔홍안뉴브듀(自恨紅顏留不住) 마윈츈풍도박졍(莫怨春風
道薄情)

잔(盞)이 봉십팔(封十八)의게 다ᄃᆞ르니, 십팔(十八)이 거동(擧動)이 표[파]경(頗輕)ᄒᆞ야 술을 기우리텨 아조(阿措)의 오시 더러이니, 아쵀(阿措ㅣ) 작식(作色)ᄒᆞ고 닐오디,

"모ᄃᆞᆫ 사ᄅᆞᆷ이 다 밧드러 구(求)ᄒᆞ거ᄂᆞᆯ 도로혀 눔을 두리디 아니ᄒᆞᄂᆞᆫ도다."
ᄒᆞ고 오술 떨티고 니러나니, 봉십팔(封十八)이 닐오디,
"쟈근 겨집이 쥬졍(酒酊)을 ᄒᆞᄂᆞ냐?"
ᄒᆞ고 다 니러나 문(門) 밧끡 가 봉십팔(封十八)을 니별(離別)ᄒᆞ야 남(南)녀크로 보내고 모ᄃᆞᆫ 녀랑(女娘)ᄃᆞᆯ은 셧(西ㅅ)녁 동산으로 드러가니, 현미(玄微)도 ᄯᅩ흔 슈샹(殊常)흔 줄을 씨ᄃᆞᆺ디 못ᄒᆞ엿더니, 이튼날 밤의 ᄯᅩ 와 모다 닐오디,
"봉십팔(封十八)의게 가렷노라."

ᄒᆞ니 아죄(阿措ㅣ) 노(怒)ᄒᆞ야 닐오ᄃᆡ,

"엇디 다시 봉고(封姑)의 집의 가리오? 일이 잇거든 다만 쳐ᄉᆞ(處士)의게 고(告)ᄒᆞ미 가(可)ᄒᆞ니라."

ᄒᆞ고 아죄(阿措ㅣ) ᄯᅩ 닐오ᄃᆡ,

"모든 벗들이 다 동산 가온대 이셔 ᄒᆡ마다 사오나온 ᄇᆞ롬의 요동(搖動)ᄒᆞ믈 만히 니버 잇ᄂᆞᆫ 디 편안(便安)티 아니ᄒᆞ매 샹(常)해 봉십팔(封十八)의게 편안(便安)호믈 구(求)ᄒᆞ더니 어제 아죄(阿措ㅣ) 잘 ᄃᆡ답(對答)디 못ᄒᆞ니 힘을 빌기 어려온디라, 쳐시(處士ㅣ) 만일(萬一) 막줄라⁷⁴⁴⁾ 둣덥프믈⁷⁴⁵⁾ 뵈면 ᄯᅩᄒᆞᆫ 갑프미 이시리라."

현미 왈(玄微曰),

"내 므슴 힘이 이셔 모든 녀랑(女娘)의게 미츠리오?"

아죄 왈(阿措ㅣ 曰),

"쳐시(處士ㅣ) ᄒᆡ마다 샤일(歲日)의 ᄒᆞᆫ 블근 긔(旗)를 민ᄃᆞ라 일월(日月)과 오셩(五星)을 그려 동산 동(東)녁희 셰오면 어려온 거술 면(免)홀 거시니, 이 ᄒᆡ는 불셔 다 갓거니와 이 둘 이십일일(二十一日) 잠깐 동풍(東風) 긔운(氣運)이 잇거든 즉시(即時) 셰면⁷⁴⁶⁾ 거의 환(患)을 면(免)ᄒᆞ리라."

---

744) 막질러. 앞질러 가로막아.
745) 두둔함을. 두둔하는 것을.
746) 세우면.

현미(玄微ㅣ) 허락(許諾)호대 모다 샤례(謝禮)호야 닐오디,

"감(敢)히 덕(德)을 닛디 아니호리라."

호고 절호고 가거놀, 현미(玄微ㅣ) 둘 아래 뿔와가[747] 보내니 동산 담을 너머 원듕(園中)으로 드러가더니 간 고돌 아디 못홀러라.

이십일일(二十一日) 긔(旗)롤 호야 셰오니, 그날 동풍(東風)이 거룩이 부러 낙양(洛陽) 남(南)녁크로 남기 것거디고 모래 느르되[748] 동산 가온대 모든 고촌 죠곰도 샹(傷)티 아니호야시니, 그제야 씨드라 양시(楊氏)·니시(李氏)·도시(陶氏)와 의복(衣服)의 빗과 얼굴을 싱각호니 모든 화졍(花精)이오. 블근 옷 니븐 셕아조(石阿措)는 곳 셕뉴홰(石榴花ㅣ)오, 봉십팔(封十八)은 브롬신(神)이롯더라[749].

두어 날 후(後)의 밤의 그 녀랑(女娘)들히 다시 와 샤례(謝禮)호고 도리화(桃李花) 두어 말식 가져다가 최싱(崔生)을 주며 닐오디,

"이 곳 머그면 가(可)히 나흘 니오고 늙기롤 믈리티리라[750]."

호고,

"원(願)컨대 기리 여긔 이셔 우리롤 편안(便安)케 호면 쏘흔

---

747) 따라가서.

748) 나무가 꺾어지고 모래가 날되.

749) 바람신[風神]이었더라.

750) 나이를 잊고 늙음을 물리치리라.

댱싱(長生)ᄒ리라."

ᄒ더라.

　원화(元和) 시졀(時節)의 현미(玄微ㅣ) 오히려 이셔[751] 나히 계유 삼십(三十)은 ᄒᆫ 사름 ᄀᆞᆮ더라[752].

---

751) 오히려 있어. 아직도(그때까지도) 살아 있어.
752) 나이가 겨우 30세쯤 된 사람 같았다.

| 제19화 |

위시뎐(韋氏)

경됴(京兆) 위시(韋氏)는 명가(名家)의 쏠이라. 무챵(武昌) 짜 밍시(孟氏)이게 서방(書房)마자[753] 사너니 대력(大曆) 시졀(時節)의 밍싱(孟生)이 쳐남(妻男) 위싱(韋生)으로 더브러 진수(進士)롤 홈끽 ᄒᆞ야, 위싱(韋生)은 양ᄌᆞ현위(揚子縣尉)롤 ᄒᆞ고, 밍싱(孟生)은 낭쥐(閬州) 녹수참군(錄事參軍)을 ᄒᆞ야 서ᄅᆞ 길홀 눈화 니별(離別)ᄒᆞ고 가더니, 위시(韋氏ㅣ) 밍싱(孟生)을 조차 쵹(蜀)으로 드러갈시 ᄒᆞᆫ 벼로길[754]흘 만나 수리 통(通)티 못ᄒᆞ니, 위시(韋氏ㅣ) 몰을 ᄐᆞ고 낙곡(駱谷) 어귀예 니르러 믄득 몰이 놀라 벼로[755] 아래 ᄯᅥ러디니 언덕 우희셔 보기는 수빅(數百)길이나 ᄒᆞᆫ디라. 아ᄋᆞ라ᄒᆞ야[756] 사름이 ᄂᆞ려갈 길히 업스니, 밍싱(孟生)이 일가(一家) 사름으로 더브러 울고 홀 일이 업서 벼로 아래롤 향(向)ᄒᆞ야 졔(祭)ᄒᆞ고 셩복(成服)ᄒᆞᆫ 후(後)의 인(因)ᄒᆞ야 고올로 가

---

753) 서방(書房)을 맞아서. 시집가서.
754) 벼룻길. 아래가 강가나 바닷가로 통한 벼랑길.
755) 벼랑.
756) 아득하여.

니라.

위시(韋氏ㅣ) 느려뎌[757) 나모닙 싸힌 우희 언치이니[758), 몸이 ᄒᆞ여딘 ᄃᆡ 업고[759) 처음의 긔운(氣運)이 막킨 듯ᄒᆞ더니[760) 이윽고 다시 씨야 홀리 디나니[761) 주리미 심(甚)ᄒᆞ야 나모닙플 ᄯᅥ여 눈을 ᄲᅡ 먹더니[762) 겻트로 보니 ᄒᆞᆫ 바회 틈이 우흐로 나 깁흐며 여튼 줄은[763) 아디 못ᄒᆞ고 우러러보니 하ᄂᆞᆯ빗치 잠깐 비최니 큰 우믈 속의 드럿ᄂᆞᆫ 듯ᄒᆞ더라.

믄득 구무[764) 속의 ᄒᆞᆫ 뎜(點) 빗치 이셔 등잔(燈盞) ᄀᆞᆺ더니 졈졈(漸漸) 커 등(燈) 빗치 둘히 되거늘, 갓가이 가 보니 뇽(龍)의 눈이러라. 위시(韋氏) 더옥 두려 죽기롤 긔약(期約)ᄒᆞ야 바회 겻티 셧더니, 그 뇽(龍)이 졈졈(漸漸) 나와 기러 다엿 발이나 ᄒᆞ야[765) 구모 ᄀᆞ의 니르러 ᄂᆞ라올라 웃 굼그로[766) 나가더니, 이윽고 ᄯᅩ 두 눈빗치 갓가이 오니 그과 ᄀᆞᆺ튼[767) 뇽(龍)이 ᄂᆞ라 나

---

757) 내려져. 떨어져.

758) 나뭇잎 쌓인 위에 얹히니.

759) 몸이 헐어진 데가 없고. 몸을 다친 데가 없고.

760) 처음에는 기운이 막힌 듯하더니.

761) 다시 깨어나 하루가 지나니.

762) 나뭇잎을 떼어 눈을 싸서 먹더니.

763) 깊으며 옅은 줄은. 깊이는.

764) 구멍. 굴(窟).

765) 길이가 대여섯 발이나 되어.

766) 위의 구멍으로.

고져 ᄒᄂᆫ 뜨디 잇ᄂᆫ 듯ᄒᄀᆞ눌, 위시(韋氏) 싱각호ᄃᆡ,

'아마도 주글 거시니 출하리 뇽(龍)의게 해(害)ᄒᆞᆫ 배 되리라.'

ᄒ고 뇽(龍)이 ᄂᆞ라오롤 ᄣᆡ롤 기ᄃᆞ려 뇽(龍)의 허리롤 안고 올라

ᄐᆞ니, 뇽(龍)이 ᄯᅩᄒᆞᆫ 도라보디 아니ᄒᆞ고 바ᄅᆞ 구무 밧ᄭᅴ 뛰여나

공듕(空中)으로 ᄂᆞ라가니, 위시(韋氏) 감(敢)히 ᄂᆞ리디 못ᄒᆞ야 뇽

(龍) 가ᄂᆞᆫ 대로 조차 가기롤 반일(半日)을 ᄒᆞ니 ᄯᅳ데[768] 만리(萬

里)나 디나ᄂᆞᆫ 듯ᄒᆞ더라. 시험(試驗)ᄒᆞ야 눈을 ᄯᅥ보니, 그 뇽(龍)

이 졈졈(漸漸) ᄂᆞᆺ게[769] 가고 그 아래 큰 강(江)믈이 갓갑거눌 힝

혀 믈 속으로 드러갈가 ᄒᆞ야[770] 뇽(龍)의 허리롤 노하 ᄇᆞ리고

ᄂᆞ려디니[771] 믈ᄀᆞ 플 우히 ᄠᅥ러뎌 오란 후(後)의 인ᄉᆞ(人事)롤

ᄎᆞ리니[772], 위시(韋氏ㅣ) 음식(飮食) 못 머건 디[773] 사나흘이라.

긔력(氣力)이 졈졈(漸漸) 곤(困)ᄒᆞ야 계유 거러나오다가 ᄒᆞᆫ 고기

잡ᄂᆞᆫ 사름을 만나 무ᄅᆞᄃᆡ,

"이 ᄯᅡ히 어늬 곳고[774]?"

---

767) 그것과 같은. 먼저와 같은.

768) 뜻에. (위씨의) 생각에.

769) 낮게.

770) 행여나 물속으로 들어갈까 하여.

771) 내려지니. 떨어지니.

772) 인사(人事)를 차리니. 정신을 차리니.

773) 못 먹은 지.

774) 이 땅이 어느 곳인가?

어옹(漁翁)이 닐오디,

"이는 양즈현(揚子縣) 따히니 현(縣)의셔 이십 니(二十里)는 ᄒ니라."

위시(韋氏ㅣ) 그 ᄉ셜(辭說)과 여러 날 주리믈 니ᄅ니, 그 사롬이 슬허ᄒ고 긔특(奇特)이 너겨 비예 가 죽(粥) 쑨 거슬 가져다가 머기거눌 위시(韋氏ㅣ) 무로디,

"이 고올 관원(官員) 위슈[쇼]뷔(韋少府ㅣ) 도임(到任)을 여태 못ᄒ엿ᄂ냐?"

어옹 왈(漁翁曰),

"나는 믈ᄀ의셔 고기잡기로 업(業)을 사므니 고올 일은 아디 못ᄒ노라."

위시(韋氏ㅣ) 닐오디,

"나는 위슈[쇼]부(韋少府)의 누이러니, 만일(萬一) 날을 더브러 가면 맛당이 서르 후(厚)히 갑프리라."

어옹(漁翁)이 더브러 현문(縣門)의 니ᄅ니, 위슈[쇼]뷔(韋少府ㅣ) 도임(到任)ᄒ연디 두어 날이러라. 위시(韋氏ㅣ) 밧끠 왓는 줄을 통(通)ᄒ니, 위싱(韋生)이 밋디 아녀 닐오디,

"내 누의 밍낭(孟郞)을 조차 쵹(蜀)의 드러가시니 엇디 믄득 이에 오리오?"

위시(韋氏ㅣ) 그 ᄉ셜(辭說)을 즈셔(仔細)히 닐러 드려보내니, 위싱(韋生)이 비록 놀라나 쏘훈 밋디 아녀 나와보니, 위시(韋氏

１) 싱(生)을 붓들고 통곡(慟哭)ᄒ며 그 일의 본말(本末)을 즈시(仔細ㅣ) 니ᄅ니, 얼굴의 쵸췌(憔悴)홈과 거동(擧動)의 피로(疲勞)호믈 니ᄅ[775] 니ᄅ디[776] 못ᄒᆯ러라. ᄯ 방(房)의 드러 됴리(調理)ᄒ니 긔운(氣運)이 졈졈(漸漸) ᄒ려가되, 위싱(韋生)이 ᄆ촘내 의심(疑心)ᄒᄂ ᄆᄋᆷ을 두엇더니 그 후(後) 두어 날만의 쵹(蜀)으로셔 부음(訃音)을 니ᄅ니, 위싱(韋生)이 그제야 과연(果然)히 너겨 다시 슬허ᄒ며 깃거ᄒ야[777] 어옹(漁翁)을 블러 돈 이십 쳔(二十千)을 주고, 누의롤 쵹(蜀)으로 드려보내야 밍싱(孟生)과 다시 만나니 서ᄅ 깃거ᄒ며 슬허ᄒ미 ᄀ이 업더라[778].

---

775) 이루.

776) 이르지. 말하지.

777) 슬퍼하며 기뻐하여. 한편으로 슬퍼하며 한편으로 기뻐하여.

778) 끝이 없었다.

| 제20화 |

임욱뎐(任頊)

당(唐) 건듕(建中) 시졀(時節)의 내[낙]안(樂安) 짜 임욱(任頊)이
란 션비 글 넑기를 됴히 너기고 셰속(世俗) 일을 즐기디 아녀
산듕(山中)의 드러가 문(門)을 닷고 나죄 혼자 안잣더니, 흔 노
옹(老翁)이 문(門)을 두드리고 드러와 뵈되 누른 오술 닙고 얼굴
이 심(甚)히 쌔여나더라[779]. 막대 딥고 니르거늘, 욱(頊)이 마자
안자 말을 오래 흐니 그 말솜이 내프디[780] 못흐고 얼굴빗치 일
흔 거시 잇눈 둣흐야 심(甚)히 즐겨 아니흐거늘 괴이(怪異)히 너
겨 무로되,

"아니 근심이 잇느냐? 엇디 안식(顏色)이 이러툿흐뇨?"

노옹 왈(老翁曰),

"과연(果然) 내게 근심이 이시니, 그되의 흔 번(番) 뭇기를 기
드런디 오란디라. 나눈 사룸이 아녀[781] 이에 뇽(龍)이니, 셧(西
ㅅ)녁크로 일 니(一里)만 나가면 큰 모시 이시니 내 집 흐연

---

779) 빼어났다.
780) 내펴지. 겉으로 두드러지게 나타나지.
781) 아니라.

디[782] 수빅셰(數百歲)러니 이제 흔 사룸의게 보채이미 되니[783] 홰(禍ㅣ) 쟝춧(將次ㅅ) 머디 아녓는디라[784]. 그디 곳 아니면 능(能)히 벗겨내리 업스리니[785], 부러 와 감(敢)히 고(告)ᄒ노이다.”

욱 왈(頊曰),

“나는 셰샹(世上) 사룸이라. 힝(幸)혀 녯글 잇는 줄을 알고 다른 슐(術)을 아디 못ᄒ니 엇디 능(能)히 노옹(老翁)의 화(禍)를 벗겨내리오?”

노옹 왈(老翁曰),

“다만 내 말을 비화[786] 시험(試驗)홀 뿐이디 다른 슐(術)을 비는 거시[787] 아니라.”

욱 왈(頊曰),

“원(願)컨대 ᄀᆞ르치믈 바드리라.”

흔대 노옹 왈(老翁曰),

“이일(二日)만의[788] 그디 날을 위(爲)ᄒ야 새배[789] 못 우희 니

____

782) 내 집으로 삼은 지.
783) 보채이게 되니. 무엇을 바라며 성가시게 구니.
784) 장차 멀지 않았는지라.
785) (화를) 벗겨낼 사람이 없을 것이니.
786) 배워.
787) 비는 것이. 빌리려는 것이.
788) 이틀 만에. 이틀 뒤에.
789) 새벽에.

러 낫만호야790) 혼 도시(道士ㅣ) 셧(西ㅅ)녁크로브터 오는 재(者ㅣ) 이실 거시니, 이 날을791) 해(害)홀 사롬이라. 도시(道士ㅣ) 맛당이 내 못 가온대 믈을 업시호고 날을 해(害)호리니, 그디 믈 즈즈믈 보와792) 소리롤 フ다드마793) 블러 닐오디.

'하늘 명(命)이 이셔 황뇽(黃龍)을 주기는 재(者ㅣ) 주그리라.' 호면 믈이 도로 만흐리니794), 도시(道士ㅣ) 다시 슐(術)을 호야든795) 그디 이리 호기롤 세 번(番)을 호라. 반드시 듕(重)히 갑프리라.″

욱(頊)이 허락(許諾)호니 노옹(老翁)이 샤례(謝禮)호고 가니라.

간 후(後) 두어 날 만의 욱(頊)이 뫼흐로셔 느려 셧(西ㅅ)녁크로 일니(一里)는 가니 과연(果然) 큰 모시 잇거놀 못フ의 안자 기드리더니, 바른 나즌 호야796) 믄득 조각구롬이 셧(西ㅅ)녁크로브터 졈졈(漸漸) 나아와 못フ의 다드르니 혼 도시(道士ㅣ) 구롬 스이로 나와 길의 길 남고797) 얼굴이 긔이(奇異)호더라.

---

790) 낮만 하여. 낮쯤 되어.
791) 이 사람이 나를.
792) 그대는 물이 잦아짐을 보아.
793) 소리를 가다듬어.
794) 물이 도로 많아질 것이니.
795) 도사가 다시 도술을 부리거든.
796) 바로 낮이 되자.
797) 길이가 한 길이 넘고. 키가 한 길이 넘고.

못ᄀ의 셔셔 ᄉ매 가온대로셔[798] 거믄 부작(符籍)을 내야 믈의 드리티니[799] 이윽ᄒ야 믈이 다 ᄆᆞ르고 황뇽(黃龍)이 모래예 업데여[800] 몸을 움즈기디 못ᄒ거늘, 욱(項)이 즉시(卽時) 소ᄅᆡ 딜러 닐오디,

"하ᄂᆞᆯ 명(命)이 이셔 황뇽(黃龍) 주기ᄂᆞᆫ 재(者ㅣ) ᄯᅩᄒᆞᆫ 주그리라."

말이 ᄆᆞᆺᄎ며 못믈이 도로 ᄀᆞ득ᄒ니[801] 도ᄉᆞ(道士ㅣ) 노(怒)ᄒ야 ᄉ매 가온대로셔 블근 주(宁)로 쓴 부작(符籍) 여라믄을[802] 내야 공듕(空中)을 향(向)ᄒ야 더디더니 다 변(變)ᄒ야 블근 구롬이 되야 모스로 드러가더니[803] 못믈이 즉시(卽時) ᄆᆞ르거늘, 욱(項)이 ᄯᅩ 니ᄅᆞ기ᄅᆞᆯ 젼(前) 말 ᄀᆞᆺ티 ᄒᆞᆫ대 믈이 ᄯᅩ ᄀᆞ득ᄒ야디니 도ᄉᆞ(道士ㅣ) 노(怒)ᄒ기ᄅᆞᆯ 심(甚)히 ᄒ야 ᄯᅩ 블근 부작(符籍) 여라믄을 더디니 젼(前) ᄀᆞᆺ티 믈이 ᄆᆞ르다가 욱(項)의 니ᄅᆞᄂᆞᆫ 소ᄅᆡ예 믈이 젼(前)도곤 만ᄒ니[804], 도ᄉᆞ(道士ㅣ) 도라 욱(項)ᄃ려 닐오디,

"내 삼십 년(三十年)을 경영(經營)ᄒ야 오ᄂᆞᆯ 이 놈을 잡게 되

---

798) 소매 가운데에서. 소매 속에서.

799) 물에 던져 넣으니.

800) 모래에 엎드려.

801) 못물이 도로 가득해지니.

802) 여남은을. 열 남짓한 것을.

803) 못으로 들어가더니.

804) 전보다 많아지니.

엇거늘 그디는 션비라, 엇디 뉴(類) 아닌 거술805) 구(救)ᄒᄂ뇨?
ᄯᅩ 삼십 년(三十年)을 경영(經營)홀 거시니 괴롭디 아니ᄒ랴?"
ᄒ고 ᄀ장 ᄭ짓고 가거늘, 욱(項)도 산듕(山中)의 도라왓더니 그
날 밤 ᄭᅮᆷ의 노옹(老翁)이 와 샤례(謝禮)ᄒ고 닐오디,

"군ᄌ(君子)의 구(救)호믈 니버 셩명(性命)을 보젼(保全)ᄒ니
그러티 아니턴둘806) 도스(道士)의 손의 주글러니라807)."
ᄒ고,

"진쥬(眞珠) ᄒ나흘 밧드러 드리노니 가(可)히 못ᄀ의 가 ᄎ자
내의 미(微)ᄒ808) 졍셩(精誠)을 술피라."
ᄒ고 간 고디 업거늘809), 욱(項)이 이튼날 ᄭᅮᆷ을 싱각고 못ᄀ의
가니, 과연(果然) 진쥬(眞珠) ᄒ나히 ᄒ 촌(寸)이 남고810) 플 가온
대 ᄲ뎌시되 빗치 멀리 ᄲ오이더라. 욱(項)이 후(後)의 그 진쥬(眞
珠)ᄅᆯ 가지고 광능(廣陵) 져제811) 가니 셔역(西域) 오랑캐 보고
닐오디,

"이ᄂᆫ 진짓 녀룡(驪龍)의 보비니 세샹(世上) 사롬의 엇디 못ᄒ

---

805) 유(類)가 아닌 것을. 동류(同類)가 아닌 것을. 사람이 아닌 것을.
806) 그렇게 하지 않았던들.
807) 도사의 손에 죽었을 것이라.
808) 나의 미미(微微)한.
809) 간 곳이 없거늘.
810) 한 치가 넘고. 한 치[寸]는 한 자[尺]의 10분의 1 길이.
811) 저자에. 시장(市場)에.

는 거시라."

ᄒᆞ고 수쳔 만(數千萬)을 주고 사 가니라.

| 제21화 |

허한양뎐(許漢陽)

허한양(許漢陽)은 여람(汝南) 사룸이라. 뎡원(貞元) 시졀(時節)의 비룰 투고 요쥐(饒州)로 가더니 날이 져믈고 믈결이 급(急)ᄒ거늘 쟈근 개룰 차즈[812] 삼ᄉ 리(三四里)는 드러가 혼 호슈(湖水)의 니르니 믈이 비록 너브나 기리 두어 자혼 ᄒ고[813] 북(北)으로 일 리(一里)는 가셔 호슈(湖水) ᄀ의 대와 남기 ᄀ장 만커늘 비룰 ᄀ의 미고 잇더니 홀연(忽然) 보니 혼 뎡지(亭子ㅣ) 이시되 심(甚)히 거룩ᄒ고, 두 쳥의(靑衣ㅣ) 이셔 얼굴이 옥(玉) ᄀ트야 비룰 마자 웃거늘, 한양(漢陽)이 괴이(怪異)히 너겨 희롱(戱弄)읫 말로 도도니[814], 그 쳥의(靑衣ㅣ) 대쇼(大笑)ᄒ고 집안흐로 ᄃ라 들거늘[815], 한양(漢陽)이 씌룰 씌고[816] 언덕의 올라 두어 거름은[817] 가니, 쳥의(靑衣ㅣ) 나 마자[818] 텽(廳)의 드러가 읍(揖)ᄒ

---

812) 작은 포구(浦口)를 찾아.
813) 물이 비록 넓으나 길이(깊이)가 두어 자쯤 되고.
814) 돋우니. 충동질하니.
815) 달려 들어가거늘.
816) 띠를 띠고. 옷매무새를 단정히 하고.
817) 두어 걸음은.

야 안치고 닐오더,

"녀랑(女娘)이 오술 フ라니브니 잠깐 기드리라."

이윽호야 청의(靑衣ㅣ) 한양(漢陽)을 인(引)호야 듕문(中門)의 드러가니 큰 모시 뜰 안히 즈옥호고[819], 못 가온대 년홰(蓮花ㅣ) 셩(盛)히 피여시며, 네 녁 フ이[820] 프른 옥(玉)을 셰온 듯호더라.

므지게 드리롤 두 길로 노하 남북(南北)을 통(通)호고 북(北)으로 큰 집이 잇거눌, 섬 우히 오르니 금주(金字)로 써시되 야명궁(夜明宮)이라 호엿고, 스면(四面)의 긔특(奇特)호 곳[821]·과실(果實)과 남기 구롬의 년(連)호야 인간(人間)의 보디 못호던 거시러라.

청의(靑衣ㅣ) 인(引)호야 집 호 층(層)의 오르니 쏘 프른 옷 니븐 녀랑(女娘) 닐굽이 이셔 마자 절호고, 둘재 층(層)의 오르니 쏘 녀랑(女娘) 닐굽이 이셔 절호고 온 고둘 뭇거눌 한양(漢陽)이 디난 바롤 다 니르고,

"뜻밧끠 여긔 니롤와[822]."

흔대, 녀랑(女娘)이 읍(揖)호야 안치고 청의(靑衣ㅣ) 음식(飮食)을

---

818) 나와 맞아.

819) 큰 못이 뜰 안에 자옥하고. 큰 못이 뜰 안에 가득차고.

820) 사방의 가장자리가.

821) 꽃.

822) 뜻밖에 여기에 이르렀노라(이르렀도다).

드리니 다 인간(人間) 거시 아니러라.

그 알퓌 흔 긔특(奇特)흔 남기 이시니, 놉픠 두어 길이오, 가지 오동(梧桐) 굿고 닙픈 파초(芭蕉) 굿더라. 블근 고지 남긔 マ득ㅎ여시되 당시(當時) 퍼디디 못ㅎ엿더니, 흔 녀랑(女娘)이 잔(盞)을 잡고 청의(靑衣)룰 명(命)ㅎ야 새 ㅎ나흘 가져오니 얼굴이 잉무(鸚鵡) 굿더라. 난간(欄干) 우희 안쳐 흔 소리룰 울리니, 모돈 고지 일시(一時)예 다 피여 곳다온 향(香)내 사룸의게 쏘이고823) 곳 속마다 고은 겨집이 드러 킈 자남즉은 ㅎ고824), 고은 틱도(態度)와 빗난 의복(衣服)이 각각(各各) 그 ㅈ질(資質)의 맛고, 뎌와 줄 풍뉴(風流)룰 섯거 들고825) 돗글826) 향(向)ㅎ야 지비(再拜)ㅎ거눌, 녀랑(女娘)이 잔(盞)을 드니 모돈 풍뉴(風流ㅣ) 일시(一時)예 시작(始作)ㅎ야 긔특(奇特)흔 소리 신션(神仙) 모돈 듸 굿더라827).

술이 흔 슌비(巡杯) 디매828) 히 디고 둘빗치 다시 볼그니 녀랑(女娘)이 잔치룰 다시 베퍼 서르 의논(議論)ㅎ는 일이 다 인간(人間) 일이 아니어눌, 한양(漢陽)이 츙냥(測量)티 못ㅎ야 스이스

---

823) 꽃다운 향내가 사람에게 쏘이고.
824) 꽃 속마다 고운 계집이 들어 있는데, 키가 한 자 남짓은 하고.
825) 젓대와 줄 풍류를 섞어 들고. 관현악기(管絃樂器)를 섞어 들고.
826) 돗자리를. 잔치자리를.
827) 신선이 모여 있는 데 같더라. 신선이 모인 곳 같았다.
828) 끝나매. 끝나자.

이[829] 인스(人事)로 말을 ᄒ니 ᄒ나토 디답(對答)ᄒᄂ니 업더라.

서ᄅ 즐기기를 이경(二更)의 니르러 잔채를 못ᄎ매 그 고지 못 가온대 낫낫치 펴러디고 곳 가온대 안잣던 겨집들토 다 흠끠 펴러디며 즉시(卽時) 간 고돌 아디 못ᄒᆞᆯ러라.

ᄒ 녀랑(女娘)이 칙(冊) ᄒ 권(卷)을 가져다가 한양(漢陽)을 뵈니, 강희부(江海賦) 쓴 거시러라. 한양(漢陽)으로 ᄒ야곰 ᄂ리 닐그라 ᄒ야늘[830], 한양(漢陽)이 ᄒ 번(番)을 다 닐그니, 녀랑(女娘)이 손조 ᄒ 번(番)을 닐근 후(後)의 청의(靑衣)를 명(命)ᄒ야 간ᄉ ᄒ라[831] ᄒ더라.

ᄯ오 ᄒ 녀랑(女娘)이 모든 녀랑(女娘)과 더브러 한양(漢陽)드려 닐러 ᄀ로오디,

"내 회포(懷抱)를 늣기는 시(詩) ᄒ나흘 지어시니 읇퍼 들리고져 ᄒ노라."

모다 ᄀ로오디,

"ᄀ장 됴타."

ᄒ거늘 녀랑(女娘)이 읇퍼 ᄀ로오디,

海門連洞庭 每去三千里 十載一歸來 辛苦瀟湘水.

---

829) 사이사이. 틈날 때마다.

830) 내리 읽으라고 하거늘.

831) 간수하라.

희문(海門)이 동뎡(洞庭)을 년(連)ᄒ야시니,
ᄉ이 삼쳔 리(三千里)롤 ᄀ렷도다.
열 히예 ᄒᆫ 번(番) 도라오니,
쇼샹(瀟湘) 믈의 신고(辛苦)ᄒᄂ도다.

녀랑(女娘)이 쳥의(靑衣)롤 명(命)ᄒ야 칙(冊)과 필묵(筆墨)을 가져다가 한양(漢陽)을 주어 쓰라 ᄒ야눌, 한양(漢陽)이 펴 보니 다 금(金)쏘즈로 ᄆᆡᆫᄃᆞᆫ 죠히오[832], 은(銀)으로 인찰(印札)ᄒ야 칙(冊) 크미 말 만ᄒᆫ디[833] 볼셔 반권(半卷)나마 씌엿더라[834].

그 부슬 보니 빅옥(白玉)으로 줄롤[835] ᄒ엿고, 벼로ᄂ 벽옥(碧玉)으로 ᄆᆡᆫ돌고 파려[리](玻璃)로 집을 ᄒ엿더라. 벼로 가온대 믈 친 거시[836] 다 은(銀)으로 ᄀᆞᆫ 거시러라.

그 글을 다 쓴 후(後)의 한양(漢陽)의 일홈을 그 아래 쓰라 ᄒ야눌, 그 우흘 펴 보니 글 두어흘 쓴디 각각(各各) 사름의 일홈이 씌여시니, 듕방(仲方)이라 ᄒ니도 잇고 뮈(巫ㅣ)라 ᄒ니도 잇고 됴양(朝陽)이라 ᄒ니도 이시되 다 셩(姓)을 쓰디 아니ᄒ엿더라.

녀랑(女娘)이 쳥의(靑衣)롤 명(命)ᄒ야,

---

832) 금꽃으로 만든 종이요.
833) 책의 크기가 말[斗] 만한데.
834) 벌써 반 권이 넘도록 쓰여 있더라.
835) 자루를.
836) 벼루 가운데 물 부은 것이.

“칙(冊)을 간스ᄒ라.”

ᄒ대 한양 왈(漢陽曰),

“내게 ᄒᆫ 글 지은 거시 이시니 여긔 니어 쓰고져 ᄒ노니 엇더ᄒ뇨?”

녀랑 왈(女娘曰),

“가(可)티 아니ᄒ다. 미양 도라가 부모 형뎨(父母兄弟)끠 드려 뵈니[837], 다ᄅᆫ 사ᄅᆷ으로 셧디 말고져 ᄒ노라[838].”

ᄒ더라.

ᄉ경(四更)은 디나니 쳥의(靑衣ㅣ) 닐오디,

“낭군(郎君)이 가(可)히 도라갈디어다[839].”

ᄒ거ᄂᆯ, 한양(漢陽)이 이에 니러나니 모든 녀랑(女娘)이 닐오디,

“이리 ᄯᆞ로 와셔 힝(幸)혀 셔ᄅᆞ 만나도 죠용티 못ᄒ니 일로 ᄒᆫ(恨)ᄒ노라.”

한양(漢陽)이 니별(離別)ᄒ고 도라와 ᄇᆡ예 오ᄅᆞ니 믄득 큰 ᄇᆞ롬이 닐고 구롬이 아득ᄒ야 지쳑(咫尺)을 분변(分辨)티 못ᄒᆞ러니, 평명(平明)의 니러 밤의 갓던 디롤 보니 븬 수플ᄲᅮᆫ이오, 아ᄆᆞ 것도 보디 못ᄒᆞ러라.

한양(漢陽)이 ᄇᆡ롤 글러[840] 호슈(湖水) 밧끠 나가 안날[841] ᄇᆞ

---

837) 드려 보시게 하는데.

838) 다른 사람의 (시를) 섞지 말고자 합니다.

839) 돌아갈지어다.

룸 만낫던 어귀예 니르니 믈ᄀ 사룸의 집둘의셔 여러히 서르
모다 슈샹(殊常)흔 긔식(氣色)이 잇거늘 비룰 다히고[842] 무로니
닐오디,

"어제 믈 어귀예셔 사룸 네히 빠뎌놀 이경 후(二更後)의 건뎌
내니 세흔 볼셔 주것고 ᄒ나흔 주건디 오라디 아닌가 시브거
늘[843], 무당(巫堂)이 양뉴슈(楊柳水)룰 쓰려 오란 후(後)의 인ᄉ
(人事)룰 출혀 말을 흔다 ᄒ거늘, 한양(漢陽)이 ᄌ시(仔細 ㅣ) 무르
니 닐오디,

"어젯밤의 뇽왕(龍王)의 모둔 쏠과 ᄌ미(姉妹) 여닐굽이[844]
동뎡(洞庭)으로 디나가다가 밤의 예 와[845] 잔치홀 시 우리 네흘
자바다가 술을 믿ᄃ니 손이 져거 만히 먹디 아니호모로 내 믄
득 사라 올와[846]."

ᄒ거늘 한양(漢陽)이 괴이(怪異)히 너겨 무로디,

"손이 엇더니러니[847]?"

---

840) 배를 끌러.

841) 전날.

842) 대고. 정박(碇泊)하고.

843) 죽은 지 오래되지 아니하였는가 싶거늘.

844) 예닐곱이. 6~7명이.

845) 밤에 여기에 와서.

846) 손님이 적어 많이 먹지 아니하므로 내가 문득 살아 왔노라.

847) 손님이 어떤 이던가?

더왈(對曰),

"혼 션비로디 셩명(姓名)은 아디 못ㅎ는디라. 그뵈예 쳥의(靑衣)의 말을 드르니, '모든 쇼낭지(小娘子ㅣ) 인간(人間) 글시롤 ㄱ장 스랑ㅎ디 어들 길히 업서 잇다감 션비롤 쳥(請)ㅎ야 못는다848).' ㅎ더라."

한양(漢陽)이 밤의 모듬과 글 쓰던 일을 싱각ㅎ니 다 헷말이 아니러라849). 도라와 비예 드니 빗속이 편안(便安)티 아니ㅎ디니 이윽고 피 두어 되롤 토(吐)ㅎ니 과연(果然) 뇽(龍)이 사름의 피로 술혼닷 말이 올톳더라850). 삼일(三日)만의야 채 ㅎ리니라851).

---

848) 이따금 선비를 청하여 모인다.
849) 밤에 모였던 일과 글 쓰던 일을 생각하니 다 헛말이 아니었다.
850) 사람의 피로 술을 삼는다는 말이 옳았다.
851) 3일만에야 다 나았다.

국역편
國譯篇

| 제1화 |

후흘(侯遹)

수(隋)나라 개황(開皇)[1] 초, 광도(廣都)[2] 땅에 효렴(孝廉)[3]인 후흘이라는 사람이 성 안에 들어와 검문(劒門)[4] 밖에 이르러 문득 보니, 돌 넷이 있으되 다 크기가 말[두(斗)]만하고, 사면이 방정(方正)하여 곱거늘, 후흘이 사랑스럽게 여겨 주워서 책롱(冊籠)[5]에 넣어 나귀에 싣고 돌아와 꺼내보니 다 변하여 황금이 되었거늘, 후흘은 크게 괴이하게 여겼으나 또한 기뻐서 이튿날 저자에 가서 파니 돈 백만 금을 받아, 그것으로 큰 집을 사고, 성 밖에 좋은 전답과 정자를 많이 사고, 또 미인 열 명을 사 가장 부려(富麗)하게 살더니, 하루는 봄 경치가 좋거늘 주효(酒肴)를 많이 장만하고 열 계집을 다 데리고 나가니, 이미 잔치를 배설하였거늘 모두 음식을 먹으려 하더니, 문득 한 노인이 큰

---

1) 중국 수나라 문제(文帝)의 연호. 서기581-600년
2) 오늘날 중국의 사천성(四川省) 성도(成都) 지역의 옛 이름.
3) 중국 전한(前漢) 때 치르던 관리 임용 과목, 또는 그 시험의 합격자.
4) 중국 중원(中原)에서 사천성(四川省)으로 이어지는 길에 있는 관문(關門).
5) 대나무 오리를 결어 만든 책 상자.

설기[6]를 지고 와서 연석(宴席)에 앉거늘, 후휼이 대로(大怒)하여 종자(從者)를 꾸짖어 그로 하여금 노옹을 밀어내라 하니, 그 노옹은 움직이지도 않고 노한 빛도 없고, 다만 앉아서 음식을 먹고 술을 부어 마시며 웃거늘, 후휼이 더욱 노하여 손수 쳤더니 그 노옹이 이르기를,

"그대는 내 빚을 써 두고 어찌 오늘날은 잔술을 이리 아끼며 나를 도리어 욕하느냐?"

하였다. 후휼이 괴이히 여겨 그 연고를 힐문(詰問)하니 노옹이 왈,

"지난번 그대가 내 금을 많이 쓰고서 벌써 잊었는가?"

하고 일어나 눈을 부릅뜨고 꾸짖으니 좌우 사람들이 다 쓰러지거늘, 설기를 열고 열 계집을 다 주워 넣되 좁지 않았다.

설기 짝을 다 지고 달아나거늘, 후휼이 대경하여 날랜 종으로 하여금 급히 따라가라 하니, 그 빠름이 새가 나는 듯한지라. 따라잡지 못하니, 후휼이 놀라고 두려워 집에 돌아와 병들어 누웠더니 오랜 후에야 나았다.

이후로는 가계가 점점 빈곤해져서 두어 해 지나니 그 가난함이 더욱 심하였다. 그 후 10여 년 만에 검문에 이르러 길에 한 노옹이 계집을 많이 데리고 가며 놀거늘, 후휼이 나아가 보니, 그 노옹은 설기를 지고 가던 자요, 그 계집들은 다 저의 첩들이

---

6) 싸리 채나 버들 채 따위를 결어서 만든 직사각형 모양의 상자.

었다. 그 노옹이 후휼을 보고 손뼉을 치며 대소하거늘, 후휼이 분한(憤恨)하여 연고를 물으니, 말을 아니하거늘 나아가 들이치려 하니 문득 사라지고 없었다. 후휼이 매우 괴이하게 여겨 그 마을 사람에게 그 노옹의 일을 물으니, 다 알지 못하였다.

　처음에 얻었던 돌은 생금(生金)이요, 이 노옹은 금(金)의 정령(精靈)이었던 것이다. 그 후로는 다시 보지 못하였다.

平說 ≪태평광기≫ 제400권에는 이야기의 제목이 <후휼(侯遹)>, 출전이 ≪현괴록(玄怪錄)≫으로 밝혀져 있다.

언해본에는 주운 돌이 황금으로 변해서 놀랐다고 함으로써 작품의 개연성을 살리려 한 노력이 보인다. 황금을 팔아 백만금을 얻은 뒤, 그 돈을 쓰는 순서가 원본에는 '첩-저택-전답-별장'으로 되어 있으나, 언해본에서는 '큰 집-전답-정자-첩'의 순서로 재배치해 놓았다. 이는 곧 이어 나오는 후휼과 첩들의 봄나들이로 자연스럽게 이어지도록 한 것으로 보인다.

봄나들이에서 노인을 만났을 때, 원본의 노인은 채무 상환을 요구하러 왔을 뿐이라며 첩을 설기에 넣고 사라지지만, 언해본의 노인은 후휼에 대한 적대감을 나타냄으로써 횡재를 당연시하는 후휼에 대한 경계의 뜻을 분명히 하고 있다.

노인의 정체에 대해 원본에서는 끝내 알 수 없었다고 한 반면, 언해본에는 금의 정령임을 밝혀 독자의 궁금증을 해소시켜 주고 있다.

| 제2화 |

하문(何文)

장분(張奮)이라는 사람의 집이 매우 부유(富裕)하여 여러 가지 재물(財物)이 거만(鉅萬)[7]이었는데, 점점 가계(家計)가 빈한(貧寒)해져 조석(朝夕)의 끼니거리도 없게 되었다.

집을 여양(黎陽)[8] 땅 정가(程家)라는 사람에게 팔았더니, 정가가 그 집에 든 후부터 모든 일이 일지 아니하고, 집안사람들이 혹 죽으며, 병(病)들어 한 해도 편(便)할 적이 없거늘, 정가의 뜻에 생각하기를,

'집이 사나워서 그런가?'

하여 업(鄴)[9] 땅 사람인 하문(何文)에게 다시 팔았다.

하문이 혼자 그 집에 먼저 와서 길흉을 보려 하고, 칼을 차고 북당(北堂)에 올라가 들보 위에 엎드렸더니, 2경 말쯤 되어 문득 신을 끄는 소리가 있더니, 키가 아주 크고 높다란 관을 썼으며 누런 옷을 입은 한 사람이 북당으로 올라와,

---

7) 재산이나 금액이 막대함을 이르는 말.
8) 중국 하남성(河南省)에 있던 고을.
9) 중국 춘추시대 제(齊)나라에 있던 고을.

"세요(細腰)야!"

하고 부르니, 바람벽 뒤에서 대답하더니 누런 옷을 입은 사람이 이르기를,

"어찌 산 사람의 냄새가 나느냐?"

하였다. 세요가 대답하기를,

"없습니다."

하였다. 이윽고 또 한 사람이 오는데 푸른 옷을 입었고, 또 한 사람이 오는데 흰 옷을 입었다. 세요에게 처음처럼 묻고는 두루 걷기도 하고, 혹 앉아서 휘파람을 불다가 도로 나가거늘, 하문이 가만히 내려와 밖에서 들어오는 체하며 세요를 부르니, 전처럼 대답하므로 묻기를,

"누런 옷을 입은 자는 누구지?"

하니 곧 대답하기를,

"금입니다."

"어디 있지?"

"집 서쪽 바람벽 아래 있습니다."

또 묻기를,

"푸른 옷을 입은 자는 누구지?"

하니, 대답하기를,

"돈입니다."

"어디 있지?"

"집 앞 우물가 다섯 걸음쯤 되는 곳에 있습니다."

하였다. 또 묻기를,

"흰 옷 입은 자는 누구지?"

하니 대답하기를,

"은입니다."

"어디 있지?"

"담 동북쪽 모난 기둥 아래 있습니다."

"너는 뭐냐?"

하니, 대답하기를,

"나는 절굿공이랍니다."

"어디 있지?"

"부엌 아래 있습니다."

하였다.

하문이 자세히 듣고, 그 밤을 겨우 샌 뒤에 집으로 돌아와 종을 데리고 가서 세요가 이르던 대로 파 보니, 금과 은을 각각 5백 근을 얻고, 돈도 천여 만금을 얻었다. 절굿공이를 찾아내서 불 지르니, 이후로는 집안이 맑고 편안하였고, 그로 인하여 거부가 되었다.

평설 ≪태평광기≫ 제400권에는 이야기의 제목이 <하문(何文)>, 출전이 ≪열이전(列異傳)≫으로 밝혀져 있다. 대체로 원문에 충실하게 언해가 이루어졌으나 부분적으로 부연함으로써 작품의 개연성을 확보하려는 노력이 보인다.

이를테면, 원문에서는 장분의 가계가 부유하다가 갑자기 몰락한 것(家巨富 後暴衰)으로 처리하였으나, 언해본에서는 점차 빈한해져 조석의 끼니 걱정을 할 지경에 이른 것으로 부연하였다.

| 제3화 |

여생(呂生)

대력(大曆)[10] 중에 여생이라는 사람이 있어, 벼슬을 구하려 서울에 올라와 영숭리(永崇里)라는 마을에 집을 빌려 있었다.

하루는 벗 두어 사람과 더불어 술 마시며 놀다가 손님들이 흩어져 가거늘, 장차 자려 하였다. 이윽고 얼굴이 희고 입은 옷도 깨끗하되 키가 두 자쯤 되는 한 할미가 집 북쪽 모퉁이에서 나와 천천히 걸어오는데, 그 얼굴이 괴이하였다. 그 할미가 점점 다가와 평상 밑에 다다라 이르기를,

"그대와 연분이 있으니 한번 명(命)하지 못할쏘냐? 어찌 나를 대접하기를 야박하게 하느뇨?"

하였다. 여생이 꾸짖으니 물러가 북쪽 모퉁이에 이르러서는 보이지 않았다. 여생은 놀랍고 괴이하게 여겼으나, 무엇인 줄 알지 못하였다.

이튿날, 여생이 홀로 그 집에서 자는데 또 그 할미가 북쪽 모퉁이에서 나오는 것이었다. 여생이 꾸짖으니 도로 달아나는

---

10) 중국 당나라 대종(代宗)의 연호. 서기 766-779년.

듯하였는데, 여생이 잠잠해지면 문득 나아와 두려워하는 듯도 하고 겁을 먹은 듯도 하다가 이윽고 사라지고 없었다.

이튿날 여생이 스스로 이르기를,

"이것은 반드시 요괴일 것이니 오늘 저녁에 또 오면 어찌할까? 이것을 없애지 않으면 내 근심이 될 것이야."

하고 환도(環刀)를 가져다가 곁에 놓았다. 이 날 밤 그 할미가 또 북쪽 모퉁이에서 나와 천천히 걸어오되 낯빛을 변치 않고 상 밑에 다가왔다. 여생이 환도를 가지고 치니, 그 할미가 문득 상으로 치달아 어깨로 여생을 덮쳤다. 여생은 온 몸이 서늘하여 서리와 눈을 맞은 듯하였다. 여생이 또 환도로 치니 맞을 때마다 깨져 사람이 되어 두루 거닐며 춤을 추는 것이었다. 여생은 놀랍고 두려워 일어나 진력(盡力)하여 치니 맞을 때마다 깨져 사람이 되니, 그 수가 여남은이었다. 키는 한 치씩 되고, 얼굴은 다 같았다. 그것들이 급히 달아나 숨거늘, 여생이 더욱 두려워하고 있는데, 그것들이 또 나와 그 중의 한 할미가 여생에게 이르기를,

"내가 장차 합하여 하나가 될 테니 그대는 보라."

하고 말을 마치더니 서로 바라보며 상 앞으로 달려와 합하여 한 할미가 되니, 처음에 보던 할미와 더불어 다르지 않았다. 여생은 심히 두려워 이르기를,

"너는 어떤 요괴이기에 감히 이렇듯이 사람에게 보채는 것이

냐? 너는 빨리 가라. 그렇지 않으면 내가 방사(方士)를 구하여 장차 신기한 술법으로 너를 제어할 텐데, 네가 어찌 능히 살겠는가?”

하자, 그 할미가 이르기를,

“그대의 말이 지나치구나. 만일 술사(術士)가 있으면 내가 보기를 원하노라. 내가 온 것은 그대를 희롱함이요, 감히 해치려 함이 아니다. 그대는 두려워 말라. 나 또한 집으로 돌아가리라.”

하고 말을 마치며 드디어 물러나 북쪽 모퉁이로 들어갔다.

이튿날, 여생이 이 일을 남들에게 이르니, 전씨(田氏)라는 자가 부적(符籍) 쓰는 것을 잘하여 요괴를 능히 없애더니, 이 말을 듣고 기뻐하며 이르기를,

“나의 일이니, 그것을 없애는 것은 손톱으로 개미 밀치는 것 같은지라. 오늘 저녁에 당당히 갈 것이니, 그대는 먼저 돌아가 기다리라.”

하였다. 그 날 밤에 여생이 전씨와 더불어 집에 앉아 있는데, 오래지 않아 과연 그것이 와서 상 앞에 다다랐다. 전씨가 꾸짖어 가로대,

“요괴는 수이 가라!”

하였다. 그것이 두려운 빛을 잠깐 두고 좌우를 돌아보지 않으며 왕래하기를 오래 하더니 전씨더러 일러 가로대,

“나의 알 바가 아니로다!”

하고 그것이 문득 그 손을 휘두르니, 손이 떨어져 또 한 할미가 되었는데 심히 작았다. 상에 뛰어올라 전생의 입 안으로 들이달려가니 전생이 놀라 가로대,

"내가 죽을 것이다!"

하였다. 그것이 여생에게 이르기를,

"그대더러 이르기를 해롭지 않을 것이라 하였거늘, 그대가 믿지 않고 전생을 청하여 왔는데, 전생의 일이 어떠하여 보이는가? 그러나 장차 그대는 부유하게 되리라."

하고 말을 마치며 또 갔다.

그 후에 여생더러 이르는 사람이 있어 가로대,

"북쪽 모퉁이를 파보라."

하거늘, 여생이 깨닫고 종에게 명하여 그곳을 파보니 한 길이 못 되어 독 하나가 있거늘 열어보니, 수은(水銀)이 가득하였다. 여생은 바야흐로 그 할미가 수은의 정령(精靈)이라는 것을 깨달았던 것이다. 전씨는 마침내 죽을병이 들어 죽고, 여생은 이를 팔아 부유하게 살았다.

[평설] ≪태평광기≫ 제401권에는 이야기의 제목이 <여생(呂生)>, 출전이 ≪선실지(宣室志)≫로 밝혀져 있다.

여생이 수은의 정령인 할미와 처음 대면하는 상황이 원문에는 두어 명의 친구들과 저녁을 먹고 취침하다가 만나는 것으로 설정되어 있

는 바, 언해본에서는 친구들과 술을 마시며 놀다가 친구들이 돌아간 뒤에 여생 홀로 할미를 만나는 것으로 달리 설정하였다. 그에 따라 여생의 친구들이 할미의 모습을 보고 웃었다는 진술도 삭제되었다. 음주한 상태의 여생이 홀로 수은의 정령인 할미를 만나게 하는 것이 한층 긴박한 상황 설정이라고 할 수 있을 것이다.

| 제4화 |

경촌주(涇寸珠)

　예전에 한 사람의 집 문 밖에 네모난 돌이 있었으나 보는 사람들이 다 관심을 두지 않았다.

　하루는 서역(西域)[11] 오랑캐 장사꾼이 지나가다가 그 돌을 보고 두어 날을 머물며 가지 않으며 자주 만지는 것이었다. 주인이 그 까닭을 물으니 그 사람이 이르기를,

　"나는 이 돌을 사서 비단을 두드리고자 합니다."

하고는 돈 2천 금을 주고 사고 싶다는 것이었다. 주인은 그 값을 받고 기뻐하며 그 돌을 주었다. 그 장사꾼이 돌을 수레에 실어 가자, 그 주인은 값을 많이 주고 사가는 것이 매우 수상하게 여겨져 따라가 보았다.

　그 돌을 깨뜨리자 그 속에는 지름이 한 치나 되는 진주 하나가 들어 있었다. 그 장사꾼은 진주를 몹시 귀하게 여겨 칼로 팔 가죽을 가르고 진주를 그 속에 넣은 뒤 말총으로 감는 것이

---

11) 중국 역사상 좁게는 오늘날의 신강성(新疆省) 일대를, 넓게는 중앙아시아·
　　서아시아·인도를 포함하여 이르던 말.

었다.

그 장사꾼은 제 나라에 돌아갈 적에 배를 타고 갔다. 바닷길로 열흘을 가다가 문득 배가 감돌면서 나아가지 않는 것이었다. 뱃사람들이 매우 두려워하며 서로 이르기를,

“이 일은 반드시 바다의 신령이 보배를 사랑하여 생겨난 것이오.”

하고는 배 안을 다 뒤지고 다녔으나 보배는 없고, 한 장사꾼이 팔에 진주를 감추고 있는 것이 발각되었다. 그 사람을 몸째 바다에 넣으려 하니, 그는 죽을까 두려워 팔을 갈라 진주를 빼내었다. 뱃사람이 그 진주를 놓고 빌기를,

“만일 신령님께서 이 보배를 구하시는 것이면 친히 오셔서 가져가소서.”

하니, 바다 신령이 손 하나를 물속에서 내밀었다. 그 손은 몹시 크고 검은 털이 나 있었다. 그 손이 진주를 덥석 쥐어 들어가니, 뱃사람들 가운데 놀라 엎어져서는 인사를 차리지 못하는 자가 많았다.

이윽고 바람이 그치고 배가 고요해지자 무사히 제 나라로 들어갔다.

[평설] ≪태평광기≫ 제402권에는 이야기의 제목이 ‘지름이 한 치인 구슬’이라는 뜻의 <경촌주(徑寸珠)>, 출전이 ≪광이기

(廣異記)≫로 밝혀져 있다. 대체로 원문에 충실하게 언해하였으나, 등장인물의 인종과 돌이 있던 장소의 구체적 지명이 생략되었다. 언해본에 ‘서역 오랑캐 장사꾼’이라고 한 인물은 원문에 ‘페르시아 오랑캐(波斯胡人)’로 되어 있고, 돌이 있던 장소가 원문에는 ‘부풍 고을의 여관(扶風逆旅)’으로 밝혀져 있으나, 언해본에는 ‘어떤 사람의 집 문 밖’으로 바뀌었다.

반면에 서역 상인이 팔을 가르고 진주를 감출 때 말총으로 감았다고 한 것이나, 바다 신령의 손이 나와 진주를 가져간 뒤 풍랑이 잔잔해져 무사히 돌아갔다는 마무리 부분에는 부연이 이루어졌다.

| 제5화 |

월지사자(月支使者)

한(漢)나라 연화(延和)[12] 3년 봄에 무제(武帝)[13]가 안정(安定)[14] 땅에 행행(行幸)[15]하여 있었다. 서역(西域) 오랑캐 월지국(月支國)[16] 임금이 사자를 보내 향 4냥을 진상하였다. 그 크기는 새알만하고, 검기는 오디 같았다.

무제는 작은 것을 무관하게 여기고 유사(有司)[17]에게 맡겨 바깥 곳간에 갈무리하게 하였다. 그 후에 또 모진 짐승 하나를 진상하였는데, 그 얼굴은 50일쯤 자란 개만하고, 크기는 살쾡이만하며, 그 털은 누런색이었다. 그 나라 사신이 무제에게 드리려 하자, 무제는 친히 나가 받으려고 하였다. 사자가 그 짐승을 안고 들어오는데, 털이 빠지고 살이 여위어 몹시 매몰하게 보였다. 무제는 그 조공(朝貢)하는 것이 마땅하지 않은 것을 싫

---

12) 중국 전한(前漢) 무제(武帝)의 연호. 정화(征和)라고도 함. B.C.92-B.C.89년.
13) 중국 전한의 제7대 황제. 이름은 유철(劉徹). 재위 B.C.141-B.C.87년.
14) 중국 전한 때 감숙성(甘肅省)에 있던 고을.
15) 임금의 행차. 거둥.
16) 고대 중앙아시아에 있던 유목민족의 나라.
17) 어떤 일을 담당하는 관리.

어하여 사자에게 말하기를,

　"이 조그만 것을 어이 맹수라고 이르는가?"

하니, 사자가 대답하였다.

　"위엄(威嚴)이 백 가지 짐승보다 더하므로 구태여 그 크고 작음을 계교(計較)[18]하지 아니합니다. 이러므로 신린(神麟)[19]이 가장 작아도 큰 상(象)[20]이 두려워하고, 봉황(鳳凰)이 크지 아니하여도 붕조(鵬鳥)[21]의 위가 되는 것이니, 이것으로 보건대 크고 작음에 있는 것이 아닌가 합니다. 신(臣)의 나라가 여기서 가자면 30만 리나 됩니다. 동풍을 점쳐보니, 율(律)[22]에 들어 백순(百旬)[23]을 그치지 아니하며, 푸른 구름이 연하여 달포가 되어도 흩어지지 아니하니, 중국에 장차 도(道)를 좋게 여기는 임금이 있는가 하여, 우리 왕께서 중국을 우러러 도를 사모하셨습니다. 저의 나라 풍속이 금과 옥을 천하게 여기고 신령스러운 것을 귀하게 여기는 까닭에, 기특한 것을 구하여 신기로운 향을 얻고, 천림(天林)[24]의 맹수를 청하여 약수(弱水)[25]를 건

---

18) 서로 견주어 봄.
19) 신령스러운 기린(麒麟).
20) 코끼리.
21) 붕새. 하루에 9만 리를 날아간다는 상상의 새.
22) 율풍(律風). 화풍(和風). 봄에 온화한 바람이 분다는 뜻임.
23) 천일(千日).
24) 신령스러운 숲.

너며, 비사(飛沙)[26]를 지나 험난한 길에 간고(艱苦)히 온 지 이
제 13년이 되었습니다. 신기한 향은 일찍 죽는 사람의 병을 고
치고, 모진 짐승은 백 가지 요괴들을 물리치나니, 이 두 가지
것은 모든 백성들을 건져낼 것이니, 지극한 교화를 도와 태평
에 이를 것입니다. 그런데 폐하께서 귀한 것을 알지 못하신다
는 것을 어찌 알았겠습니까? 이는 신의 나라에서 바람으로 점
치는 것을 잘못한 것입니다. 오늘날 폐하를 우러러보니, 천자
의 도가 있는 임금이 아니십니다. 눈으로 보는 것을 많이 함은
탐심(貪心)이 있는 것이고, 입으로 말을 많이 함은 어려운 것을
범(犯)함이 있는 것이며, 몸의 움직임이 많으면 사나움이 있고,
마음에 마디가 많으면 사치함이 있을 것이니, 이 네 가지 많은
것[四多]으로써 천하를 잘 다스릴 자는 있지 아니합니다.”

무제는 잠잠히 있었으나 편치 않아 하더니 사자더러 이르
기를,

“맹수로 하여금 소리를 내게 하면 내 시험 삼아 들으리라.”
하였다. 사자가 그 짐승을 가리키며 소리를 내라고 하자, 그 짐
승이 혀로 입술 핥기를 오래 하다가 문득 한 소리를 내니, 그
거룩함이 우레와 벽력(霹靂)소리 같았다. 또 두 눈을 부릅뜨니

---

25) 신선이 살았다는 중국 서쪽의 전설적인 강. 길이가 3천리나 되었다고 함.
26) 모래바람이 부는 사막(沙漠).

번개 같은 불빛이 일어나 오랜 뒤에야 그쳤다.

무제가 그 소리와 눈빛을 보고는 즉시 엎어져서 귀를 감싸고 떨며 능히 그치지 못하였다. 무제를 모시고 온 무사들도 다 놀라 잡고 있던 병기들을 놓아 버렸다. 무제는 몹시 싫은 듯 그 짐승을 상림원(上林苑)²⁷⁾에 가져다가 범에게 먹이로 주라고 하였다. 범에게 주니, 범들이 보고 서로 모두 엎드려서 가장 두려워하는 것이었다.

무제는 사자의 말이 불순한 것에 노하여 죄를 주고자 하였다. 이튿날 사자와 짐승이 다 달아났는데 간 곳을 알 수 없었다.

시원(始元)²⁸⁾ 원년에 이르러 경성(京城)에 대역(大疫)이 퍼져 죽은 자가 반이 넘거늘, 무제는 월지국의 신향(神香)을 가져다가 성중에 피웠다. 죽은 지 3일이 못된 사람은 다 도로 살아났고, 향내가 석 달이 지나도록 없어지지 않았다. 무제는 그제야 귀한 향인 것을 알고 그 남은 것을 싸서 간수하고 있었는데, 어느 날 내어 보니 함(函)이며 봉(封)한 것은 의구(依舊)하였으나 향은 없어졌다.

이 향은 취굴주(聚窟洲)²⁹⁾ 인조산(人鳥山)³⁰⁾에서 나는 것이

---

27) 중국 진한(秦漢)시대 황제의 동산.
28) 중국 전한 제8대 황제인 소제(昭帝)의 연호. B.C.86-B.C.80년.
29) 중국 옛 전설에서 신선이 산다는 십주(十洲)의 하나.
30) 월지국에 있다는 산.

다. 그 향나무 뿌리를 옥으로 만든 가마솥에 고아 즙을 내어 만드는데, 그 이름이 여섯 가지다. 이는 참으로 영물(靈物)이었다.

▣평설 ≪태평광기≫ 제4권에는 이야기의 제목이 <월지사자(月支使者)>, 출전이 ≪선전습유(仙傳拾遺)≫로 밝혀져 있다. 원문에는 취굴주 인조산에 대한 묘사와 향나무 뿌리를 고아 향을 만드는 방법이 소개되었고, 여섯 가지 향 이름이 일일이 열거되었으나 언해본에서는 생략하고, 사건 전개에 초점을 두었다.

| 제6화 |

옥룡(玉龍)

당(唐)나라 때에 무후(武后)[31]가 모든 황손(皇孫)을 불러 전상(殿上)에 앉히고, 그들 모두가 놀이하는 모양을 보고 있었다. 그러다가 서역(西域)에서 진상(進上)한 옥(玉) 가락지와 팔찌, 비녀, 잔(盞), 반(盤)을 많이 꺼내 전후(前後)에 벌여놓고, 모든 아기들에게 다투어 가지라고 하며 그 뜻과 생각을 보았다.

모두들 다투어 가져, 어떤 아기는 많이 얻기도 하고, 어떤 아기는 적게 가지기도 하며, 그 중에 담이 작고 겁이 많은 아기는 하나도 얻지 못하고 울며 바장이었다.

현종(玄宗)[32]은 홀로 단정히 앉아서 조금도 동(動)하지 아니하니, 무후가 기특하게 여겨 그 등을 쓰다듬으며 말하기를,

"이 아이가 후일(後日)에 당당(堂堂)히 태평천자(太平天子)가

---

31) 중국 유일의 여황제인 무측천(武則天, 624-705). 당 고종의 황후로 아들인 중종을 폐위시키고 대주(大周)의 황제로 등극하였으나 병사하면서 중종이 복위되었음.

32) 중국 당나라의 제6대 황제. 흔히 당 명황(唐明皇)으로 불려졌음. 예종(睿宗)의 셋째 아들. 이름은 이융기(李隆基, 685-762). 재위 712-756.

될 것이다."

하고는 옥룡자(玉龍子)라는 옥을 가져다 주었다.

이 옥은 태종(太宗)[33]이 진양궁(晉陽宮)[34]에 가서 얻은 것인데, 문덕황후(文德皇后)[35]가 보배롭게 여겨 간수하였다가 대제(大帝)[36]를 낳고 삼일(三日)만에 진주(眞珠)로 얽은 깃과 이 옥룡자를 주었다. 그 후로는 항상 내탕고(內帑庫)[37]에 소장(所藏)하였다.

그 길이가 그다지 크지 않았으나 온화(溫和)하고 자윤(滋潤)하고 정(精)하고 공교(工巧)로워 인간에 있는 것 같지 않았다.

현종이 즉위하매, 시절(時節)이 가물 때 이 옥룡자를 놓고 빌면 반드시 응함이 있어 비가 오고, 비를 맞으면 옥룡의 비늘과 수염이 다 움직이는 듯이 보였다.

개원(開元)[38] 때에 서울이 가물어, 이 옥룡자를 놓고 빌었으나 열흘밖에 비가 오지 않았다. 현종이 옥룡자를 남녘 연못에 들이치니 이윽고 구름이 일어나며 비가 대단하게 내렸다. 연못

---

33) 중국 당나라의 제2대 황제. 고조(高祖)의 차남. 이름은 이세민(李世民,599-649). 재위 626-649.
34) 중국 수나라의 양제(煬帝)가 산서성(山西省) 태원(太原)에 지은 궁궐.
35) 중국 당나라 제2대 황제인 태종의 황후. 장손무기(長孫無忌)의 누이.
36) 중국 당나라의 제3대 황제인 고종(高宗). 태종의 제9남. 이름은 이치(李治,628-683). 재위 649-683.
37) 제실(帝室)이나 왕실(王室)의 재물을 넣어 두던 창고.
38) 중국 당나라 현종의 연호. 713-741.

에 들이친 후에는 얻지 못하였다.

그 후, 현종이 서촉(西蜀)으로 갈 때 거가(車駕)가 위수(渭水)[39]에 이르러 장차 건너려고 물가에 머물렀다. 좌우에 모시고 있던 사람들이 물에 들어가 혹은 손도 씻고 발도 씻었다. 그러다가 모래 가운데 흰 것이 눈에 띄어 얻으니, 바로 옥룡자였다.

그것을 얻은 사람이 귀하게 여겨 현종에게 바쳤다. 현종은 그것을 보고 놀라는 한편 기뻐하며 옛일을 생각하고 눈물을 지었다. 좌우에서 그 연고를 묻자 현종이 말하기를,

"이것은 옛날 천후(天后)[40]께 얻어 보배롭게 간수하였는데, 한 해 몹시 가물어 비를 빌다가 연못에 넣은 후에 얻지 못하였는데, 오늘날 이것이 어찌 여기에 왔는고?"

하였다. 이후로는 매양 밤마다 빛나는 빛이 비쳤다.

현종이 서울로 돌아와 간수하고 있었는데, 하루는 도둑을 맞았다. 모시고 있던 젊은 내관이 훔쳐간 것이었다. 그 내관은 일이 발각될까 두려워 이보국(李輔國)[41]에게 가져다주었다. 보국이 궤에다 감추어 두었는데, 그가 장차 패할 때 밤에 그 궤 안에서 소리가 들렸다. 수상히 여겨 궤를 열고 보니, 그 옥룡자는

---

39) 중국 황하(黃河)의 큰 지류.
40) 측천무후.
41) 중국 당나라 숙종(肅宗) 때의 환관.

이미 없어진 뒤였다. 그 이후로는 그것의 간 데를 알지 못하였다.

평설 ≪태평광기≫ 제401권에는 이야기의 제목이 <옥룡(玉龍)>으로 된 자료가 있으나 다른 이야기이고, 위의 이야기는 출전이 ≪명황잡록(明皇雜錄)≫으로 밝혀져 있는 <당현종(唐玄宗)>에 실려 있다. 대체로 원문을 충실히 언해하였다.

| 제7화 |

판교삼낭자(板橋三娘子)

당(唐) 변주(汴州) 서쪽에 판교점(板橋店)이라는 점막(店幕)이 있었다. 그 점막의 주인은 삼낭자(三娘子)라 하는 사람으로, 어디서 왔는지 알 수 없었다. 홀로 산 시 30여 넌이 되있으나 흰 사람도 친척이라고 하는 사람이 없었다. 집 두어 칸을 짓고 음식을 팔아 생계를 꾸렸다. 집이 부유하여 나귀와 노새가 매우 많이 있었다. 공적 혹은 사적인 일로 다니는 사람들이 수레에 맬 노새가 없으면, 삼낭자는 문득 세를 적게 하여 주었다. 사람들은 모두들 그녀에게 도리가 있다고 하였다. 이 때문에 멀리, 가까이 다니는 사람들이 그 점막에 많이 들었다.

원화(元和) 무렵 허주(許州) 땅의 조계화(趙季和)라는 사람이 장차 동쪽으로 향하다가 이 점막에 묵게 되었다. 먼저 도착한 손님 예닐곱 사람이 조그만 평상에 기대 앉아 있었다. 계화는 들어가 점막 주인의 방 옆에 있는 평상에 의지하여 앉아 있었다.

이윽고 삼낭자가 모든 손님들에게 매우 후하게 음식 대접을 하였다. 밤이 깊어진 후에는 술을 가져다가 모든 손님들과 더불어 마셨다. 계화는 본디 술을 못 먹었으므로 다만 말만 하였다. 2경쯤 되어 손님들은 다 취하여 자리에 누웠고, 삼낭자는 자기 방으로 돌아가 문을 닫고 불을 껐다.

사람들은 잠이 깊이 들었으나, 계화는 홀로 깨어 있었다. 문득 바람벽 사이로 들으니, 삼낭자가 그릇을 다루어 무엇을 움직이는 듯한 소리가 들렸다. 그가 우연히 틈으로 엿보니, 문득 삼낭자가 촛불을 밝히고 상자에서 조그만 쟁기를 꺼내 놓는 것이었다. 그러고는 나무로 깎은 소 한 마리와 사람을 꺼냈다. 그것들은 각각 키가 예닐곱 치씩 되는 것이었다. 그것을 가져다가 부엌 앞에 놓고 물을 뿜으니, 나무 소와 나무 사람이 문득 일어나 달리는 것이었다. 그 나무 사람이 소를 이끌어 쟁기를 메게 한 뒤 상 앞의 돗자리 하나 크기의 땅을 다 갈았다.

또 상자 속에서 메밀 씨 한 줌을 꺼내 작은 아이를 주어 심으니 잠깐 사이에 꽃이 피어 메밀이 일시에 익는 것이었다. 작은 사람으로 하여금 메밀을 베어 비비게 하니 예닐곱 되가량 되었다. 삼낭자는 그것을 맷돌에 갈아놓고, 나무 사람과 쟁기를 도로 상자에 넣었다. 간 메밀로 떡 두어 개를 만들어 구워 놓았다.

얼마 뒤에 닭이 울고 손님들이 다 가려 하였다. 삼낭자가 먼저 일어나 불을 켜고 구운 떡을 밥상 위에 놓아 손님들이 먹게 하였다. 계화는 마음이 움직여 먼저 하직하고 문을 열고 나와 가만히 숨어서 엿보았다. 모든 손님들이 앉아서 떡을 먹더니 일시에 엎어져 나귀 소리를 하며 잠깐 사이에 변하여 다 나귀가 되는 것이었다. 삼낭자는 나귀를 몰아 점막 뒤에 들여놓고 그들의 재물을 다 빼앗았다.

계화는 남들에게 그 사실을 말하지 않고, 마음속으로 어느덧 그 재주를 사모하게 되었다. 두어 달가량 지난 후에 계화가 또 동쪽으로 가다가 판교점에 다다랐다. 그는 미리 메밀떡을 만들어 가지고 왔는데, 체제와 크기를 전에 본 것과 같이 해 가지고 와 점막에 늘었다. 삼낭사가 보고 기뻐히기를 처음과 간이 하였다. 그날 저녁에는 다른 손님이 없었다. 주인이 매우 후하게 대접하며 밤이 깊도록 은근히 대하다가 갈 일을 물었다. 계화가 이르기를,

"새벽이 되면 갈 것이니 음식을 준비해 주시오."

하였다. 삼낭자가 이르기를,

"염려 말고 잘 주무세요."

하였다. 밤중이 되어 계화가 엿보니 전에 하던 일과 꼭 같이 하는 것이었다. 날이 밝아오자 삼낭자는 소반에 음식과 구운 떡 두어 개를 담아 놓고 다른 것을 가지러 들어갔다. 계화가 급히 내려와 먼저 가져왔던 떡 하나를 바꾸어 놓으니, 삼낭자는 눈치를 채지 못하였다. 계화가 그 음식을 먹으려 하다가 삼낭자더러 이르기를,

"마침 나도 떡을 가져 왔으니, 청컨대 이것을 가져다가 후에 다른 손님을 먹이시오."

하고 즉시 바꾼 떡을 먹었다. 삼낭자가 또 차를 가져와 마시라고 하자, 계화가 말하였다.

"청컨대 주인도 낵 가져온 떡 한 조각을 맛보시오."
하고 바꾸어 두었던 삼낭자의 떡을 주었다. 그 떡을 받아먹더니 삼낭자는 땅에 비비적대고 나귀 소리를 하며 즉시 변하여 매우 크고 실한 나귀가 되었다. 계화가 즉시 타고 나가며 그 나무소와 나무 사람을 가져다가 시험해 보았으나, 그 술법을 몰라서 되지 않았다. 계화는 그 나귀를 타고 백리씩 두루 다녔다.

그 후, 네 해만에 함곡관(函谷關)에 들어가 화악묘당(華岳廟堂)에 이르렀다. 동쪽으로 5, 6리가량 가니, 길가에서 문득 한 늙은 사람이 손뼉을 치며 말하였다.

"판교 삼낭자가 어찌 저 얼굴이 되었는가?"
하고는 나귀를 잡고 계화에게 말하였다.

"저것이 비록 허물이 있으나 그대를 만나 이렇듯이 되었으니 가엾구려. 청컨대 이제부터 놓아주는 것을 허락하시오."
하고 나귀의 코와 입을 깨뜨리니 터지면서 삼낭자가 가죽 속에서 뛰쳐나왔다. 완연히 예전의 몸이었다. 그녀는 늙은이를 향하여 절을 하더니 달아났다. 그 후로 다시는 그녀가 간 곳을 알지 못하였다.

〔평설〕 ≪태평광기≫ 제286권에는 이야기의 제목이 <판교삼낭자(板橋三娘子)>, 출전이 ≪하동기(河東記)≫로 밝혀져 있다. 원문에 충실하게 언해하였다.

| 제8화 |

양소(楊素)

진(陳)[42] 태자(太子)의 사인(舍人)[43] 서덕언(徐德言)[44]의 아내는 후주(後主)[45] 숙보(叔寶)의 누이인데 낙창공주(樂昌公主)로 봉하였다. 그녀는 경성경국지색(傾城傾國之色)[46]에 침어낙안지용(沈魚落雁之容)[47]으로 자색(姿色)이 관절(冠絶)[48]하였다.

그 무렵 진나라 정사가 요란하니, 덕언이 제 아내를 마침내 보전하지 못할까 하여 아내와 언약하여 이르기를,

"그대의 재주와 용모로 보아 나라가 망하면 반드시 권세 있는 집으로 들어가게 될 것이니, 이제 그만 헤어집시다. 만일 우리 사이의 정과 인연이 끊어지지 않는다면 서로 다시 만날 것

---

42) 중국 남북조시대 남조(南朝)의 마지막 왕조(557~589).

43) 궁중에서 숙직하며 임금이나 태자를 보살피는 관직.

44) 중국 남북조시대 남조 진(陳)의 관리. 파경(破鏡)의 고사로 유명함.

45) 중국 남북조시대 남조 진의 제5대 마지막 임금인 진숙보(陳叔寶).

46) 한 나라나 성을 기울게 할 만한 미인.

47) 물고기가 부끄러워 물 속으로 들어가고 나는 기러기가 놀라 떨어질 만한 미인.

48) 으뜸으로 빼어남.

을 바라는 것이 어떻겠소? 마땅히 믿음을 가집시다.”

하고는 거울을 깨뜨려 절반을 가지고 이르기를,

“후일 반드시 정월 대보름날 도성에 와서 팔 것이니, 이 거울을 사는 것으로 기약하여 찾으시오.”

하였다.

진나라가 망하기에 이르자, 그의 아내는 과연 월공(越公) 양소(楊素)[49]의 집에 들어가게 되었다. 양소의 총행(寵幸)[50]함이 자못 비길 데가 없었다.

덕언은 유리신고(流離辛苦)하다가 가까스로 서울에 올라왔다. 정월 대보름날 도성의 저자거리에서 깨진 거울을 구하는 사람이 있어 값을 많이 주겠다고 하니, 웃지 않는 사람이 없었다. 덕언은 그 거울을 사려는 사람을 제 집으로 데려와 사설을 자세히 이르고 거울을 내어주며 다음과 같은 글을 지었다.

거울이 사람과 함께 떠났는데,
거울은 돌아오되 사람은 돌아오지 않았도다.
다시 항아[51]의 그림자가 없으니,

---

49) 중국 수(隋)나라의 권신. 문제를 도와 수나라를 일으켰고, 양제를 도와 남조 진나라를 멸망시켰음.
50) 특별한 은총을 베풂.
51) 상아(嫦娥). 항아(姮娥). 달 속에 있다는 선녀. 여기서는 덕언의 아내인 낙창 공주를 가리킴.

속절없이 밝은 달빛만 머물렀구나.

照與人俱去 照歸人不歸
無復嫦娥影 空留明月輝

진씨는 이 거울과 글을 보고 체읍하며 음식을 먹지 않았다. 양소가 그 사실을 알고 불쌍히 여기며 덕언을 불러 그의 아내를 돌려보내고 살림살이와 연장 등을 많이 주었다. 그 사연을 듣고 감탄하지 않는 사람이 없었다.

덕언이 진씨와 더불어 술을 마시다가 그녀에게 글을 지으라고 하니 다음과 같은 글을 지었다.

오늘은 어디로 옮겨가는가?
신관이 구관을 대하였도다.
웃고 우는 일을 감히 못하노니,
비로소 사람 노릇 하기 어려운 줄을 알게 되었네.

今日何遷次 新官與舊官
笑啼俱不敢 方驗做人難

덕언은 마침내 진씨와 더불어 강남으로 돌아가 늙어 죽었다.

평설 ≪태평광기≫ 제166권에는 이야기의 제목이 <양소(楊素)>, 출전이 ≪본사시(本事詩)≫로 밝혀져 있다.

대체로 원문에 충실하게 언해하였으나 낙창공주를 묘사하는 대목에 원문에는 없는 '경성경국지색', '침어낙안지용' 등의 수식을 첨가하였다.

삽입시에도 약간의 글자가 달리 쓰였다. 서덕언이 지은 시에는 '거울(鏡)'이 '거울(照)'로 달리 쓰였고, 낙창공주가 지은 시의 승구(承句)에는 원문의 '新官對舊官'이 '新官與舊官'으로, 결구(結句)에는 원문의 '方驗作人難'이 '方驗做人難'으로 달라졌다.

| 제9화 |

곤륜노(崑崙奴)

당(唐) 대력(大曆) 중에 최생이라 하는 사람이 있었다. 그의 아버지가 그 당시 일품(一品)의 훈신(勳臣)과 극히 친하게 지냈는데, 최생에게 일품의 집에 가서 문병(問病)하라고 하였다. 최생은 일품의 집으로 갔다.

최생은 소년이라 용모가 옥과 같고 성도(性度)가 강개(慷慨)하여 말이나 태도가 청아(清雅)하였다.

일품이 계집종에게 최생을 청(請)하라 하므로, 최생이 들어가 아버지의 명을 전하니, 일품이 매우 기뻐하였다. 일품을 모시고 있는 기녀(妓女)가 셋이었는데, 곱기가 절색(絶色)이었다. 그녀들이 금병(金瓶)에 붉은 수건을 덮어 타락(駝酪)을 올리자, 일품은 그 세 기녀 중에 홍초의(紅綃衣) 입은 기녀에게 명하여 최생에게 주라고 하였다. 최생은 나이가 젊은지라 절색의 기녀들이 전후좌우(前後左右)에 있으니 부끄러워 종시(終始) 먹지 않았다. 일품이 홍초의 입은 기녀에게 명하여 술을 주라 하였다. 최생이 부득이하여 마시자, 그 기녀가 웃으며 기롱(譏弄)하였

다. 일품이 이르기를,

"낭군(郎君)이 한가(閑暇)하거든 부디 와서 노부(老夫)를 찾아
보라."

하고 홍초기(紅綃妓)에게 명하여 최생을 인도하여 나가라고 하
였다. 그녀는 최생을 향해 세 손가락을 들어 보이고, 손바닥을
세 번 두드린 후에 앞에 차고 있던 거울을 가리키며,

"잊지 말아요."

하고는 다른 말이 없었다.

최생이 돌아와 아버지에게 명한 것을 회보(回報)하고 책방(冊
房)에 돌아오니, 정신(精神)이 어질하고 의사(意思)가 아득하여
밥 먹을 생각도 나지 않았다. 다만 글을 읊어 가로대,

그릇 봉래산에 들어가 노니는데,
옥녀(玉女)의 정채(晴彩)가 능히 사람을 동(動)하게 하네.
붉은 문을 반만 닫은 깊은 궁궐 달 밝은 때에,
틀림없이 영지초(靈芝草) 눈 같은 꽃이 시름하는구나.

誤到蓬山頂上遊　明瑠玉女動星眸
朱扉半掩深宮月　應照璃芝雪艶愁

하니, 좌우에서는 그 뜻을 몰랐다. 가중(家中)에 곤륜노(崑崙奴)
마륵(磨勒)이라는 자가 있었는데, 최생에게 물어 가로대,

"낭군에게 무슨 일이 있기에 한(恨)을 품어 생각하는 일이 있습니까?"

하였다. 최생이 말하기를,

"네가 어찌하여 내 정사(情思)를 아느냐?"

하니 마륵이 말하기를,

"다만 뜻을 말씀하십시오. 제가 용렬하나 낭군을 위하여 풀어 드리리다."

하였다. 최생이 그 말을 괴이하게 여기며 자세히 말해주니, 마륵이 말하였다.

"이는 소사(小事)입니다. 무엇이 어렵겠습니까?"

최생이 또 기녀가 손바닥 두드린 일을 말하니, 마륵이 말하였다.

"그게 뭐 알기 어렵습니까? 세 손가락을 들어 보이던 일은, 일품 집에 그런 계집이 많으므로 '저는 셋째입니다.' 하는 뜻이지요. 손바닥을 세 번 두드린 일은, 다섯 손가락이 셋이면 열다섯이니 이 달 보름날이요, 가슴의 거울을 가리키던 일은 '달이 둥글게 뜨거든 낭군이 오십시오.' 하는 뜻입니다."

최생이 대희(大喜)하여 마륵에게 일러 가로대,

"무슨 계교(計巧)로 나의 울억(鬱抑)한 뜻을 펴리오?"

하니, 마륵이 웃으며 말하기를,

"내일이 보름날이니 푸른 깁으로 낭군이 옷을 지으십시오.

일품 집에 다만 사나운 개가 있어, 가기(歌妓)의 원문(院門)을 지키고 있습니다. 보통사람이 함부로 다니지 못하고, 비록 가더라도 들어가면 반드시 물어죽입니다. 그 아는 것이 귀신같고 모질기가 범 같으니, 이는 조주(曹州) 맹해(孟海)의 개랍니다. 세상에 늙은 이 종놈이 아니면 이 개를 당할 이가 없습니다. 오늘 저녁에 낭군을 위해 쳐죽이겠습니다.”

하고 주육(酒肉)을 배부르게 먹고 삼경(三更)쯤 되어 쇠몽둥이를 들고 니가더니 밥 한 끼 먹을 시간쯤 되어 돌아와 이르기를,

“개가 벌써 죽었으니 이제는 어려운 것이 없습니다.”

하고 최생에게 푸른 옷을 입히고는 담 열 겹을 넘어 셋째 기녀의 집에 이르렀다. 수호(繡戶)를 닫지 아니하였고, 금 등잔에 불이 환하였다. 그녀는 장탄(長歎)하고 앉아 생각하는 뜻이 있었다. 글을 읊어 가로대,

작은 집의 항내를 원하는도다.
푸른 구름이 그쳐져 음신(音信)이 아득하니,
속절없이 옥소를 비껴 봉황이 시름하도다.

深洞鸎啼恨阮郎 偸來花下解珠璫
碧雲飄斷音書絶 空倚玉簫愁鳳凰

하였다.

모시던 사람이 다 자고 밤이 깊어 마을이 고요하거늘 최생이 발을 들치고 들이닥치니, 그녀가 흔연(欣然)히 탑(榻)에서 내려와 최생의 손을 쥐고 이르기를,

"낭군이 영오(穎悟)하매 반드시 알 것이라 생각했습니다. 무슨 신술(神術)로 여기에 이르셨습니까?"

하였다. 최생이 마륵의 꾀와 업어 온 이야기를 자세히 이르니, 그녀가 말하였다.

"마륵은 어디에 있습니까?"

"발 밖에 있소."

그녀는 마륵을 불러 들여 금잔에 술을 부어 먹이고 최생에게 말하였다.

"첩은 본래 삭방(朔方) 사람으로 주인이 대병(大兵)을 거느려 핍박하여 계집을 삼으니, 첩이 죽지 못하여 지금 살아 있으나 옥저(玉箸) 금 숟가락으로 금장옥액(金漿玉液)52)을 먹으며, 운무병(雲霧屛)·공작선(孔雀扇)과 나위(羅幃)·수막(繡幕)에서 주취(珠翠)를 베었으나 다 첩의 원하는 바가 아니어서 질곡(桎梏)[원주 : 칼을 메고 갇힌다는 말이다.]에 있는 듯합니다. 귀한 사람이 신술을 가졌으니 만일 폐뢰(狴牢)[원주 : 개를 넣은 우리다.]를 벗어나면 비록 죽는다 한들 무슨 한이 있으리오. 청컨대, 낭군의 비복(婢

---

52) 신선이 먹는 선약(仙藥).

僕)이 되어 용광(容光)을 모심이 소원입니다.”

하니 최생이 지난(至難)해 하였다. 마륵이 말하기를,

“낭자의 뜻이 이렇듯 굳으시군요. 그러나 이 또한 쉬운 일입
니다.”

하고, 마륵이 먼저 성적(成赤) 연모와 기구를 세 번에 걸쳐 지고
담을 넘었다. 날이 밝을까 하여 최생과 그녀를 업어 높은 담
여남은 겹을 넘어 가되, 일품 집을 지키는 사람들은 조금도 알
지 못하였다. 아침에 날이 밝은 후에야 잃은 것을 알고, 또 개가
죽었는지라 일품이 놀라 가로대,

“우리 문정(門庭)이 본디 높고 깊으니 모질기 범 같고 날래기
잔나비 같을지라도 엿보기 어려운데 하물며 이제 종적이 없으
니, 한갓 내 집에 해로울 뿐이 아니라 천하의 환(患)이다.”
하고 매우 두려워하였다.

그녀가 최생의 집에 이태 동안 숨어 지내다가 하루는 꽃이
많이 피었거늘 작은 수레를 타고 곡강(曲江) 가 놀더니, 일품 집
가인(家人)이 넌지시 알고 일품에게 말하였다. 일품이 괴이하게
여겨 최생을 불러 힐문(詰問)하니, 최생이 두려워 마륵이 업어
간 이야기를 자세히 말하였다. 일품이 말하기를,

“낭군의 죄가 아닐세. 내 천하를 위하여 해(害)를 덜리라.”
하고, 갑사(甲土) 오십 명을 내어 병기를 엄히 가지고 최생의 집
을 둘러싸서 마륵을 잡으라고 하니, 마륵이 비수(匕首)를 들고

높은 담을 날아 넘으니 날뜀이 가볍기가 새 날개 같고, 날래기
가 매 같았다. 화살이 비 오듯 하되 맞히지 못하더니, 경각지간
(頃刻之間)에 어느 곳으로 갔는지 알 수가 없었다. 일품이 후회
하고 두려워 밤이면 집에 병위(兵衛)를 많이 하고 잤다. 그 뒤
10여 년 후에 최생의 집 사람이 보니, 마륵이 낙양(洛陽)의 저자
에 와서 매약(賣藥)하되, 용모가 의구(依舊)하였다.

평설 ≪태평광기≫ 제194권에는 이야기의 제목이 <곤륜노(崑崙
奴)>, 출전이 ≪전기(傳奇)≫로 밝혀져 있다. 대체로 원문
을 충실히 언해하였으나 부분적으로 생략한 곳들이 있다.
최생이 천우(千牛) 벼슬을 하고 있었다든가, 일품의 집을 찾아갔을
때 복숭아를 담아 내왔는데 그 모양이 먹음직스럽고 달콤해 보였다
는 등 사건 전개에 긴요하지 않은 부분을 삭제하였다.
최생을 기다리는 기녀의 모습에 대한 묘사를 과감히 생략하였고, 기
녀가 읊은 시의 전반부는 달리 언해하였다.

| 제10화 |

임씨(任氏)

　정육(鄭六)이라는 사람은 주색(酒色)을 좋아하고 가난하여 자생(自生)할 수가 없어 처사촌(妻四寸)인 위음(韋崟)[53]에게 의박하여 서로 놀며 다녔다.

　천보(天寶)[54] 시절에 위음이 정생과 더불어 장안(長安)[55]의 신창리(新昌里)에 가서 술을 마시려고 선평문(宣平門)[56]에 다다랐을 때였다. 정생에게 마침 볼일이 생겨 그곳을 다녀서 술을 마시기로 한 곳으로 찾아가는 길이었다. 승평문(昇平門)[57]을 들어가다가 세 여인을 만났는데, 그 가운데 흰옷을 입은 여인의 인물이 가장 빼어났다. 정생은 그녀를 보고 놀라는 한편 기뻐하며 타고 있던 노새를 채찍질하여 몰아 혹선혹후(或先或後)[58] 하여 장차 말을 하고자 하였으나 감히 하지 못하였다. 그녀가

---

53) 중국 당나라 때 사람으로 신안왕(信安王) 위(褘)의 외손.
54) 중국 당나라 현종(玄宗)의 연호. 742-756년.
55) 중국 당나라 때의 수도. 오늘날의 섬서성(陝西省) 서안(西安).
56) 장안(長安) 장락궁(長樂宮)의 동북쪽 문.
57) 장안 장락궁의 남문.
58) 앞서거니 뒤서거니 함.

자주 돌아보며 마음을 둔 듯하므로, 정생이 희롱하여 이르기를,

　"이렇듯 고운 사람이 어째서 걸어가시오?"

하니, 그녀가 웃으며 말하였다.

　"탈 것이 있지만 빌려주시지 않으니 걷지 않으면 어쩌겠어요?"

　정생은,

　"용렬한 노새인지라 가인(佳人)이 탈 것이 못됩니다만, 이제 여기 받들어 모시겠소. 나는 걸어가도 됩니다."

하고 점점 친압(親狎)59)하여 함께 승평문을 들어가 동쪽으로 낙유원(樂遊園)60)에 이르렀다.

　이때는 벌써 날이 어두워진 뒤였다. 그곳에 토담을 쌓은 집 한 채가 있었는데, 아주 큰 집이었다. 그녀가 그 집으로 들어가며 이르기를,

　"잠깐 문 밖에 머물러 계세요."

하더니, 잠시 후에 정생을 들어오라고 하였다. 어떤 한 여인이 정생을 맞아 앉는데, 나이는 서른쯤 되어 보이고 얼굴이 단정하였다. 바로 길에서 본 여인의 언니였다.

　그녀가 정생에게 이르기를,

　"제 성은 임씨랍니다. 성적(成赤)61)을 다시 하고 나와 뵙겠

---

59) 버릇없이 너무 지나치게 친함.

60) 장안성 안에 있던 동산.

61) 신부가 얼굴에 분을 바르고 연지를 찍는 일.

어요.”

하고는 촛불을 환하게 밝힌 뒤 술과 음식을 차려 내왔다.

잠시 후에 임씨가 나오는데, 아름다운 재질과 고운 태도가 낮에 보던 거동이 아니었다. 인간세상에서는 보기 드문 인물이었다.

밤이 깊어진 뒤에 잔치를 끝내고 임씨와 더불어 잠자리를 같이 하니, 두 사람의 정이 매우 깊어졌다. 새벼에 임씨가 이르기를,

“우리 자매의 이름이 교방(敎坊)[62)]에 치부(置簿)[63)]하여 있으므로 이제 바삐 들어가려고 합니다. 그대는 오래 머물 수가 없으니 이제 돌아가시고 나중의 기약을 정하시지요.”

하였다.

정생이 문 밖에 나와 이문(里門)[64)]에 이르니, 문이 그저 닫혀 있었다. 그 옆의 떡집에서는 불을 켜놓고 떡을 만들고 있었다.

정생은 그 집 발 아래 앉아서 파루(罷漏)[65)] 치기를 기다리며 주인과 말을 주고받았다. 정생이 잤던 집을 가리키며 묻기를,

---

62) 기생들에게 춤과 노래 등을 가르치는 학교.
63) 명부(名簿)에 이름이 올라 있음.
64) 동네 어귀에 세운 문.
65) 통행금지 해제를 알리는 종.

"여기서 동쪽으로 문 있는 집이 누구의 집이오?"

하니, 주인이 말하기를,

"그 쪽으로는 무너진 담만 있고 집이 없는데요."

하는 것이었다. 정생이,

"오늘 거기서 자고 오는 길인데, 어찌 집이 없다고 말하시오?"

하니, 주인은 그제야 깨닫고 말하기를,

"아아, 알겠소. 그 가운데 여우 한 마리가 있어 사내들을 많이 홀려서 함께 잔답디다. 내가 벌써 세 번이나 보았지요. 어제 그대도 틀림없이 여우를 만났던 것이오."

하는 것이었다. 정생은 부끄러워하며 말하였다.

"그런 일은 없었소."

하고는 날이 밝은 뒤에 다시 올라가 보았다. 과연 무너진 담만 있고, 그 속은 가시나무가 얽혀져 있는 묵은 밭이었다.

돌아와 위음을 만나니, 위음은 실기(失期)한 것을 꾸짖었다. 정생은 다른 연고(緣故)로 핑계를 댔다. 정생은 그녀의 얼굴을 생각하며 한번 다시 보기를 원하였다.

10여 일이 지난 후에 정생이 마침 서쪽 시장의 옷 파는 데를 지나가노라니, 문득 임씨의 종이 임씨를 따라와 옷 파는 데 서 있었다. 정생이 달려가며 부르니, 임씨는 몸을 돌이켜 많은 사람들 속으로 들어가 피하는 것이었다. 정생이 연달아 부르며 곁으로 다가가 핍박하니, 임씨는 부채로 얼굴을 가리고 돌아서

서 이르기를,

"그대는 벌써 (나의 정체를) 알면서 어찌 가까이 하려 하시오?"

하였다. 정생이 이르기를,

"비록 알지만 무엇이 해롭겠소?"

하자, 임씨가 이르기를,

"이렇게 부끄러우니 면목(面目)을 어찌 다시 뵙겠어요?"

하였다.

"이렇듯 깊이 생각하고 있는데, 그대는 차마 나를 버리려고 하는 것이오?"

"어찌 감히 버리겠어요? 그대가 싫어하실까봐 두려워하는 거랍니다."

정생이 맹세하여 하는 말이 간절하므로, 임씨가 이에 부채를 거두고 얼굴을 돌이키니, 고운 모습이 전과 같았다. 그녀가 정생에게 이르기를,

"인간 세상에 저 같은 사람이 한둘이 아닐 것인데, 그대는 알지 못하고 계시는군요. 그렇다고 괴이하게 여기지는 마세요."

정생이 조용히 가서 즐기기를 청하니, 임씨가 말하였다.

"저 같은 것을 사람들이 미워하는 것은 다른 것이 아니라 사람을 상하게 하지나 않을까 해서지요. 저는 그렇지 않답니다. 그대가 싫어하지 않으신다면 이 몸이 죽을 때까지 건즐(巾櫛)[66]을 받들겠어요."

정생이 허락하고 있을 곳을 의논하니, 임씨가 이르기를,

"여기서 동쪽으로 큰 나무 아래 집이 한 채 있는데, 아주 깊숙하고 고요해서 잠깐 집세를 물고 있을 만해요. 그대의 처족인 위음의 집에 기명(器皿)[67]이 많이 있으니 빌려다 쓸 수 있겠네요."

하였다. 정생이 그 집을 찾아가 세를 얻고, 위음에게 가서 셋집에서 쓸 집물(什物)[68]을 빌렸다. 위음이 그 까닭을 물으므로 정생이 말하였다.

"절색(絶色)의 가인을 새로 얻어 집 한 채를 세내었는데, 기구를 갖추지 못해서 형님께 얻어 쓰려고요."

위음이 웃으며 말하기를,

"자네 얼굴로는 틀림없이 더러운 계집을 얻었겠지, 무슨 절색의 계집을 얻었겠어?"

하고는 포진(鋪陳)[69] 기명을 다 빌려주고, 혜힐(慧黠)[70]한 종 하나를 보내 엿보고 오라고 하였다.

이윽고 그 종이 돌아오자, 위음은 바삐 물었다.

---

66) '건즐'은 수건과 빗을 뜻하며, '건즐을 받든다'는 말은 여자가 아내나 첩으로서 남편을 모시겠다는 뜻임.

67) 그릇.

68) 살림살이. 세간.

69) 방석이나 요, 돗자리 등 바닥에 까는 물건의 총칭.

70) 지혜롭고 영특함.

"얼굴이 어떠하더냐?"

종이 대답하기를,

"기특하고 괴이하여 천하에 일찍 보지 못한 인물이었습니다."
하였다.

위음은 종족(宗族)이 가장 많고, 전부터 창루(娼樓)[71]에 다녀
절색의 여인들을 많이 보았는지라 다시 물었다.

"아무개와 비교해서 어떠하더냐?"

"그 싹이 아니었습니다."

위음이 그 중에서 고운 여인 대여섯을 일러 물으니 대답하기
를, 다 그 짝이 아니라고 하는 것이었다.

이때, 오왕(吳王)의 딸이 얼굴이 신선 같았는데, 위음의 외사
촌이었다. 본디 인물이 좋기로 유명하였다. 위음이,

"그 동생과 비교해 보면 어떠하더냐?"
하고 물으니, 그 종이 대답하기를,

"그 짝이 아니었습니다."
하는 것이었다. 위음이 크게 놀라 이르기를,

"천하에 그런 사람이 있단 말이냐?"
하고는 소세(梳洗)를 다시 하고 그 집으로 갔다.

정생은 나가고 임씨가 문에 서 있었는데 듣던 말보다 더 절

---

71) 기생이 있는 술집.

색이었다. 위음은 그녀의 얼굴을 보고 미칠 듯하여 달려들어 안았다. 임씨는 거부하다가 끝내 힘으로 이기지 못하게 되니, 얼굴이 몹시 서러워하는 듯한 모습이었다. 위음이 묻기를,

"어째서 기뻐하는 빛이 없는가?"

하니, 임씨가 탄식하며 말하였다.

"정생이 가히 슬프군요."

"어찌 이르는 말인가?"

"정생이 또한 장부로서 한 계집을 지키지 못해서지요. 그대는 호준(豪俊)하여 고운 여자들을 많이 얻어 보았을 것이니, 나 같은 사람을 만난 것이 열 명은 될 것이오. 정생은 궁잔(窮殘)하여 마음에 드는 여자가 다만 첩 하나뿐이지요. 그대는 어찌 차마 유여(有餘)한 처지에서 남의 부족한 것을 앗으려 하시오?"

위음은 의기가 있는지라 즉시 놓아버리고 사례하기를,

"다시는 이러지 않겠네."

하였다.

이윽고 정생이 들어오니 서로 보고 즐거워하였다. 임씨의 먹을 것과 입을 것을 위음이 다 얻어주고, 서로 사랑하기를 겨레같이 하였다.

어느 날, 임씨가 정생에게 이르기를,

"그대는 돈 5, 6천 금을 얻을 수 있겠어요?"

하였다. 정생이 남에게 꾸어 6천 금을 가져오니, 임씨가 말하

였다.

"시장에 가서 말을 사 오되 다리에 허물이 있는 걸로 사 오세요."

정생이 시장에 가니, 과연 한 사람이 말을 이끌고 파는데 왼쪽 다리에 상처가 있었다. 정생이 그 말을 사가지고 오니, 처가의 친척들이 모두 비웃기를,

"이것은 버린 말인데 사다가 무엇에 쓰려는가?"

하였다. 오래지 않아서 임씨가 말하기를,

"이 말은 이제 팔 데가 있을 것이에요. 값으로 3만 금은 받을 거예요."

정생이 내다 팔려고 하니, 한 사람이 2만 금을 주려 하였다. 그에게 팔지 않고 도로 가져오니, 그 사람이 집에까지 따라왔다. 값을 여러 번 올려 3만 금을 받고 판 뒤에 정생이 그 사람에게 물었다.

"이렇게 병든 말을 값을 많이 주고 굳이 산 것은 무슨 까닭이오?"

"소응현(昭應縣)의 어마(御馬)가 다리에 허물이 있다가 죽은 지 3년이오. 그 말을 맡았던 아전도 죄를 입게 되었지요. 그 말 값을 물리면 6만 금은 바칠 것인데 이제 반을 주고 사가니, 내가 얻은 것이 또한 많지요."

임씨의 의복이 낡아 위음에게 옷을 해달라고 하니, 위음은

비단을 사다가 주려고 하였다. 임씨가,

"아주 지어놓은 옷을 얻었으면 합니다."

하니, 위음은 시장 사람 장대(張大)를 불러 임씨를 보여주고 입고자 하는 것을 물어서 사라고 하였다. 장대가 임씨를 보고 놀라 위음에게 이르기를,

"이는 천인(天人)이거나 귀척(貴戚)이거나 한 사람이 몰래 나온 듯싶으니 빨리 보내어 화를 입지 마십시오."

하는 것이었다. 그녀의 얼굴이 사람을 격동시킴이 이와 같았다. 매양 지은 옷을 사 입고 손수 짓지 아니하였는데, 그 연고를 알 수가 없었다.

한 해쯤 지나서 정생이 금성현(金城縣)의 원이 되어 임씨를 함께 데려가려 하니, 임씨는 즐겨하지 않으며 말하였다.

"한 10여 일 사이에 함께 가도 즐거운 일이 없으니, 날짜를 헤아려 양식을 장만하여 주고 가면 조용히 있다가 내행(內行)과 함께 가겠어요."

하거늘, 정생이 여러 번 청하다가 듣지 않자 위음에게 임씨에게 줄 양식을 마련해 달라고 하였다. 위음이 다시 정생과 함께 가라고 권하며, 가지 않으려는 연고를 물으니 임씨가 대답하였다.

"어떤 무당이 올해에 서쪽으로 가는 것은 길하지 않다고 해요. 그래서 떨어지려고 합니다."

정생이 위음과 대소(大笑)하고 이르기를,

"그대는 총명하고 통달함이 남들보다 나으면서 어찌 무당의 말에 혹하기를 이렇듯 하는가?"

하고 다시 구태여 청하였다. 임씨는 마지못하여 길을 차려 함께 갔다. 위음이 임고(臨皐) 땅에 나와 전송하며 타고 온 말을 임씨에게 빌려주어 태워 보냈다.

마외(馬嵬)에 이르러 임씨가 탄 말은 앞에 서고, 정생은 노새를 타고 뒤에 섰다. 계집종 하나가 그 뒤에 말을 타고 기고 있었다. 그때에 사냥하는 사람들이 낙천(洛川)에 와서 사냥을 한 지 열흘이 되었다. 마침 길에서 만났는데, 푸른 개가 풀 속에서 달려 나오는 것이었다. 정생이 보니, 임씨가 문득 땅에 떨어져 본 모습으로 변하여 남쪽으로 달아나고, 그 개가 따라 달려가는 것이었다. 정생이 개를 꾸짖으며 달려갔으나 미처 금하지 못하였다.

임씨는 1리가량 가서 그 개에게 물리게 되었다. 정생은 눈물을 흘리고 돈을 내어 의금(衣衾)[72]을 장만하여 주검을 싸서 산 아래 묻고, 나무를 깎아 표하고 길로 돌아갔다. 임씨가 탔던 말은 길가에서 풀을 뜯어먹고 있었고, 의복은 길마 위에 걸쳐 있고, 신과 버선은 등자(鐙子)[73]에 달려 있고, 수식(首飾)[74]은 땅

---

72) 옷과 이부자리. 여기서는 주검을 염(殮)할 때 쓰는 수의(壽衣) 등을 말함.
73) 말을 탔을 때 두 발로 디디는 제구.
74) 머리 장식.

에 떨어져 있었다. 그 계집종도 간 데가 없었다.

정생이 도로 서울로 들어오니 위음이 반기며 묻기를,

"임씨는 무양(無恙)[75]한가?"

하였다. 정생이 눈물을 흘리며,

"임씨는 벌써 죽었소."

하니, 위음이 놀라고 서러워하며 방안에 들어가 두 사람이 붙들고 통곡하였다. 그 뒤에 죽은 연고를 물으므로, 정생이 말하였다.

"개에게 물렸지요."

"개가 비록 모질지만 어떻게 사람을 해친단 말인가?"

"사람이 아니었답니다."

위음이 놀라 묻기를,

"사람이 아니면 무엇인가?"

하였다. 정생이 그제야 처음에 임씨를 얻게 된 사실을 자세히 말하였다. 위음이 더욱 놀라 이튿날 정생과 함께 마외에 가서 파보니, 한 마리의 여우였다.

≪태평광기≫ 제452권에는 이야기의 제목이 <임씨(任氏)>, 당나라 때 심기제(沈旣濟)가 전(傳)을 지은 것으로 밝혀져 있다.

---

75) 몸에 탈이 없음.

전체적으로 원본과는 달리 언해본에서는 이야기의 초점을 정생과 임씨의 예사롭지 않은 사랑에 맞추고 이와 직접 관련이 없는 내용은 과감히 삭제하였다. 위음에 대한 소개, 정생의 인적 사항 등이 최소한으로만 이루어졌다.

위음이 임씨녀의 인물을 알아보기 위해 종에게 묻는 대목도 원본에는 매우 장황하나 언해본에서는 간략하게 처리하였다. 위음이 정생의 집을 찾아갔을 때 정생 집의 상황묘사도 생략하였다. 위음이 임씨를 겁탈하려 했을 때의 자세한 묘사도 언해본에는 생략되어 있다. 원본에서는 위음이 겁탈하려 하자 임씨가 설득하는 대목이 장황하게 서술되어 있으나, 언해본에서는 한 번의 설득으로 위음의 마음이 바뀌도록 하였다. 그 뒤, 위음을 위해 임씨가 중매를 서는 대목은 원본에 장황하게 서술되어 있는데, 언해본에서는 정생과 임씨의 연애담과 직접 관련이 없으므로 모두 생략하였다.

원본에는 정생이 말 값으로 3만 금을 받는 대목이 비교적 상세하게 기술되어 있는데, 언해본에는 간략하게 처리하였다.

원본의 끝부분에는 정생의 후일담과 심기제가 이 이야기를 기록하게 된 경과, 후대인들에 대한 경계 등을 서술하였으나 언해본에서는 이들을 모두 과감히 생략하였다.

| 제11화 |

경락사인(京洛士人)

경락(京洛)[76] 어름에 한 선비가 있었다. 나무를 새겨 그릇 만드는 일을 가장 잘하였다.

하루는 길을 가다가 산중(山中)의 길가에 느티나무 한 그루가 있는 것을 보았는데, 가지가 무성하게 퍼져 있었다. 그 나무에는 혹처럼 뭉쳐 내민 것이 네 군데 있었는데, 크기가 두어 말만 한 것이었다. 베어 가고자 하였으나 기구가 없어서 돌아올 때에 베려고 하였다. 그 사이에 행여 남이 베어 가지나 않을까 하여, 지전(紙錢)을 만들어 그 나무의 내민 곳에 매달아 마치 귀신에게 빈 것인 체하여, 남이 없애지 못하게 하였다.

두어 달 후에 돌아와 사람을 많이 거느리고 그 나무 밑에 이르니, 그 나무에 그림 그려 붙이고 지전을 많이 걸고 향 피워 제사 지내던 터가 있었다. 그 선비가 웃으며 말하기를,

"마을 사람들이 어리석도다. 내게 속아 신령이 있는가 하여 이리 하였도다."

---

76) 중국 하남성(河南省) 낙양(洛陽)의 다른 이름.

하고 도끼를 들어 베려 하였다.

　문득 붉은 옷 입은 신인(神人)이 곁에 서 있는데, 얼굴에 위엄이 서려 있었다. 그 신인이 역사(役事)하는 사람을 꾸짖기를,

　"이 나무는 베지 말라."

하였다. 그 선비가 나아가 이르기를,

　"내가 전에 지나갈 적에 도끼가 없어 베지 못하고, 남이 베어 갈까 하여 부러 지전을 걸었던 것이지, 본디 신령이 없었소. 그대가 어찌 막는 것이오?"

하였다. 신인이 이르기를,

　"처음에 그대가 부러 지전을 걸고 간 후에 모두 이르기를, '신령 있는 나무'라고 하여 화복(禍福)을 빌게 되어 명사(冥司)에서 나에게 여기 벼슬을 주어 보내서 제사를 받아먹으라고 하였으므로, 이제는 신이 있는 것이다. 어찌 없다고 하느냐? 굳이 베면 화를 입을 것이다."

하였다. 그 선비가 듣지 않고 베려고 하니, 신인이 말하였다.

　"그대는 이것을 베어 무엇에 쓰려 하는가?"

하니, 선비는,

　"새겨 그릇을 만들려고 하오."

하였다.

　"그렇다면 그 값을 그대에게 주면 되겠는가?"

　"그러면 되지요."

“이것을 새겨 팔면 얼마나 받을까?”

“백천 금(百千金)을 받을 것이오.”

“이제 깁 백 필(百疋)을 줄 것이네. 앞으로 5리쯤 가다가 무너진 분묘(墳墓) 속에 있으니 가져가되, 그곳에 가서 얻지 못하거든 다시 와 서로 보세.”

그 선비가 베기를 그치고 5리쯤 가니 과연 무너진 분묘 속에 깁 백 필이 숫자대로 들어 있으므로 가지고 갔다. 그 나무는 다시 베지 않았다.

평설 ≪태평광기≫ 제416권에는 이야기의 제목이 <경락사인(京洛士人)>, 출전이 ≪원화기(原化記)≫로 밝혀져 있다. 대체로 원문을 충실히 언해하였다.

| 제12화 |

사씨(謝氏)

당(唐)나라 옹주(雍州)[77]의 만년현(萬年縣)에 사씨(謝氏)라는
한 여자가 있었다. 딸 하나를 낳아 시집을 보내고 죽었는데, 서
너 해가 지나서 그 딸의 꿈에 나타나 말하기를,

"내가 살아 있을 때에 술장사를 하여 작은 그릇으로 술을 주
고 값은 많이 받아썼는데, 그 죄로 북산(北山) 아랫마을 집의 소
가 되어 태어났단다. 요사이 법계사(法界寺)란 절의 하후사(夏侯
師)에게 팔렸는데, 이제 나를 성남(城南)에 보내어 논을 갈게 하
니 신고(辛苦)함이 끝이 없구나."

하였다. 그 딸이 꿈에서 깨어나 울고 지아비에게 그 꿈 이야기
를 하였다. 그러고 오래지 않아서 법계사에 있는 여승(女僧)이
마을로 지나가므로,

"하후사란 스님이 있습니까?"

하고 물으니 과연 있다고 하는 것이었다. 괴이하게 여겨 절을

---

77) 중국 고대 구주(九州)의 하나. 섬서성(陝西省)·감숙성(甘肅省)·청해성(靑
海省)에 걸친 지역으로, 위수(渭水) 북쪽, 서안(西安)의 서쪽에 위치하였음.

찾아 올라가 하후사를 찾아보고,

“소를 기르고 계시는지요?”

하고 물으니 대답하기를,

“요사이 북산 아래 가서 소를 사다가 성남에 보내어 밭을 갈고 있소.”

하는 것이었다. 그 딸이 크게 울고, 절의 사람들을 얻어 데리고 성남에 나가보았다.

그 소는 다만 한 사람만이 제어(制御)하였고, 그 밖의 사람이 제어하려면 혹 날뛰거나 뿔로 받거나 하였다. 그런데 그 딸을 보고는 온 몸을 혀로 핥으며 눈물을 흘리는 것이었다.

그 딸은 하후사에게 값을 주고 그 소를 사다가 집에서 늙도록 길렀다.

≪태평광기≫ 제134권에는 이야기의 제목이 <사씨(謝氏)>, 출전이 ≪명보기(冥報記)≫로 밝혀져 있다.

대체로 원문을 충실히 언해하였으나, 사씨가 살았던 마을과 그 딸이 시집간 곳 등의 구체적인 지명, 사씨 남편과 사위의 이름 등 구체적인 인명은 생략하였다.

| 제13화 |

요곤(姚坤)

처사(處士) 요곤(姚坤)이란 사람이 있어 벼슬을 구하지 아니하고 낚시질하기와 술 먹기를 일삼았다. 곁에 사냥하는 사람이 있어 늘 그물로 여우나 토끼를 잡으면, 요곤은 마음이 어질어 매양 값을 쳐주고 사서 놓아주었는데, 이렇게 하기를 수백 번이나 하였다.

요곤은 물려받은 전장(田莊)[78]이 있어 보리사(菩提寺)에 전당(典當)을 잡혔다가 빌린 돈을 가지고 갚으려고 갔다.

그 절의 수승(首僧)[79] 혜소(惠沼)는 마음이 사나와 평소에 절집 뒤에 우물을 두어 길이나 파놓고, 황정(黃精)[80] 수백 근을 넣어두고는 사람들로 시험 삼아 먹게 하여 좋으면 제가 먹으려 하였다.

요곤이 술에 몹시 취하여 실수로 우물에 빠지자, 그 중은 넓적한 돌로 우물 위를 막아 못나오게 하였다. 요곤은 술이 깨어

---

78) 소유하고 있는 논밭.
79) 승려의 우두머리.
80) 약초의 하나로, 뿌리는 원기를 돋우는 약재로 씀.

보니 우물에 빠져 있는데, 빠져나갈 계교가 없었다. 다만 배가 고프면 황정만 먹고 지냈다.

두어 달 만에 어떤 사람이 우물 위에서 그의 이름을 부르며 말하기를,

"나는 여우라네. 내 자손들을 많이 살려준 은혜에 감격하여 일부러 와서 그대를 가르치는 걸세. 나는 여우 가운데 하늘과 통하는 여우라네. 처음에 무덤 속에 구멍을 뚫고 위의 틈으로 하늘과 성신(星辰)을 엿보고 마음속으로 생각하기를, 능히 날지 못하는 것을 한하여 매양 눈은 그곳을 향하고 정신을 그곳에 두었다네. 그러다가 홀연 날았는데 나는 줄을 깨닫지 못하여 허(虛)한 데를 딛고 구름을 타 하늘에 올라 선관(仙官)을 보고 예를 하였었네. 그대도 다만 정신을 맑게 하고 허한 데를 생각하여 마음이 굳으면 30일이 못되어 자연히 날아서 나가게 될 걸세. 틈이 비록 적으나 걸리는 것은 없을 게야."
하고 말을 마치고는 사라졌다.

그 말대로 해서 공부를 하였더니, 한 달 만에 홀연 덮어놓은 돌 밖으로 뛰어나가 그 중을 만났다. 그 중이 대경(大驚)하여 그 우물을 보니 덮은 것이 그대로 있었다. 그 중이 요곤에게 예배하고 그 일을 물으니, 요곤이 말하기를,

"그 속의 들어가 황정(黃精)을 먹으니 한 달 만에 몸이 가벼워져 자연히 날아오르더군요. 구멍으로 날 때는 걸리는 것이

없었지요."

하니, 그 중이 그렇게 여기고 제자를 불러 제 몸을 노끈으로 매어 가지고 드리워서 우물 속에 넣으라고 하고, 한 달 만에 열어보라 하였다.

제자가 그 말대로 한 달 만에 가보니, 중은 벌써 우물 속에서 죽어 있었다.

요곤이 집으로 돌아간 지 십어 일쯤 되이, 이름이 요도(夭桃)라고 하는 한 여자가 요곤에게 와서 이르기를,

"저는 부유한 집 딸인데 실수로 젊은 사내의 꼬임에 빠져 이에 이르렀어요. 이제 다시는 집에 들어가지 못합니다. 원컨대 기추(箕箒)[81]를 잡아 그대를 섬기고자 합니다."

하였다. 요곤이 그녀를 머물게 하고, 다시 보니 고운 태도가 세상에서 드물고, 글짓기를 잘하였으며, 사람을 공경하는 일과 예모(禮貌)를 갖추는 일에 가장 익숙하였다.

요곤은 그녀를 사랑하여 데리고 살았다., 후에 요곤이 과거 보러 서울에 갈 때 요도를 데리고 길을 나서서 반두관(盤豆館)[82]에 이르니, 요도는 즐거워하지 않으며 붓을 들어 글 한 편을 지어 이르기를,

---

81) '기추'는 쓰레받기과 비를 뜻하며, '기추를 잡는다'는 말은 여자가 아내나 첩으로서 남편을 모시겠다는 뜻임.
82) 반두성(盤豆城). 중국 하남성(河南省) 영보현(靈寶縣)에 있던 성.

분단장으로 오래도록 본 모습을 가리고 인간을 향하였는데,

분단장을 지우려 하니 다시 얼굴이 슬프도다.

비록 청구(靑丘)[83]에는 오늘밤 달이 떴으나,

다시 예전의 구름 같은 귀밑머리는 비칠 길이 없도다.

鉛華久御向人間　欲捨鉛華更慘顏

縱有靑丘今夜月　無因重照舊雲鬟

오래도록 시를 읊으니, 요곤이 또한 마음속으로 아니꼬워하였다.

홀연, 외방(外方)에서 사냥개를 보내어 정승(政丞)인 배도(裴度)[84]에게 드리려고 반두관에 와서 머물고 있었는데, 그 개가 요도를 보고는 눈을 부릅뜨고 쇠사슬을 끊고 섬돌 위로 뛰어오르니, 요도도 또한 여우로 변하여 개의 등 위로 뛰어올라 개의 눈을 물어 뽑았다. 개가 놀라 소리를 지르고 반두관 문을 나와 형산(荊山)[85]을 바라보고 달렸다. 요곤이 크게 놀라 따라 달리니, 2~3 리쯤 나가서 개는 벌써 죽었고, 여우는 간 곳을 알 수 없었다. 요곤은 마음속으로 슬퍼서 날이 저물도록 길을 나서지

---

83) 꼬리가 아홉 달린 여우가 산다는 나라.

84) 중국 당나라 때의 정치가. 자는 중립(中立). 진국공(晉國公)에 봉해졌고, 시호는 문충(文忠).

85) 중국 하남성(河南省) 영옥현(靈玉縣) 문향(閿鄕) 남쪽에 있는 산. 일명 복부산(覆釜山).

못하였다.

　밤에 한 늙은 사람이 좋은 술을 가지고 와 요곤을 아는 체하는 것이었다. 요곤은 마침내 그가 누구인지 생각하지 못하였다. 노인은 술을 다 마시자 길게 읍(揖)하고 가며 말하기를,

　"그대에게 충분히 갚았고, 내 손자도 별 탈이 없소이다."
하고 즉시 간 곳이 없으므로 그제야 노인이 여우인 것을 알았다.

평설　≪태평광기≫ 제454권에는 이야기의 제목이 <요곤(姚坤)>, 출전이 ≪전기(傳記)≫로 밝혀져 있다. 대체로 원문을 충실히 언해하였으나, 부분적으로 생략과 약간의 이동이 있다.
이야기의 시대적인 배경이 원본에는 당나라 문종 때인 태화(太和) 연간으로 밝혀져 있으나 언해본에는 생략하였다. 요곤이 살던 지명도 생략하였다.
또한, 요곤이 보리사의 우물에 빠져 있을 때 찾아온 여우의 말을 원본에서는 의심을 품다가 서승경(西昇經)을 들먹이자 받아들이는 데 반해, 언해본에서는 그대로 따르는 것으로 처리하였다.
원본에는 마지막 대목에 술을 가지고 찾아왔던 노인이 보리사 우물로 찾아왔던 여우임을 알게 되었다는 진술과 그 뒤로 그 여우의 소식이 끊어졌다는 진술이 있으나 언해본에는 생략하였다.

| 제14화 |

이수재(李秀才)

당(唐)나라 때 우부낭중(虞部郎中) 육소(陸紹)가 아는 사람을 보려고 정수사(定水寺)란 절에 가니, 그 절 주지승(住持僧)이 실과(實果)를 내어 손님을 대접하였다.

이웃 절에 있는 중이 육소와 친하였으므로, 육소가 사람을 시켜 청하니, 그 중이 이 수재(李秀才)라는 선비를 데리고 와 모이게 되었다. 이 수재는 이웃 절에 온 손님이었다.

둘러앉아 이야기를 나누다가 그 절 주지가 제자를 불러 새로 차를 달여 좌중(座中)의 손님들에게 드리게 하였으나, 오직 수재에게만 주지 않자, 육소가 불평하기를,

"차가 수재에게 돌아가지 못함은 어째서입니까?"

주지승이 웃으며 말하기를,

"이런 선비도 차 맛을 알고자 하시오?"

하고,

"남은 차가 있거든 드려라."

하니 이웃 절의 중이 이르기를,

“이 수재는 술법(術法)이 높은 분이니, 원주(院主)는 말씀을
가볍게 하지 마시오.”

주지가 또 이르기를,

“용하지 못한 자제에 불과한데 무엇이 두렵겠소?”

수재가 문득 노하여 말하기를,

“내가 선사와 더불어 본디 알지 못하는데, 내가 용하지 못한
것을 어찌 아시오?”

주지가 다시 이르기를,

“주기(酒旗)[86]나 바라보면 찾아 들어가고, 계집들 모인 것이
나 만나면 돌아갈 것을 잊는 사람이 어찌 아름다운 선비라 할
수 있겠소?”

이 수재가 말하기를,

“내가 존객(尊客)들이 계신 자리지만 조용히 넘어갈 수가 없
구먼.”

하고는 두 무릎을 짚고 앉아 그 중을 꾸짖기를,

“행실(行實)이 추한 중놈이 어찌 이리 무례(無禮)하단 말인
가? 주장(拄杖)[87]은 어디 있느냐? 이 중놈을 쳐라.”

주장이 승방(僧房) 뒷문에서 저절로 뛰어나와 그 중을 치므

---

86) 술파는 집임을 알리는 깃발.
87) 승려들이 짚는 지팡이.

로, 모두들 그 중을 가려주자, 그 주장은 사람들 틈으로 달려들어 마치 사람이 잡고 치는 듯하였다. 수재가 다시 꾸짖기를,

"이 중을 잡아 바람벽 밑에 세워라."

중은 바람벽 밑에 가서 공수(拱手)[88]하고 묶어놓은 듯이 서 있는데, 낯빛이 푸르게 되어 다급한 목소리로,

"살려 주십시오."

하고 빌었다. 수재가 또 이르기를,

"이 중을 섬돌 아래로 내려놓아라."

하니, 중이 절로 내리달려 손수 섬돌에 머리를 수없이 들이받으니, 코와 이마가 다 깨지고 말았다. 모두들,

"살려 줍시다."

하고 청하니 수재가 이르기를,

"존객들이 계시는 자리라 이 완만(頑慢)[89]한 중놈을 죽이지 못하니 한스럽다."

하고는 읍(揖)을 하고 갔다.

그 중은 반일(半日)[90]이나 지난 후에야 말을 겨우 하였다.

평설　《태평광기》 제78권에는 이야기의 제목이 <이수재(李秀

---

88) 두 손을 앞으로 모아 맞잡는 일.
89) 고집이 세고 거만함.
90) 한나절.

才)>, 출전이 ≪유양잡조(酉陽雜俎)≫로 밝혀져 있다.

대체로 원문을 충실히 언해하였으나, 구체적인 시대적 배경을 생략하였고, 육소가 정수사로 찾아간 것이 원문에는 표형(表兄)으로 밝혀져 있는데, 언해본에서는 ‘아는 사람’으로 처리하였다.

| 제15화 |

장침(蔣琛)

삽(霅) 땅 사람 장침(蔣琛)이 경서(經書)를 밝게 알아 향리(鄕里)에서 남들에게 글을 가르쳤다. 매양 추동간(秋冬間)이면 삽계(霅溪) 큰 호수에서 그물을 쳐 고기잡이를 하였다. 한 번은 거북한 마리를 자았는데, 생김새가 예사롭지 않으므로 돌아보며 말하기를,

"여차(余且)[91]의 그물에 들었으나 껍질 벗기는 근심은 면하게 하리라."

하고 놓아주니, 그 거북은 강 가운데로 헤엄쳐 가면서 예닐곱 번을 돌아보고 갔다. 한 해가 지난 후에 하루는 바람이 크게 일어나 날이 어둡고 물결이 치는 가운데 무엇이 부딪치는 소리가 들려왔다. 전에 놓아주었던 거북이 장침의 뱃전을 잡고 사람의 말로 이르기를,

"오늘 저녁 태호(太湖)·삽계(霅溪)·송강(松江)의 수신(水神)이 경내에 모이고, 모든 내와 못을 지키는 신들이 다 좇아와

---

91) ≪장자(莊子)≫외물편(外物篇)에 나오는 어부. 여기서는 장침 자신을 말함.

잔치할 것이오. 족하(足下)[92]는 이 땅에서 그물을 가지고 고기를 잡은 지 오래였소. 작은 물고기들조차 그대의 빽빽한 그물을 괴로이 여겨, 화(禍)를 벗어난 무리들도 항상 원한을 품고 있소. 수족(水族)들이 오늘 이 기회를 틈타 앙갚음을 할까 두렵소. 옛날 은혜를 잊지 못하여 일부러 와서 고하는 것이니, 잠깐 물러가서 해(害)를 피하시오.”

장침이 즉시 배를 옮겨 물이 얕고 바람 없는 데 매고 거동을 살폈다. 오래지 않아서 거북·자라와 물고기들이 수없이 나와 2리가량을 둘러싸고, 물결을 쳐서 성을 만들고, 세 문과 통한 길을 냈다. 괴이한 짐승들이 천 마리나 모여, 사람의 거동에 교리(蛟螭)[93]의 머리로 검극(劍戟)을 잡고 항오(行伍)를 갖추어 시위(侍衛)하였다. 또 스물 남짓한 교룡과 조개가 기운을 뿜어 누대와 구슬 궁전, 진주 궁전, 포진(鋪陳)[94], 기명(器皿)[95]을 만들어 놓으니, 다 인간 세상의 것이 아니었다.

또 신기한 물고기 수백 마리가 화주(火珠)[96]를 뿜고, 갑사(甲士)[97] 수백을 이끌어 푸른 옷 입고 검은 관(冠) 쓴 사람을 옹호

---

92) 같은 또래에서 상대방을 존칭하여 가리키는 말.
93) 교룡(蛟龍). 이무기.
94) 바닥에 까는 방석, 요, 돗자리 등의 총칭.
95) 그릇.
96) 둥근 모양의 옥돌.
97) 무장한 군사.

하여 삽계 남쪽에서 나왔다. 또 물짐승 수백이 철기 수백을 이끌어 붉은 옷 입고 붉은 관 쓴 사람을 태호(太湖) 가운데서 성문에 다다라 말에서 내려 서로 절하였다. 삽계 신이 말하기를,

"서로 못 본 지 이제 다섯 해라, 비록 어안(魚雁)[98]이 그치지 아니하였으나 말소리가 오래도록 비었습니다. 성덕을 우러르면서 마음속으로 주린 듯 그리웠습니다."

태호 신이 이르기를,

"내 뜻도 또한 그러하였습니다."

하고, 읍양(揖讓)[99]하여 오를 때 늙은 교룡이 나아와 아뢰기를,

"안류왕(安流王)[100]이 말에 오르셨다고 합니다."

하므로, 두 신이 서서 기다렸다. 이윽고 한 신이 오는데, 호피(虎皮) 옷을 입고 이마가 붉고 발이 푸른빛이었다. 횃불을 잡고 정기(旌旗)와 무기를 든 군사 천여 명이 붉은 옷 입고 붉은 관 쓴 사람을 모시고 송강(松江) 서쪽으로부터 이르렀다. 두 신이 문 밖에 가서 맞아 예를 매우 공손히 하고 한훤(寒暄)[101]을 마친 후에 송강 신이 말하기를,

"여기 올 때 한 손님과 더불어 왔으니 마땅히 예로써 맞이합

---

98) 서신(書信)을 가리킴.
99) 예(禮)를 차리며 겸양(謙讓)함.
100) 송강(松江)의 신(神).
101) 안부를 묻는 인사.

시다.”

하였다. 밖에서 갈의(葛衣)를 입은 사람이 칼을 짚고 나아오니, 월(越)나라 범 상국(范相國)[102]이었다. 삽계신과 태호신이 이르기를,

“공경하여 받든 지 오랩니다.”

범군(范君)이 이르기를,

“적은 덕이 민멸(泯滅)되지 않아, 오(吳)나라 백성들이 은혜를 가슴에 품고 강가에 사당을 짓고 춘추에 제사를 지내주고 있습니다. 시골 술을 마시고 곤하던 차에 강공(江公)에게 이끌려 와서 당돌(唐突)히 성연(盛宴)의 참여하고 보니 더욱 참괴(慙愧)[103]하고 황공(惶恐)합니다.”

하고 읍양(揖讓)하여 잔치자리에 나아가 앉았다. 또 늙은 교룡이 나와 아뢰기를,

“상왕(湘王)[104]께서 성 밖 2리에 이르셨습니다.”

하였다. 이윽고 거마지성(車馬之聲)[105]이 몹시 요란하더니 푸른 옷을 입고 검은 관을 쓴, 기상이 매우 거룩하여 뵈는 사람이 병마를 전후(前後)에 몰고 들어왔다. 섬돌에 올라 삼신(三神)과

---

102) 전국시대 월(越)나라의 재상으로 오(吳)나라를 멸한 뒤 오호(五湖)에 배를 띄우고 떠돌아다녔다는 범여(范蠡)를 말함.

103) 부끄러움.

104) 상수(湘水)의 신(神).

105) 수레와 말발굽에서 나는 소리.

더불어 서로 예하고 이르기를,

"마침 멱라(汨羅)106)에 갔다가 굴 삼려(屈三閭)107)와 함께 왔습니다."

하더니 밖에서 한 사람이 들어왔다. 의복과 얼굴이 가장 초췌(憔悴)하였는데, 이 사람이 굴삼려였다. 들어와 자리에 앉으니, 범 상국이 굴원에게 웃으며 이르기를,

"내쳐진 신하가 파도의 곤함을 만났고, 참소(讒訴)의 허물과 꾸짖는 자취가 뼈가 사라지도록 없지 아니하거늘, 어찌 슬픈 얼굴로 다시 배반(杯盤)을 붙들겠소?"

"상강(湘江)의 외로운 넋이자 어복(魚腹)의 남은 고기인 제가 어찌 감히 혀를 놀려 상국과 말을 대답하겠습니까?"108)

굴 삼려가 이르기를,

"일곱 겹의 갑옷을 꿰뚫는 화살은 농(籠)109) 안의 새를 쏘지 못하고, 큰 쇠북을 베는 칼은 도마 위의 고기를 썰지 못한다고 하였소. 족하(足下)는 오(吳)를 멸망시키고 월(越)이 패권을 차지하게 하여 공(功)을 이룬 뒤, 물러나 오호(五湖) 위를 두루 다니면서 만고(萬古)에 이름을 빛냈소. 나는 그대의 중한 덕과 성

___

106) 중국 호남성 북동쪽의 강으로, 상수(湘水)의 지류임.
107) 중국 전국시대 초(楚)나라의 정치가이자 시인인 굴원(屈原). 이름은 평(平), 자(字)가 원(原)임. 삼려대부(三閭大夫)를 지냈음.
108) 이 부분은 굴원의 대답에 들어갈 것을 범여의 물음에 잘못 이어 언해하였음.
109) 조롱(鳥籠). 새장.

한 이름을 우러러 심상히 받들어 대접을 아니 하였었소. 그런데 어찌 그대는 오늘날 성대한 잔치자리에서 나를 희롱하면서 내쳐진 신하에게 위세를 부리십니까? 이 어찌 새장 속의 병든 새를 쏘고, 도마 위의 썩은 고기를 베는 것과 다르겠소? 남모르게 그대를 위하여 화살과 칼을 아끼기 바라오."

하니, 상수 신이 감동한 얼굴빛으로 술을 명하여,

"범 상국을 벌하라."

하니, 범군(范君)이 장차 술을 마시려고 할 때, 풍류하는 계집 여남은이 각각 풍류를 잡고 석상에 올랐다. 좌우에서 나아와 아뢰기를,

"공무도하(公無渡河)를 부르리라."

히니, 그 가사에 이르기를,

흐린 물결이 높고 새벽안개 엉기었으니,
그대 물을 건너지 말라 하였는데 그대 마침내 건넜구나.
바람이 물을 침범하고 물이 날아 솟는데 불러도 듣지 못하니,
옷을 잡고 가운데로 떠서 들어가는구나.
물결이 옷을 밀쳐내어 걸음을 따라 사라지니,
물에 잠긴 주검이 깊이 교리(蛟螭)의 굴로 들어가는구나.
교리(蛟螭)들이 다 취하매 그대의 피가 마르니,
밀쳐 누런 모래에 내어 그대 뼈를 떠오르게 하는구나.
그때 그대가 죽으매 첩은 어디로 가리오?

드디어 물결에 뛰어들어 혼백을 합하리라.

濁波揚揚兮凝曉霧 公無渡河兮公竟渡
風號水激兮呼不聞 提衣看入兮中流去
浪排衣兮隨步沒 沈屍深入兮蛟螭窟
蛟螭盡醉兮君血乾 推出黃砂兮泛君骨
當時君死兮妾何適 遂就波瀾兮合魂魄
(願持精衛銜石心 窮取河源塞泉脈)110).

부르기를 마치며 사추랑(謝秋娘)111)이 채상곡(採桑曲)112) 여남
은 곡조를 부르고 춤을 추매, 소리가 가장 애절하였다. 밖에서
떠들며 이르기를,

"신도(申徒)113) 선생이 하상(河上)으로부터 오시고, 서 처사(徐
處士)114)와 치이군(鴟夷君)115)이 바닷가에서 이르렀습니다."

---

110) 언해본에 결락된 부분임.

111) 당나라 때의 재상인 이덕유(李德裕)의 가희(歌姬).

112) 악부(樂府)의 청상곡(淸商曲)·상화곡(相和曲)·근대곡(近代曲) 따위의
이름.

113) 신도적(申徒狄). 하(夏)나라 말기의 현인(賢人)으로, 탕왕(湯王)이 천하를
차지하자 그것을 치욕스럽게 여겨 돌을 안고 강에 빠져 죽었다고 함.

114) 서연(徐衍). 주(周)나라 말기의 사람으로 난세를 비관하여 바다에 빠져 죽
었다고 함.

115) 전국시대 오왕(吳王) 부차(夫差)의 신하였던 오자서(伍子胥). 충간(忠諫)
을 하다가 부차가 내린 칼에 자결하자, 부차는 그의 시신을 가죽부대에 담
아 강물에 던졌다고 함.

하니, 송강신이 삽계신·태호신·상수신으로 더불어 예로 맞
아 들어오니, 굴 대부가 이르기를,

　"그대들은 돌을 밟고, 돌을 안으며, 눈을 뽑힌 무리가 아닌가?

　그들이 대답하기를,

　"그러하오."

　굴원이 말하기를,

　"이제야 나도 벗을 얻었노라."

하였다.

　이에 사관(絲管)116)이 함께 연주되고 배상(杯觴)117)을 서로 권
하였다. 수륙진미(水陸珍味)118)를 갖추지 않은 것이 없었다. 조
아(曹娥)119)의 원강파(怨江波)라는 곡조를 부르니, 그 가사에 이
르기를,

　　　슬픈 바람이 몹시 일고 물결이 길게 일렁이니,
　　　갈대꽃이 만 리나 피었는데 푸른 연기가 엉겼구나.
　　　교룡의 굴과 집이 깊고 또 어두우니,
　　　물결이 쳐서 나의 하늘을 빠지시게 하였구나.

---

116) 현악기와 관악기.

117) 술잔.

118) 산해진미(山海珍味). 산과 바다에서 나는 온갖 맛난 음식.

119) 중국 후한(後漢) 때의 효녀. 아버지가 강에 빠져 죽어서 시신을 찾지 못했
　　는데, 10여 세의 조아가 스스로 강에 몸을 던져 죽은 뒤 아버지의 시신을
　　업고 떠올랐다고 함.

어버이를 보전하지 못하였으니 내 몸인들 어이 보전하리오.
한 맺힌 피눈물만 하릴없이 흐르는구나.
맹세컨대, 장차 톱 같은 어금니와 부리를 뽑아,
수부(水府)[120]를 비게 하고 그 비린 것을 감추리라.
고운 눈썹과 푸른 머리가 물 가운데 빠지니,
푸른 구름과 비낀 달만 속절없이 곱구나.
소리를 삼키고 원한을 머금으매 말에 힘이 없으니,
한갓 슬픈 마음을 드러내며 노래 부르는 잔치자리에 오르는
구나.

悲風淅淅兮波緜緜　蘆花萬里兮凝蒼煙
蛟螭窟宅兮淵且玄　排波疊浪兮沈我天
所覆不全兮身寧全　溢眸恨血兮徒漣漣
誓將抉鋸牙掃啄　空水府而藏其腥涎
靑娥翠黛兮沈江壖　碧雲斜月兮空嬋娟
吞聲飮恨兮語無力　徒揚哀怨兮登歌筵.

노래를 마치매 만좌(滿座)가 다 얼굴빛이 변하며 슬퍼하였다.
송강신이 술병을 잡자, 태호신이 일어나 춤추고 노래 부르니
그 가사에 이르기를,

흰 이슬이 둥그렇고 서풍이 높이 부니,

---

120) 수신(水神)의 궁전.

푸른 물결이 만 리나 이는데 넓은 물결이 번득이는구나.
물결을 천하에서 지극히 부드러운 것이라 이르지 말라.
배에 실으며 배를 뒤집는 것이 다 우리의 무리로다.

白露溥兮西風高 碧波萬里兮翻洪濤
莫言天下至柔者 載舟覆舟皆我曹.

상수신이 술잔을 잡자, 삽계신이 노래를 불렀는데, 그 가사
에 이르기를,

산세는 둘렀고 물줄기는 연하였으니,
물빛과 산 빛이 푸르러 구름에 닿아 있구나.
사철 다 시 짓는 사람이 읊는 데 드니,
오흥(吳興)의 유 사군(柳使君)[121]을 수고롭게 하는구나.

山勢縈廻水脈分 水光山色翠連雲
四時盡入詩人詠 役殺吳興柳使君.

술이 삽계신에게 이르자 상왕(湘王)이 노래를 부르니 그 가사
에 이르기를,

---

121) 중국 남북조시대 양(梁)나라 사람인 유운(柳惲)을 가리킴. 그가 오흥태수
　　로 있을 때 주부(主簿)로 있던 오균(吳均)과 매일 시를 화답하였는데, 많은
　　사람들이 그 체를 본받아 지어 '오균체'라고 하였음.

멀고 먼 내 낀 물결이 구의산(九嶷山)[122]에 닿았으니,
몇 사람이 여기를 지나며 강리(江籬)[123]풀을 보고 울었는가?
해마다 푸른 물과 푸른 산 빛이,
중화(重華)[124]님께서 남쪽으로 순행(巡幸)하던 때와 변치 않
았구나.

渺渺煙波接九嶷 幾人經此泣江籬
年年綠水青山色 不改重華南狩時.

이에 범 상국이 경회야연시(境會夜宴詩)를 드리니 그 시에 이
르기를,

물결이 광활하고 맑은데 가을 기운이 서늘하니,
침침(沈沈)[125]한 수궁에 밤이 처음으로 깊었구나.
스스로 어여삐 여기노니 오호(五湖)로 물러간 손이,
요행히도 백곡왕(百谷王)[126]을 모시고 노는구나.
향은 푸른 구름처럼 간들거리며 잔치자리에 나부끼고,
바삐 오가는 백옥 술잔에는 초장(椒漿)[127]이 찰랑거리네.

---

122) 중국 호남성 영원현(寧遠縣) 남쪽 창오(蒼梧)의 들판 가운데 솟은 산. 순
 (舜)임금이 묻힌 곳이라는 전설이 있음.
123) 향기로운 풀 이름.
124) 중국 전설시대 순(舜)임금의 이름.
125) 물이 깊은 모양.
126) 온갖 시내와 강물을 주관하는 신.

술이 취하매 홀로 일엽편쥬(一葉扁舟)를 띄우고 가니,
웃으며 금고(琴高)[128]의 불사향(不死鄕)[129]으로 들어가는구나.

浪闊波澄秋氣凉　沈沈水殿夜初長
自憐休退五湖客　何幸追陪百谷王
香裊碧雲飄几席　觥飛白玉灩椒漿
酒酣獨泛扁舟去　笑入琴高不死鄕.

서 처사가 시를 지어 이르기를,

진주(眞珠)빛을 용이 뿜어 불기운을 쏘이니,
밤에서 아침 구름을 잇도록 물가 궁에서 잔치하는구나.
봉(鳳) 새긴 젓대를 맑게 부니 먼 갯가가 슬프고,
붉은 거문고 한가히 타니 가을 하늘이 싸늘하구나.
마음을 의논하자면 다행히 뜻 맞는 벗을 만났고,
분수를 헤아려보니 임금 도운 공이 없음을 부끄러워하노라.
구름과 비가 선경(仙境)으로 각각 흩어진 후에,
물결 위로 슬픈 바람이 이는 것을 견디지 못하리로다.

珠光龍耀火煌煌　夜接朝雲宴渚宮

---

127) 산초(山椒)로 담은 술.
128) 붉은 잉어를 타고 수궁으로 들어갔다고 하는 신선.
129) 죽지 않는 선계(仙界). 여기서는 수궁을 가리킴.

鳳管淸吹凄極浦　朱絃閒奏冷秋空
論心幸遇同歸友　揣分慙無輔佐功
雲雨各飛眞境後　不堪波上起悲風.

　굴 태위가 좌수(左手)로 잔을 잡고 우수(右手)로 쟁반을 두드리며 낭랑히 글을 읊으니 그 시에 이르기를,

봉(鳳)이 높이 날아 상서로움을 내려주니,
멧닭과 섞여 날까 두려워하노라.
옥을 빚는 그릇에 드리니,
돌과 빛을 다툴까 두려워하노라.
공후(公侯)의 문이 사방으로 열리니,
훌륭한 계책 바치는 문은 닫치었구나.
상서로운 그릇이 이미 쓸 데 없으니,
어두운 것이 서로 가리는 것이 마땅하도다.
한갓 돌을 깎아 배를 만드니,
흐르는 것을 임하여 뜻을 어긋나게 하는구나.
장차 쇠를 새겨 깃을 만드니,
더불어 날아오를 리가 없도다.
피에 젖어 곁으로 흐르매,
물고기 밥이 되어 장차 돌아가는구나.
서풍이 소슬하고 상수(湘水)의 물이 아득하니,
백지(白芷)의 향기가 사라지고 강리(江籬)의 가을이 되었도다.

날이 저물고 냇가의 구름이 걷히니,
노 젓는 소리 사방에 일고 슬픈 바람이 그윽하도다.
매인 넋이 물에 빠졌으나 내 이름은 길이 떠다니고,
푸른 물결이 비록 마를지라도 기림은 길게 흐르는구나.
설령 저번보다 달콤한 말이 순순히 세상에 행해지더라도,
어찌 오늘날 군왕(君王)의 자리에 앉으리오?
알겠노라, 이름을 탐하고 녹(祿)을 좇다가 세상 따라 사라지는
자들은,
비록 정침(正寢)에서 죽더라도 능히 나와 짝하지 못할 것이로다.
솥발의 아름다운 모임을 당하여,
군후(君侯) 사이에 주선(周旋)함을 얻었노라.
그림 그린 쟁반과 옥그릇에 진수성찬을 벌여놓으니,
금잔(金盞)과 구슬 준(樽)으로 바야흐로 헌수(獻酬)하는구나.
감히 속마음을 펼쳐 한 곡조를 부르니,
내가 잔을 들고 머뭇거리는 것을 꾸짖지 말라.

鳳鶱鶱以降瑞兮　患山鷄之雜飛
玉溫溫以呈器兮　因砥砆之爭輝
當侯門之四闢兮　墐嘉謨之重扉
旣瑞器而無庸兮　宜昏暗之相微
徒刳石以爲舟兮　顧沿流而志違
將刻金而作羽兮　與超騰之理非
血淋淋而滂流兮　顧江魚之腹而將歸
西風蕭蕭兮湘水悠悠　白芷芳歇兮江籬秋

日晼晼兮川雲收 棹四起兮悲風幽

羈魂汨沒兮我名永浮 碧波雖涸兮厥譽長流

向使甘言順行于曩時 豈今日居君王之座頭

是知貪名徇祿而隨世磨滅者 雖正寢之死乎無得與吾儔

當鼎足之嘉會兮 獲周旋於君侯

雕盤玉豆兮羅珍羞 金巵瓊斝兮方獻酬

敢寫心兮歌一曲 無誚余持盃以淹留.

　　신도 선생이 경회야연시(境會夜宴詩)를 드리니 그 시에 이르기를,

행전(行殿)[130]에 가을이 늦지 아니하였으니,
수궁(水宮)의 바람이 처음으로 서늘하구나.
뉘 이 중야(中夜)에,
능히 조종(朝宗)[131]하는 것과 만남을 이르리오?
신령스러운 북은 둥둥 울리고,
신기한 용은 번쩍번쩍 비치는구나.
붉은 누대는 물결을 누르고 솟아 있고,
푸른 휘장은 구름에 닿도록 베풀었구나.
옥퉁소(玉洞簫)는 싸늘한 가을을 읊고,
구슬 거문고는 맑게 상성(商聲)[132]을 머금었구나.

---

130) 제왕이 행차할 때 머무는 궁전.
131) 제후가 봄과 여름에 천자를 알현하던 일.

어진이로는 강호(江湖)의 할아비들이 이르렀고,
귀한 이로는 천독(川瀆)의 왕들이 벌여 있구나.
나 같이 쇠약한 세속 사람은,
능히 무너진 기강을 떨쳐 일으키지 못하리로다.
그윽한 섬에서 머뭇거리면서,
얼마나 물결이 상전(桑田)되는 것을 보았는가?
요사이 보는 것이 다 유속(流俗)의 사람들이라,
더불어 잔을 기울이기가 어렵구나.
오늘 빛나는 잔치자리에 오르니,
정신이 맑음을 깨달을 것이로다.
바야흐로 창랑(滄浪)의 벗과 즐기니,
문득 흰 날빛이 날까 두려워하는구나.
바다 사람이 짜내는 상서로운 비단 앞에서,
어찌 감히 문장을 이룰 것인가?
아득히 영경회(靈境會)[133]를 노래하니,
이 모꼬지를 진실로 잊기 어렵도다.

行殿秋未晚 水宮風初凉
誰言此中夜 得接朝宗行
靈鼉振鏗鏗 神龍耀煌煌
紅樓壓波起 翠幄連雲張
玉簫冷吟秋 瑤瑟淸含商

---

132) 금성(金聲). 추성(秋聲). 가을 소리.
133) 선경(仙境)에서의 잔치.

賢臻江湖叟　貴列川瀆王
諒予衰俗人　無能振積綱
棲遲幽島間　幾見波成桑
爾來盡流俗　難與傾壺觴
今日登華筵　稍覺神揚揚
方歡滄浪侶　遽恐白日光
海人瑞錦前　豈敢言文章
聊歌靈境會　此會誠難忘.

치이군이 잔을 들고 노래를 부르니 그 가사에 이르기를,

구름이 큰 들에 모이매 피 물결이 어지럽고,
현황(玄黃)[134]이 서로 싸우매 오나라에 온전한 땅이 없구나.
이미 패업(霸業)이 떨어지려 하니,
훌륭한 계책을 좇지 않음이 마땅하구나.
나라가 거꾸러져 가니,
나의 앞길도 흉한 것을 만났도다.
치이(鴟夷)[135]에 담기는 큰 재앙을 당하였으니,
아홉 길이나 되는 깊은 못에 들었구나.
상제께서 나의 죄가 아님을 어여삐 여기시어,
큰 강으로 하여금 그 원민(寃愍)[136]한 자취를 고동(鼓動)하여

---

134) 천지(天地).
135) 가죽 주머니.

노하게 하셨도다.

산더미 같은 물결을 채찍질하여 빨리 산악에 오게 하니,

또한 적이 나의 애달프고 답답한 마음을 펼 수 있었네.

신령스러운 지경의 좋은 잔치를 당하여서,

서로 용납(容納)함을 입었네.

퉁소(洞簫)와 북을 치고,

노래와 종(鍾)을 두드리는구나.

오나라 노래와 월나라 춤으로 즐김을 다 못하여서,

문득 군성(軍城)의 새벽 북소리가 나는구나.

원컨대 위의 어진 것과 부드러운 덕을 보전한다면,

어느 좋은 땅에 가선들 만나기 어려우리오?

雲集大野兮血波洶洶 玄黃交戰兮吳無全壘

旣霸業之將墜 宜嘉謨之不從

國步顚蹶兮 吾道遘凶

處鷗夷之大困 入淵泉之九重

上帝愍余之非辜兮 俾大江鼓怒其冤踪

所以鞭浪山疾驅波岳 亦粗足展余拂鬱之心胸

當靈境之良宴兮 謬尊俎之相容

擊簫鼓兮 撞歌鍾

吳謳越舞兮歡未極 遽軍城曉鼓之鼕鼕

願保上善之有德 何行樂之地兮難相逢

---

136) 원통하고 불쌍함.

노래를 마치매 삽군 성루 위에서 북소리 일어나고, 동정산(洞庭山) 절에서 새벽 북이 우니, 나부끼는 바람이 문득 일어나고, 검은 구름이 사면에서 모이며, 물결 사이에서 거마(車馬)의 소리가 오히려 요란하더니, 이윽고 아무 것도 보지 못하고 날빛이 샜다. 그 거북이가 물 가운데서 머리를 내어 뒤돌아 장침을 보고 가더라.

평설 ≪태평광기≫ 제309권에는 이야기의 제목이 <장침(蔣琛)>, 출전이 ≪집이기(集異記)≫로 밝혀져 있다. 대체로 원문을 충실히 언해하였으나, 군데군데 시사(詩詞)의 전부 혹은 일부 구절이 생략되었다.
<공무도하가>의 마지막 두 구절이 생략된 것과 태호신의 노래 뒤에 송강신의 노래가 모두 생략되었고, 신도 선생의 노래 가운데 제15-16구가 생략되었다.

| 제16화 |

진원생(陳袁生)

정원(貞元)[137] 초(初)에 진군(陳郡)[138]의 원생(袁生)이 일찍이 당안(唐安)[139] 땅에 가서 참군(參軍) 벼슬을 하다가 벼슬이 바뀌어 파천(巴川)[140] 땅에 가느라고 역려(逆旅)[141]에 머물렀다. 홀연 흰옷 입은 사람이 들어와 뵙고 원생더러 이르기를,

"나는 고씨의 아들이오. 이 고을 신명현(新明縣)[142]에 살고 있소. 요사이 한가하여 두루 노닐면서 여기에 이르렀지요."

하고 말하는 품이 매우 총민(聰敏)하여 원생이 기특하게 여겼다. 그가 또 이르기를,

"내가 점을 잘 치는데, 그대의 평생에 대해 말씀을 드리리다."

하였다. 원생이 팔자(八字)[143]를 써주고 물으니, 지난 일은 본

---

137) 당나라 덕종(德宗)의 연호. 785-804년.
138) 오늘날의 중국 하남성(河南省) 회양(淮陽).
139) 중국 사천성(四川省)에 있던 고을.
140) 중국 중경시(重慶市)에 있던 고을.
141) 여관(旅館).
142) 중국 사천성(四川省)에 있던 고을.
143) 태어난 해, 달, 날, 시각을 간지(干支)로 쓴 여덟 글자.

듯이 낱낱이 맞히는 것이었다. 원생은 깜짝 놀라 저물도록 그와 더불어 이야기를 하였다. 밤이 깊어진 후에 그가 넌지시 원생에게 말하기를,

"나는 사람이 아니라오. 한 번 그대에게 베풀고자 하는데 괜찮겠소?"

하였다. 원생은 그 말을 듣고 두려워하며 이르기를,

"그대가 사람이 아니라면 과연 귀신이오? 나를 해치지는 않겠지요?"

고생이 말하기를,

"나는 귀신도 아니오, 또한 그대를 해롭게 할 사람도 아니오. 일부러 와서 뵙는 뜻은 그대에게 부탁을 하려고 하는 것이오. 나는 적수신(赤水神)이라오. 사당이 신명현 남쪽에 있는데, 지난해 비가 많이 와서 내가 들어 있는 곳이 다 무너지고 말았소. 고을 사람들 가운데 수리해주는 자가 없어서 나로 하여금 날마다 비바람에 시달리게 하고 있소. 초동(樵童)들에게까지 업신여김을 당하고, 마을 사람들은 나 보기를 한 줌 흙처럼 여기고 있소. 이제 내 그대에게 고하려는데, 그대가 허락하면 말을 하고 허락하지 않으면 돌아가더라도 원망은 하지 않을 것이오."

하니 원생이 말하기를,

"신께서 원하는 일이 있으면 말씀하시는 것이 어찌 옳지 않겠습니까?"

적수신이 말하기를,

"그대는 내년에 신명(新明) 고을의 원(員)을 할 것이니, 만일 나를 위하여 다시 사당을 세우고 춘추로 제사를 지내주면 진실로 내게는 다행일 것이오. 바라건대 잊지 마시오."

원생이 허락하자, 적수신이 또 이르기를,

"그대가 처음으로 고을에 이를 때에 마땅히 한 번 보겠지요. 그러나 사람과 신령은 서로 간격을 두어야 하는데, 그대의 아랫사람들이 나를 업신여길까 걱정되니, 그대는 아랫사람들을 다 물리치고 혼자 묘중(廟中)[144]에 들어오시오. 그래서 많은 말을 다 나누었으면 하오."

원생이 말하기를,

"삼가 가르침을 받들겠소."

하고 서로 헤어졌다.

그 해 겨울에 과연 원생이 신명 고을의 원이 되어 도임(到任)한 후, 적수신의 사당이 있는 곳을 물으니, 고을 남쪽으로 2-3리가량 떨어진 곳에 있었다.

열흘이 지난 뒤 사당을 찾아가 백보(百步) 밖에서 하마(下馬)하여 아랫사람들을 다 물리치고 혼자 사당 안으로 들어가니, 사당 건물이 허물어진 곳이 많고 풀이 뜰에 가득한데다가 더러

---

144) 사당(祠堂) 안.

운 것이 많이 쌓여 있었다.

원생이 한동안 서 있노라니 흰옷 입은 장부가 사당 뒤에서 나오는데 바로 고생이었다. 가장 기뻐하는 얼굴빛으로 원생에게 절을 하고 이르기를,

"그대가 언약을 잊지 않고 오늘 일부러 와서 보니 실로 다행이오."

하고 함께 사당 안으로 들어가 섬돌 위에 앉아 이야기를 나누었다.

섬돌 아래 한 늙은 중이 칼[145]을 쓰고 앉았고, 두어 사람이 지키고 있었다. 원생이 묻기를,

"이는 어찌 된 사람이오?"

적수신이 대답하기를,

"이 중은 고을 동쪽 절에 있는 도성이라는 스님이오. 전생에 죄가 있어, 내가 가두어 둔 지 한 해라오. 매번 조석으로 한 번씩 매질을 하였는데, 지금부터 열흘 후면 마땅히 풀려날 것이오."

원생이 묻기를,

"이 중이 이미 살아 있는 것이라면 어찌하여 여기 와 갇혀 있는 것이오?"

적수신이 말하기를,

---

145) 예전 중죄인에게 씌우던 형구(形具)의 하나.

“생혼(生魂)을 잡아 가두면 그 사람이 자연히 병을 앓게 되니, 또한 어찌 내가 한 일인 것을 알겠소?”

하고 원생더러 이르기를,

“그대가 다행히 내 사당을 지어주겠다고 허락하였으니 가능한 한 빨리 도모(圖謀)해주시오.”

원생은,

“감히 잊지 않을 것이오.”

하고 돌아가서 그 공역(工役)을 헤아려보니, 고을이 가난하여 재물이 나올 데가 없었다. 그래서 스스로 생각하기를,

“적수신이 말하기를, ‘도성 스님의 넋을 가두어 몹시 앓는다.’고 하였고, 또 ‘열흘 후면 마땅히 풀려날 것이라.’ 하였으니, 도성 스님을 속여 사당을 지어보자.”

하고 바로 고을 동쪽 절로 가서 그 중에 대해 물으니, 과연 도성이라는 스님이 있는데 병든 지 한 해가 되었다고 하였다. 도성이 말하기를,

“내가 병들어 언제 죽을지 모르게 되었어요. 온몸이 아파서 말을 잘 못하겠습니다.”

원생이 말하기를,

“스님의 병이 이리 중하여 죽음을 눈앞에 두고 있으나 내 말을 들으면 쉬 나을 것이니, 이제 재물을 내어 적수신 사당을 중수하면 자연 도움이 있을 것이오.”

도성이 말하기를,

"병이 과연 나을 것이라면 어찌 재물을 아끼겠소?"

원생이 속여 이르기를,

"내가 귀신 보는 것을 잘하는데, 요사이 적수신 사당에 갔더니 스님의 혼백을 담 밑에 가두어 놓았습디다. 적수신을 불러 그 연고를 물으니, 적수신이 말하기를, '이 중이 전생의 앙얼(殃孼)[146]이 있어 여기에 묶여 있는 것이오.' 합디다. 내가 스님의 괴로움을 가엾이 여겨 적수신에게 말하기를, '내가 그 중으로 하여금 이 사당을 중수하게 할 것이니 빨리 풀어주시오.' 하였지요. 적수신이 기꺼이 허락하기를, '열흘만 지나면 그 죄를 용서할 것이오.' 합디다. 내가 스님에게 알려 드리겠소. 스님은 곧 나을 것이니 적수신의 사당을 다시 지으시오. 병이 나은 후에 마음을 게을리 먹으면 화가 도리어 무겁게 될 것이오."

하니, 도성이 거짓으로 대답하기를,

"말씀하신 대로 하지요."

하였다. 열흘 만에 과연 병이 낫자, 도성은 제자를 불러 이르기를,

"내가 젊어서 집을 버리고 중이 되어 이제 나이가 쉰이구나. 불행하게도 병이 들었는데, 지난번에 원군(袁君)[147]이 나더러

---

146) 앙화(殃禍). 죄의 앙갚음으로 받는 재앙(災殃).

이르기를, '그대의 병은 적수신이 생기게 한 것이니 병이 낫거든 사당을 지으라.' 하더구나. 무릇 신을 위해 사람들을 모아 사당을 짓는 것은 복을 내려달라고 하는 것이다. 그런데 이 신이 나를 해친 일이 있는데 어찌 없애지 아니하겠느냐?" 하고는 제자들을 데리고 바로 사당으로 내려가 하나도 없이 헐어버렸다. 그 사연을 원생에게 이르니, 원생은 놀라고 두려워 다만 도성에게 사례를 해서 보냈다. 도성은 기운이 더욱 풍성해졌고 일절 병에 걸리지 않은 반면, 원생은 날로 두려워하였다.

한 달쯤 지나서 원생은 잘못한 죄로 단계(端溪)[148]로 귀양을 가게 되었다. 삼협(三峽)[149]에 이르렀을 때 문득 흰 옷 입은 사람이 길가에 서 있으므로 돌아보니 곧 적수신이었다. 적수신이 원생에게 이르기를,

"내가 그대에게 사당 세우는 일을 부탁하였는데, 도성이 내 집을 헐고 내 신상(神像)을 버려 나로 하여금 돌아갈 곳도 없게 하였으니, 다 그대의 죄일세. 그대가 이렇게 귀양 온 것도 또한 내가 원수를 갚은 셈이지."

---

147) 신명현의 수령으로 있는 원생이라는 뜻임.
148) 중국 광동성(廣東省) 광주시(廣州市) 서쪽에 있는 고을. 벼루 산지로 유명함.
149) 중국 사천성(四川省)과 호북성(湖北省)의 경계인 장강(長江) 중류에 있는 세 협곡. 곧 구당협(瞿塘峽) · 무협(巫峽) · 서릉협(西陵峽)을 통틀어 일컫는 말.

원생이 사죄하고 말하기를,

"그대의 사당을 헌 것은 도성인데 어찌 나를 책망하시오?"

적수신이 말하기를,

"도성 스님은 복이 성하여 이제 내가 어찌할 수 없게 되었지만, 그대는 복록이 벌써 쇠하였으니 내가 원수를 갚을 수 있는 것이지."

하고는 간 곳이 없었다.

평설 ≪태평광기≫ 제306권에는 이야기의 제목이 <진원생(陳袁生)>, 출전이 ≪선실지(宣室志)≫로 밝혀져 있다. 대체로 원문을 충실히 언해하였으나, 몇 군데가 생략되었다.

원생이 죄를 지은 하급관리에게 매질을 하여 죽은 일로 단계현에 유배를 가게 된 사연과 적수신이 사라진 뒤에 원생이 병을 얻어 죽었다는 내용이 언해본에는 빠졌다.

| 제17화 |

채 영 (蔡榮)

중모현(中牟縣)[150] 삼이향(三異鄕)의 목수(木手) 채영(蔡榮)은 어렸을 적부터 귀신을 믿어 매양 밥 먹을 적마다 반드시 밥을 덜어 토지신(土地神)을 먼저 위하였고, 자라서도 그치지 않았다.

일일(一日)은 병이 들어 6, 7일이 되었으나 낫지 아니하더니 저녁 무렵에 무관인 듯한 한 사람이 급히 들어와 채영의 어머니에게 이르기를,

"채영의 의복과 연장을 급히 감추어 남들의 눈에 띄지 않게 하고, 채영에게 여자 옷을 입도록 하여 방에 감추시오. 찾아와서 묻는 사람이 있거든 나갔다고 하고 속여 간 곳을 알게 하지 마시오."

하고 말을 마치며 밖으로 내달렸다. 그의 어머니와 아내가 즉시 그 말대로 하고 잡것들을 없애버렸다.

한참 뒤에 장수(將帥)인 듯한 한 사람이 말을 탄 채 활을 가진 사람 여남은 명을 거느리고 곧장 채영의 집 안으로 들어와서

---

150) 중국 하남성(河南省) 정주시(鄭州市)에 있는 고을.

채영을 부르는 것이었다. 그의 어머니가 놀라,

“영이는 없습니다.”

라고 말하니, 그 장군(將軍)이 묻기를,

“어디에 갔는가?”

그의 어머니가 이르기를,

“영이가 술에 취해서 돌아와 일을 하지 않으므로, 내가 노하여 때렸더니 달아났는데 간 곳을 알지 못하게 된 지 열흘 남짓 되었습니다.”

장군이 아전(衙前)에게 집에 들어가 뒤지라고 하였다. 아전이 나와 이르기를,

“방 안에 사내와 목공 일에 쓰는 연장이 없고, 다만 계집만 있습니다.”

하니 장군이,

“지계신(地界神)151)을 불러 감춘 사람을 찾아내라.”

하니 즉시 무관인 듯한 사람이 들어와 뵈었다. 장군이 꾸짖어 이르기를,

“채영이 간 곳을 네 어찌 알지 못하는가?”

지계신이 대답하기를,

“노(怒)해서 몰래 나갔고, 가는 곳을 말하지 아니하였으니 어

---

151) 토지신(土地神)을 달리 이른 말.

찌 알겠습니까?"

장군이 말하기를,

"대왕(大王)의 후전(後殿)이 기울어져서 부디 솜씨 좋은 장인(匠人)을 얻으려 하였는데, 기한에 벌써 다다랐소. 어떤 사람이 능히 채영을 대신할 수 있겠소?"

지계신이 대답하기를,

"양성향(梁城鄕)의 섭간(葉幹)이 채영보다 못하지 않고, 그의 수명을 헤아려보아도 갈 만합니다."

장군이 즉시 말을 달려 나가거늘, 그 무관인 듯한 사람이 도로 들어와 이르기를,

"나는 토지신일세. 채영이 매양 밥 먹을 때마다 고수레[152]를 해준 까닭에 그 은혜를 갚는 것이라네."

하고 나가더니 사라졌다. 그의 어머니가 들어가 채영을 보니 땀을 흘리고 누워 있었다. 그날부터 병이 나았다.

양성의 섭간을 찾아가 보니 그날로 죽었다고 하는 것이었다.

평설 ≪태평광기≫ 제308권에는 이야기의 제목이 <채영(蔡榮)>, 출전이 ≪속현괴록(續玄怪錄)≫으로 밝혀져 있다. 대체로

---

152) 무당이 굿을 하거나 들에서 음식을 먹을 때, 귀신에게 먼저 바친다는 뜻으로 음식을 조금씩 떼어 던지는 일. ≪태평광기≫원문에는 이를 범제(泛祭)라고 하였음.

원문을 충실히 언해하였으나, 끝부분의 이야기는 생략하였다.
채영 대신 죽은 섭간이 채영 어머니의 조카사위였다는 사실과 채영
이 여자 옷을 입는 순간 섭간이 죽었다는 이야기, 그리고 이 이야기
의 출전인 《속현괴록》을 저술한 이복언(李復言)의 이모부인 양서
(楊曙)가 채영의 어머니에게 이 일에 대해 직접 듣고 이복언에게 전
해 주었다는 진술 등이 언해본에는 생략되었다.

| 제18화 |

최현미(崔玄微)

당(唐) 천보(天寶)[153] 시절에 처사 최현미(崔玄微)가 낙동(洛東)[154]의 집에서 살면서 약 먹기를 숭상하였다. 한때는 약이 떨어져서 종을 데리고 숭산(嵩山)[155]에 가서 지초(芝草)를 캐어 한 해만에 돌아오니 집안에 사람이 없고 뜰에는 풀만 가득하였다.

그때는 봄이 늦었는지라 밤이 든 후에 바람이 맑고 달이 밝았다. 현미는 자지 아니하고 혼자 앉아서 경치를 구경하고 있는데, 삼경(三更) 후에 한 청의(靑衣)[156]가 와서 이르기를,

"나리께선 집안에 계시는군요? 이제 두 여반(女伴)[157]으로 더불어 상동문(上東門)에 있는 아주머니 집으로 가는 길입니다. 여기를 빌려 잠깐 쉬고자 하는데 될는지요?"

현미가 허락하니, 잠시 후 여남은 명의 여인들이 들어왔다.

---

153) 중국 당나라 현종(玄宗)의 연호. 742-755년.
154) 중국 하남성(河南省) 낙양(洛陽)의 동쪽.
155) 중국 하남성 등봉시(登封市)에 있는 산. 오악(五嶽)의 하나인 중악(中嶽).
156) 계집종.
157) 여자 일행.

푸른 치마를 입은 여인이 앞으로 나와 이르기를,

　“저는 성이 양씨(楊氏)입니다.”

하고 한 사람을 가리키며 이르기를,

　“저 사람은 도씨(陶氏)입니다.”

　또 한 사람을 가리켜 이르기를,

　“저 사람은 이씨(李氏)랍니다.”

　또 붉은 옷 입은 소녀를 가리켜 이르기를,

　“저 사람의 성은 석씨(石氏)요, 이름은 아조(阿措)라고 합니다.”

하였다. 그녀들은 각각 시녀를 거느리고 있었다.

　서로 인사를 마치고 나서 달빛 아래 앉았다. 현미가 그녀들이 가는 곳을 물으니 대답하기를,

　“봉십팔(封十八)에게 가는 길이었습니다. 며칠 전에 오마 했는데 서로 만나지 못해서 오늘 모두들 가보려 합니다.”

하고 미처 자리를 정하기도 전에 문밖에서 문득 이르기를,

　“십팔(十八)이 온다!”

하니 다 놀라고 기뻐하며 나가 맞았다. 양씨가 이르기를,

　“주인이 매우 어지시니 여기서 조용히 모이는 것이 좋겠어요.”

하였다. 현미도 나아가 앉아 봉십팔을 대접하니, 그녀의 말씨가 시원시원하여 숲 밑으로 부는 바람 같은 기품이 있었다.

　서로 인사를 나누고 둘러앉으니 얼굴이 다 절색이요, 꽃다운 향내가 풍겨왔다. 모든 여인들이 술을 부어서는 각각 노래를

불러 권하였다. 현미는 그 가운데 두 편의 글이 기억났다. 붉은 치마를 입은 여인이 흰 옷 입은 여인에게 술잔을 주며 노래를 불렀는데, 그 노래에 이르기를,

옥 같은 양자(樣子)[158]가 흰 눈보다 더 흰데,
하물며 한창 때를 맞아 꽃다운 달을 대하고 있음에랴.
나지막이 읊조리며 감히 봄바람을 원망하지는 않지만,
스스로 고운 얼굴빛이 아득히 사라지는 것을 탄식하노라.

皎潔玉顔勝白雪 況乃當年對芳月
沈唫不敢怨春風 自歎容華暗消歇

흰 옷 입은 여인이 노래를 부르니 그 노래에 이르기를,

붉은 옷자락이 열려 펄럭이니 이슬이 가득하고,
엷게 연지 찍은 얼굴은 한 떨기 꽃인 양 경쾌하네.
스스로 홍안을 머물게 하지 못하는 것을 한하지만,
춘풍이 박정하다고 원망하지는 말지라.

絳衣披拂露盈盈 淡染臙脂一朶輕
自恨紅顔留不住 莫怨春風道薄情

---

158) 얼굴 모습.

술잔이 봉십팔에게 다다르니, 십팔의 거동이 자못 경솔하여 술을 엎질러 아조의 옷을 더럽혔다. 아조가 얼굴빛이 변해 이르기를,

"모든 사람들이 다 받들며 부탁을 하고 있지만, 나는 도리어 남을 두려워하지 않아요."

하고 옷을 떨치고 일어나니, 봉십팔이 이르기를,

"어린 계집이 주정을 하는 게냐?"

하고 다 일어나 문밖에 나가서는 봉십팔과 이별하여 남쪽으로 보내고, 모든 여인들은 서쪽의 동산으로 들어갔다. 현미도 또한 수상한 것을 깨닫지 못하였다.

이튿날 밤에 그녀들이 또 와서 모두 이르기를,

"봉십팔에게 가려고 합니다."

하니 아조가 노하여 이르기를,

"어찌 다시 봉고(封姑)의 집에 가려 합니까? 일이 있으면 다만 처사님께 말씀 드리면 될 텐데요."

하고 아조가 또 이르기를,

"모든 벗들이 다 동산 가운데 있는데, 해마다 사나운 바람이 요동하는 것을 많이 입어 있는 데가 편안치 않답니다. 그래서 늘 봉십팔에게 편안하게 해달라고 부탁을 했었지요. 그런데 어제 이 아조가 말대답을 하는 바람에 힘을 빌리기가 어렵게 되었어요. 처사님께서 만일 앞질러 가로막아 저희를 두둔해 주신

다면 또한 보답을 할 것입니다.”

현미가 말하였다.

“내가 무슨 힘이 있어 여러분들께 미치겠소?”

아조가 말하기를,

“처사께서 해마다 세일(歲日)[159]에 붉은 기(旗) 하나를 만들고 일월(日月)과 오성(五星)[160]을 그려 동산 동쪽에 세우시면 어려운 것을 면할 것입니다. 올해는 벌써 다 갔으니, 이 딜 21일에 잠깐 동풍(東風)의 기운이 있을 때 즉시 세워주시면 거의 화를 면할 수 있을 겁니다.”

현미가 허락하니 모두들 사례하여 이르기를,

“감히 은덕을 잊지 않겠습니다.”

하며 절하고는 떠나갔다. 현미가 달빛 아래 따라가 보내니, 그녀들은 동산 담을 넘어 동산 속으로 들어가더니 간 곳을 알 수 없었다.

21일에 기를 만들어 세우니, 그날 동풍이 몹시 불어 낙양(洛陽) 남쪽으로는 나무가 꺾어지고 모래가 날렸으나, 동산 가운데의 모든 꽃은 조금도 상하지 아니하였다.

그제야 현미는 깨달았다. 양씨·이씨·도씨라는 이름과 의

---

159) 세단(歲旦). 원단(元旦). 정월 초하룻날.

160) 태양계의 다섯 행성(行星). 곧 금성(金星)·목성(木星)·수성(水星)·화성(火星)·토성(土星).

복의 빛깔, 그리고 얼굴을 생각하니 그녀들은 모두 화정(花精)[161]이었다. 붉은 옷 입은 석아조는 곧 석류화(石榴花)였고, 봉십팔은 바람신이었다.

며칠 후 밤에 그 여인들이 다시 와서 사례하고, 도리화(桃李花)를 두어 말씩 가져다가 최생에게 주며 말하였다.

"이 꽃을 먹으면 나이를 잊고 늙는 것을 물리칠 수 있을 겁니다."

하고,

"원컨대 길이 여기 계시면서 우리들을 편안케 해주시면 또한 장생하실 것입니다."

하였다.

원화(元和)[162] 시절에도 현미는 살아 있었는데, 나이가 겨우 30세쯤 된 사람 같았다.

평설 ≪태평광기≫ 제416권에는 이야기의 제목이 <최현미(崔玄微)>, 출전이 ≪유양잡조(酉陽雜俎)≫와 ≪박이기(博異記)≫로 밝혀져 있다.

대체로 원문을 충실히 언해하였으나, 끝부분의 전홍정(田弘正)의 집에 있던 자모란(紫牡丹)에 관한 이야기는 생략하였다.

---

161) 꽃의 정령(精靈). 꽃의 요정(妖精).
162) 중국 당나라 헌종(憲宗)의 연호. 806-820년.

| 제19화 |

위씨(韋氏)

경조(京兆)[163]의 위씨(韋氏)는 명가(名家)의 딸로, 무창(武昌)[164] 땅 맹씨(孟氏)에게 시집가서 살았다.

대력(大曆)[165] 시절에 맹생(孟生)이 처남 위생(韋生)과 더불어 진사(進士) 시험에 급제하였다. 위생은 양자현위(揚子縣尉)[166]가 되고, 맹생은 낭주(閬州)[167]의 녹사참군(錄事參軍)[168]이 되어 서로 길을 나누어 이별하고 떠났다.

위씨가 맹생을 따라 촉(蜀) 땅으로 들어가다가 한 벼랑길을 만나 수레가 통과할 수 없게 되었다. 위씨는 말을 타고 낙곡(駱谷) 어귀에 이르렀는데, 문득 말이 놀라는 바람에 벼랑 아래로 떨어지고 말았다. 언덕 위에서 보기로는 수백 길이나 되는 곳이었다. 아득하여 사람이 내려갈 길이 없으므로, 맹생은 일가

---

163) 경사(京師). 서울.
164) 중국 호북성(湖北省) 무한시(武漢市)에 있는 고을.
165) 중국 당나라 대종(代宗)의 연호. 766-779년.
166) 중국 강소성(江蘇省) 양주(揚州)에 있던 고을인 양자현의 수령(守令).
167) 중국 사천성(四川省) 남충(南充)에 있던 고을.
168) 중국 당나라 때 자사(刺史)를 보좌하던 정8품 벼슬.

(一家) 사람들과 더불어 울기만 할 뿐 어찌할 도리가 없었다. 그는 벼랑 아래를 향해 제사를 지내고 성복(成服)[169]한 후에 고을로 떠났다.

위씨는 떨어져서 나뭇잎이 쌓여 있는 위에 얹히게 되어 몸을 다친 곳이 없었다. 처음에는 기운이 막힌 듯하더니 이윽고 다시 깨어났다. 하루가 지나자 배가 몹시 고파 나뭇잎을 떼어 눈을 싸서 먹었다. 곁으로 보니 큰 바위의 틈이 위로 나 있는데 깊이를 알 수가 없었다. 우러러보니 하늘빛이 잠깐 비치는 것이 마치 큰 우물 속에 들어 있는 듯하였다.

문득 굴속에 한 점의 빛이 있어 등잔 같았는데, 점점 커지며 등잔 빛이 둘이 되는 것이었다. 가까이 가 보니 용의 눈이었다. 위씨는 더욱 두려워서 죽기를 각오하고 바위 곁에 서 있었다. 그 용이 점점 나와서 길이가 대여섯 발이나 되어 구멍 가에 이르더니 날아올라 위의 구멍으로 나가는 것이었다. 이윽고 또 두 개의 눈빛이 가까이 왔다. 먼저 것과 같은 용이 날아 나가고자 하는 뜻이 있는 듯하였다. 위씨가 생각하기를,

'아마도 죽을 것이니 차라리 용에게 해를 당하는 것이 나으리라.'

하고 용이 날아오를 때를 기다려 용의 허리를 안고 올라탔다.

---

169) 초상이 났을 때 처음으로 상복을 입는 일.

용은 돌아보지도 않고 바로 구멍 밖으로 빠져나가 공중으로 날아가는데, 위씨는 감히 내릴 수가 없었다. 용이 가는 대로 반일(半日)[170]을 갔는데, 위씨의 생각에는 만리(萬里)쯤 지나가는 것 같았다. 시험 삼아 눈을 떠보니, 그 용이 점점 낮게 가고 그 아래로 큰 강물이 가까웠다. 다행히 물속으로 들어갈 수 있지나 않을까 하여 용의 허리를 놓아버리고 떨어졌다. 물가의 풀 위에 떨어져 오랜 후에야 정신을 차렸다. 위씨는 음식을 먹지 못한 지가 사나흘이나 되었다. 기력이 점점 쇠약해져서 겨우 걸어 나오다가 고기잡이 한 사람을 만나 물었다.

"이 땅이 어디입니까?"

어옹(漁翁)이 이르기를,

"여기는 양자현(揚子縣)의 땅으로, 현(縣)에서 이십 리쯤 됩니다."

위씨가 그 동안의 사연과 여러 날 굶주렸다고 말하자, 그 사람은 슬퍼하고 기특하게 여겨 배에서 죽 쑨 것을 가져다가 먹으라고 하였다. 위씨가 묻기를,

"이 고을의 관원인 위소부(韋少府)[171]는 여태 도임을 하지 못하였소?"

---

170) 한나절.
171) 소부(少府)는 현위(縣尉)의 별칭임.

어옹이 대답하기를,

"나는 물가에서 고기잡이로 업을 삼고 있으니 관청에 관한 일은 알지 못합니다."

위씨가 이르기를,

"나는 위소부의 누이랍니다. 만일 나를 그에게 데려다 주면 그 은덕을 마땅히 후하게 갚겠소."

어옹이 위씨와 더불어 현문(縣門)에 이르러 알아보니, 위소부가 도임한지 두어 날이 되었었다. 위씨가 밖에 와 있다는 것을 통지하였으나, 위생은 믿기지 않아 말하기를,

"내 누이가 맹랑을 따라 촉(蜀)으로 들어갔는데 어찌 문득 여기에 왔단 말이냐?"

하였다. 위씨가 그 동안의 사연을 자세히 말하여 들여보내니, 위생은 비록 놀라기는 하였으나 또한 믿기지 않아 나와 보았다. 위씨가 위생을 붙들고 통곡하며 그 간의 자초지종을 자세히 말하였다. 그녀 얼굴의 초췌함과 거동의 피로함을 이루 말할 수가 없었다. 딴 방에 들어가 조리하니 점점 기운을 차리게 되었다. 위생은 끝내 의심하는 마음을 가지고 있었는데, 그 후 두어 날 만에 촉에서 부음(訃音)을 도착하였다. 그제야 위생은 누이의 일을 사실로 받아들이고, 다시 한편으로 슬퍼하며 다른 한편으로 기뻐하였다. 누이를 데려왔던 어옹을 불러 돈 이 만 금을 주고, 누이를 촉으로 들여보내어 맹생과 다시 만나도록

해주니, 서로 기뻐하며 슬퍼함이 끝이 없었다.

평설 ≪태평광기≫ 제421권에는 이야기의 제목이 <위씨(韋氏)>, 출전이 ≪원화기(原化記)≫로 밝혀져 있다.

대체로 원문을 충실히 언해하였으나, 끝부분에 위씨의 외사촌 동생인 배강(裴綱)이 정원연간(貞元年間)에 홍주(洪州)의 고안현위(高安縣尉)로 있을 때 ≪원화기≫의 찬자에게 이 이야기를 제보하였다는 출처 소개는 생략히였다.

| 제20화 |

임욱(任頊)

　당(唐) 건중(建中)[172] 시절 낙안(樂安)[173] 땅에 임욱(任頊)이란 선비가 글 읽기를 좋아하고 세속 일을 즐기지 아니하여 산속에 들어가서 살았다. 그가 문을 닫고 낮에 혼자 앉아 있는데, 한 노옹(老翁)이 문을 두드리고 들어왔다. 노옹은 누런 옷을 입고 있었는데 용모가 매우 빼어났다. 막대를 짚고 이르렀는데, 임욱이 맞아 앉아서 오래 이야기를 나누었다. 그 노옹의 말이 또렷하지 못하고 얼굴빛에 잃은 것이 있는 듯 그다지 즐겁지 않아 보이므로 괴이하게 여겨 묻기를,

　"무슨 근심이라도 있으신지요? 어찌 안색이 이러하십니까?"

　노옹이 말하기를,

　"과연 내게 근심이 있다오. 그대가 한 번 물어주기를 기다린 지 오래 되었소. 나는 사람이 아니라 용이라오. 서쪽으로 1리만 나가면 큰 못이 있는데 그곳에 내가 산 지 수백 년이 되었소.

---

172) 중국 당나라 덕종(德宗)의 연호. 780-783년.
173) 중국 강서성(江西省) 무주시(撫州市)에 있는 고을.

그런데 이제 한 사람에게 보채이게 되어 화가 장차 멀지 않았구려. 그대가 아니면 능히 나에게 닥칠 화를 벗겨내 줄 사람이 없을 것이므로, 일부러 와 감히 알리는 것이오.”

임욱이 말하기를,

“나는 속세 사람으로, 다행히 옛글이 있는 줄이나 알 뿐 다른 도술은 알지 못하는데 어찌 능히 노인장의 화를 벗겨드리겠소?”

노옹이 말하기를,

“다만 내 말을 배워 그대로 할 뿐이지, 다른 도술을 빌리려는 것이 아니라오.”

임욱이 말하기를,

“원컨대 가르침을 받들겠소.”

하니 노옹이 말하기를,

“이틀 뒤에 그대는 나를 위하여 새벽에 못가로 와 주시오. 낮이 되면 서쪽으로부터 오는 도사 한 사람이 있을 것이오. 그 도사가 나를 해칠 사람이라오. 그 도사가 나의 못 속의 물을 없애고 나를 해칠 것이니, 그대는 물 잦아드는 것을 보고 소리를 가다듬어 이렇게 외쳐 주시오.

‘하늘의 명(命)이 있으니, 황룡(黃龍)을 죽이는 자는 죽으리라.’ 하면 물이 도로 많아질 것이니, 도사가 다시 도술을 부리거든, 그대는 그렇게 세 번을 하시오. 그렇게 해주면 반드시 중하게 갚겠소.”

임욱이 허락하니, 노옹은 사례하고 갔다.

노옹이 간 후 두어 날 만에 임욱이 산에서 내려와 서쪽으로 1리쯤 가니 과연 큰 연못이 있었다. 연못가에 앉아 기다리고 있었는데, 바로 낮이 되자 문득 조각구름이 서쪽으로부터 점점 다가와 연못가에 다다르니, 한 도사가 구름 사이로 나오는데 키가 한 길이 넘고 얼굴이 기이하였다.

연못가에 서더니 소매 속에서 검은 부적(符籍)을 꺼내 물에 던져 넣는 것이었다. 그러자 물이 다 마르고, 황룡은 모래에 엎드려 몸을 움직이지 못하였다. 임욱이 즉시 소리를 질러 이르기를,

"하늘의 명이 있으니 황룡을 죽이는 자는 또한 죽으리라."

말을 마치자 연못의 물이 도로 가득 차니, 도사가 노하여 소매 속에서 붉은 글자로 쓴 부적 여남은 개를 꺼내어 공중을 향하여 던졌다. 부적이 다 변하여 붉은 구름이 되어 연못으로 들어가더니, 연못의 물이 즉시 마르는 것이었다. 임욱이 또 이르기를 전의 말 같이 하니, 물이 또 가득하여졌다. 도사가 몹시 노하여 또 붉은 부적 여남은 개를 던지니 전 같이 물이 마르다가 임욱이 이르는 소리에 물이 전보다 많아지니, 도사가 돌아서서 임욱에게 이르기를,

"내 삼십 년을 경영하여 오늘 이 놈을 잡게 되었는데, 그대는 선비로 어찌 동류가 아닌 것을 구하는가? 또 삼십 년을 경영해

야 할 것이니 괴롭지 않겠는가?"

하고 몹시 꾸짖고 갔다. 임욱도 산중으로 돌아왔는데, 그 날 밤 꿈에 노옹이 와서 사례하고 이르기를,

　"군자의 구함을 입어 성명(性命)을 보전하였소. 그렇게 하지 않았던들 도사의 손에 죽었을 것이오."

하고,

　"진주(眞珠) 하나를 받들어 드릴 것이니 연못가에 가서 찾아 나의 미미한 정성을 살펴주시오."

하고 간 곳이 없었다. 임욱이 이튿날 꿈을 생각하고 연못가에 가니, 과연 한 치가 넘는 크기의 진주 하나가 풀 가운데 떨어져 있는데 그 빛이 멀리 빛나고 있었다. 임욱은 후에 그 진주를 가지고 광능(廣陵)174)의 저자에 가니 서역(西域) 오랑캐가 보고 이르기를,

　"이는 참으로 여룡(驪龍)의 보배인데 세상 사람이 얻지 못하는 것이오."

하면서 수천 만금을 주고 사 갔다.

　평설　≪태평광기≫ 제421권에는 이야기의 제목이 <임욱(任頊)>, 출전이 ≪선실지(宣室志)≫로 밝혀져 있다. 대체로 원문을 충실히 언해하였다.

---

174) 중국 강소성(江蘇省) 양주(揚州)의 옛 이름.

| 제21화 |

허한양(許漢陽)

허한양(許漢陽)은 여남(汝南)[175] 사람이다. 정원(貞元)[176] 시절에 배를 타고 요주(饒州)[177]로 갔는데, 날이 저물고 물결이 급하게 일었다. 작은 포구를 찾아 3~4리쯤 들어가 한 호수에 이르렀다. 물이 비록 넓으나 깊이가 두어 자쯤 되었다. 북쪽으로 1리쯤 가니 호숫가에 대나무와 나무가 무성하였다. 배를 호숫가에 매고 있다가 홀연 보니, 한 정자가 있는데 매우 거창하였다.

청의(靑衣)를 입은 두 하녀가 있었는데, 얼굴이 옥 같았다. 배를 맞으며 웃으므로, 한양이 괴이히 여겨 희롱하는 말을 건네니, 그 하녀들은 크게 웃으며 집안으로 달려 들어갔다. 한양이 옷매무새를 고치고 언덕으로 올라 두어 걸음가량 가니, 하녀가 나와 맞아 대청으로 들어가 절하고 앉게 하며 이르기를,

"아씨께서 옷을 갈아입고 있으니 잠깐 기다리세요."

하였다. 조금 뒤에 하녀가 한양을 인도하여 중문으로 들어가니,

---

175) 중국 하남성(河南省)에 있는 고을.
176) 중국 당나라 덕종(德宗)의 연호. 785-804년.
177) 중국 강서성(江西省)에 있던 고을.

큰 연못이 뜰 안에 가득 찼다. 연못 가운데 연꽃이 활짝 피어 있고, 사방의 가장자리는 푸른 옥을 세운 듯하였다.

무지개다리를 두 길로 놓아 남북으로 통하였다. 북쪽으로 큰 집이 있어서 섬돌 위에 오르니, 금자(金字)로 야명궁(夜明宮)이라고 쓰여 있었다. 사면에 기특한 꽃과 과실(果實)과 나무가 구름에 잇닿아 인간세상에서 보지 못하던 것이었다.

하녀가 인도하여 그 집의 한 층에 오르니, 또 푸른 옷 입은 낭자 일곱이 있다가 맞아 절하고, 둘째 층에 오르니 또 낭자 일곱이 있다가 절하고 온 곳을 물었다. 한양이 지나온 곳을 다 말하고,

"뜻밖에 여기 이르게 되었습니다."

하니, 낭자들이 정중히 앉히고 하녀들이 음식을 차려오는데, 다 인간세상의 것이 아니었다.

그 앞에 한 기특한 나무가 있었는데, 높이가 두어 길이요, 가지는 오동(梧桐) 같고 잎은 파초(芭蕉) 같았다. 붉은 꽃이 나무에 가득하였으나 당시에는 활짝 피지 못하였었다. 한 낭자가 잔을 잡고 하녀에게 명하여 새 한 마리를 가져오게 하였는데, 생김새가 앵무새 같았다. 난간 위에 앉혀놓자 한 차례 우는데, 모든 꽃이 일시에 다 피어 꽃다운 향기가 퍼져나가는 것이었다. 꽃 속마다 고운 계집이 들어 있는데, 키가 한 자 남짓하고 고운 태도와 빛난 의복이 각각 그 자질에 맞았다. 관현악기를 섞어

들고 잔치자리를 향하여 재배하였다. 낭자가 잔을 드니 모든 악기가 일시에 연주를 시작하여 기특한 소리가 신선들이 모인 데서 나는 것 같았다.

술이 한 순배(巡杯) 다 돌아가자, 해가 지고 달빛이 다시 밝아 왔다. 낭자가 잔치를 다시 베풀었다. 서로 의논하는 일이 다 인간세상의 일이 아니므로, 한양이 측량할 수가 없어서 사이사이 인사로 말을 하였으나 하나도 대답하는 사람이 없었다.

서로 즐기다가 이경(二更)에 이르러 잔치를 마치자, 그 꽃이 못 가운데 낱낱이 떨어지고 꽃 가운데 앉아 있던 계집들도 다 함께 떨어져서는 즉시 간 곳을 알 수가 없었다.

한 낭자가 책 한 권을 가져다가 한양에게 보여주었는데, 강해부(江海賦)를 쓴 것이었다. 한양으로 하여금 내리 읽으라고 하므로, 한양이 한 번을 다 읽으니, 낭자가 손수 한 번을 읽은 후에 하녀에게 간수하라고 하였다.

또 한 낭자가 모든 낭자들과 더불어 한양에게 이르기를,

"내 회포를 느끼는 시 한 편을 지었는데 읊어서 들려 드리고자 합니다."

하였다. 모두들 말하기를,

"아주 좋아요."

하므로 그 낭자가 읊기를,

해문(海門)[178]이 동정호(洞庭湖)까지 이어졌으니,
그 사이로 삼천리가 떨어져 있네.
십 년에 한 번 고향에 돌아오지만,
소상강(瀟湘江)에서 고생하는구나.

海門連洞庭 每去三千里
十載一歸來 辛苦瀟湘水

낭자가 하녀에게 명하여 책과 필묵(筆墨)을 가져다가 한양에게 주어 쓰라고 하였다. 한양이 펴 보니, 다 금꽃으로 만든 종이요, 은으로 인찰(印札)[179]한 것이었다. 책 크기가 말만한데 벌써 반 권이 넘도록 글이 적혀 있었다.

그 붓을 보니 백옥으로 자루를 만들었고, 벼루는 벽옥(碧玉)으로 만들고 파리(玻璃)[180]로 집을 만든 것이었다. 벼루 가운데 물을 부은 것이 다 은(銀)으로 간 것이었다.

그 글을 다 쓴 후에 한양의 이름을 그 아래 쓰라고 하므로, 그 위를 펴 보니 글 두어 편을 썼는데 각각 쓴 사람의 이름이 적혀 있었다. 중방(仲方)이라 하는 사람도 있고, 무(巫)라고 하는 이도 있고, 조양(朝陽)이라 하는 이도 있었으나 다 성(姓)을

---

178) 동정호(洞庭湖)에서 장강(長江)으로 들어가는 길목.
179) 글씨 등을 찍어 넣음.
180) 유리(琉璃).

쓰지 않았다.

낭자가 하녀에게 명하여,

“책을 간수하라.”

하니 한양이 말하기를,

“내게 한 편의 글을 지은 것이 있어서 여기 이어 쓰고자 하는데 어떻겠습니까?”

하니 낭자가 말하기를,

“안됩니다. 매번 돌아가서 부모형제께 드려서 보시게 하는데, 다른 사람의 글을 섞고 싶지 않습니다.”

하였다.

사경(四更)이 지나자 하녀가 이르기를,

“낭군께서는 돌아가시지요.”

하므로, 한양이 이에 일어나니 모든 낭자들이 이르기를,

“이렇게 따로 오셔서 다행히 서로 만났어도 조용하지 못하였으니 이것이 한입니다.”

하였다. 한양이 그녀들과 이별하고 돌아와 배에 오르니 문득 큰 바람이 일어나고 구름이 아득하여 지척을 분변(分辨)할 수가 없었다.

평명(平明)에 일어나 밤에 갔던 데를 보니 빈 수풀뿐이요, 아무 것도 보이지 않았다. 한양이 닻을 풀고 호수 밖에 나가 전날 바람 만났던 어귀에 이르니, 물가 사람들의 집에서 여럿이 서

로 모여 수상한 기색이 있었다. 배를 대고 물으니 그들이 이르기를,

"어제 물 어귀에서 사람 네 명이 빠져서 이경 후에 건져내니 셋은 벌써 죽었고 하나는 죽은 지 오래 되지 않았다 싶어, 무당이 양류수(楊柳水)[181]를 뿌렸는데 오랜 후에 인사를 차려 말을 한다고 하였다. 한양이 자세히 물으니 그들이 이르기를,

"어젯밤에 용왕의 모든 딸과 자매 예닐곱이 동성호를 지나가다가 밤에 여기에 와서 잔치를 벌였지요. 우리 넷을 잡아다가 술을 만들었는데 손님이 적어 많이 먹지 아니하므로 내가 문득 살아왔습니다."

하므로 한양이 괴이하게 여겨 묻기를,

"손님이 어떤 이였나?"

하니 대답하기를,

"한 선비였는데 성명은 알지 못하겠소. 그때에 하녀의 말을 들으니, '모든 낭자들이 인간의 글씨를 가장 사랑하였으나 얻을 길이 없어 이따금 선비를 청하여 모인다.'고 합디다."

한양이 밤에 모였던 일과 글 쓰던 일을 생각하니 다 헛말이 아니었다.

돌아와 배에 들어가자 뱃속이 편안치 않더니 이윽고 두어 되

---

181) 버들가지에 적신 물.

의 피를 토하였다. 과연 용이 사람의 피로 술을 만든다는 말이
옳았다. 사흘만에야 불편하던 뱃속이 다 나았다.

┌──┐
│평│ ≪태평광기≫ 제422권에는 이야기의 제목이 <허한양(許漢
│설│ 陽)>, 출전이 ≪박이지(博異志)≫로 밝혀져 있다. 대체로
└──┘
원문을 충실히 언해하되 불필요한 부분은 생략하였다.

■ 풀어 옮긴이 **김동욱**

성균관대학교 국어국문학과 졸업
한국정신문화연구원 한국학대학원 문학석사
성균관대학교 대학원 문학박사
현재 상명대학교 한국어문학과 교수

저서 : ≪고려후기 사대부문학의 연구≫, ≪고려사대부 작가론≫, ≪따져가며 읽어보는 우리 옛
　　　이야기≫, ≪실용한자한문≫
역서 : ≪완역 천예록≫(공역), ≪국역 동패락송≫, ≪국역 기문총화≫ 1·2·3·4·5, ≪국역 수촌
　　　만록≫, ≪옛 문인들의 붓끝에 오르내린 고려시≫ 1·2, ≪국역 청야담수≫ 1·2·3, ≪국역
　　　현호쇄담≫, ≪국역 동상기찬≫, ≪국역 학산한언≫ 1·2, ≪국토산하의 시정≫, ≪새벽
　　　강가에 해오라기 우는소리≫상·중·하, ≪교역 태평광기언해≫ 1, ≪국역 실사총담≫ 1
　　　·2 외 논문 다수

교역 태평광기언해 ③

2010년 4월 30일 초판 1쇄 펴냄

옮긴이 김동욱
펴낸이 김흥국
펴낸곳 도서출판 보고사

등록 1990년 12월 13일 제6-0429
주소 서울특별시 성북구 보문동7가 11번지 2층
전화 922-5120~1(편집), 922-2246(영업)
팩스 922-6990
메일 kanapub3@chol.com
http://www.bogosabooks.co.kr

ISBN 978-89-8433-814-2 (93810)
ⓒ 김동욱, 2010

정가 15,000원
사전 동의 없는 무단 전재 및 복제를 금합니다.
잘못 만들어진 책은 바꾸어 드립니다.